世話焼きDom《ドム》は孤高のSub《サブ》を懐かせたい

幸崎ぱれす
Palace Kouzaki

Illustration
幸村佳苗
Kanae Yukimura

この物語はフィクションであり、実際の人物・
団体・事件等とは、一切関係ありません。

Contents

人物紹介

武《たけ》岡《おか》英《えい》輔《すけ》

36歳。Ｄｏｍ。警視庁捜査一課ダイナミクス犯罪対策室二係補助担当。
元鷲戸署の刑事だったが降格し、
今は巡査となり、桐生とバディを組むことに。
右手首に桐生と対のデザインのレザーブレスレットを
巻いている。強面のわりに世話焼き。

桐生《きりゅう》皐《さつき》

20歳。Sub。共感能力が低い代わりに高い知能を持ったSubで、
≪追跡≫の能力を生かして警察に捜査協力している民間人。
整った顔立ちはどこか冷淡で良くも悪くも
人形っぽい印象を与えるクール美人。
バディを組んで捜査するのは武岡で3人目。

綾瀬《あやせ》真里《まり》

28歳。Sub。庵税理士事務所に勤務していた頃、
事件に巻き込まれた過去がある。
細身で年相応の落ち着きのある女性。

初出一覧

世話焼きDomは孤高のSubを懐かせたい　／書き下ろし
世話焼きDomは懐いたSubを甘く愛でる　／書き下ろし

世話焼きDom《ドム》は孤高のSub《サブ》を懐かせたい

【1】

「ここの四階――か」

駐車場に車を停めた桐生《きりゅう》 皐《さつき》は、安っぽい看板のラブホテルに足を踏み入れた。

エレベーターから警視庁捜査一課の刑事が二名降りてきて、こちらを見るなりゲッと顔を顰《しか》めた。

桐生は薄茶のウェーブヘアを耳にかけ、首を傾げる。

「現場百遍とはご苦労なことだね。節穴の目で何回見ても、変わらないだろうに」

二十歳の桐生よりさらに二十歳ほど年上の刑事が「撃ち殺したい……」と呟く。

「新しい飼い主はもう四階にいるぞ。ったく、なんで別々で来るんだよ」

「大島《おおしま》さんからの連絡に手違いがあってね。急遽、現地集合になったんだ」

警察庁で刑事局長を務める大島の名を出したら、目の前の刑事は小さく舌打ちをした。さっさと行けと言うように顎でエレベーターの方向を指され、桐生は肩を竦めて目的の部屋へと向かう。

エレベーター内に設置された鏡に目を向けると、ベージュのセーターと黒いジーンズを身にまとった、不健康なまでに色が白い男がじっとこちらを見つめている。二重瞼の大きな瞳と、細い鼻筋、色の薄い唇。整った顔立ちはどこか冷淡で、良くも悪くも人形みたいだ。

目的の部屋の前まで行くと、長身の男が立っていた。黒いスーツの袖から覗く彼の右手首には、桐生の装着している首輪と対《つい》のデザインのレザーブレスレットが巻かれている。あれは支給品であり、先程の刑事たちが言うところの「新しい飼い主」、正確にはパートナーの証でもある。

桐生の視線を感じたのか、男は「ん？」とこちらを向いた。年齢は三十代の半ばだろうか。一八〇を軽く超える身長は、桐生より十センチ近く高い。体格も屈強で、痩身《そうしん》の自分など片手で持ち上げられてしまいそうだ。顔立ちは美形ではないが精悍で、無造作な黒髪と相まって野性味あふれる男らしさを感じる。

近付くとなかなか威圧感のある彼は、桐生と目が合った瞬間にパッと気さくに笑った。

「あんたが桐生サン？」

「……桐生、で構わない。君が新しい補助担当者か？」

「おう、自己紹介がまだだったな。本日より警視庁捜査一課ダイナミクス犯罪対策室二係補助担当に任命された武岡英輔《たけおかえいすけ》――」

ダイナミクス犯罪対策室。先程エントランスで会った刑事たちはその一係であり、他の強行犯捜査などと同様に、チームで動いている。

一方で、二係の定員はわずか一名。実態は捜査依頼を受けて活動する部外者桐生のお守役という、大変気の毒な存在である。

「まずは室内を確認する」

武岡と名乗った男をスルーして、桐生は扉を開ける。すでに事件から三日も過ぎているので、当然ながら被害者の遺体は運び出されている。手がかりもすべて、初動捜査を行う機動捜査隊と鑑識が取っている。重要なものはもうここに残されていない。

室内を歩きながら、すうっと大きく鼻から息を吸ってみると、曖昧な臭気が鼻腔を掠めた。やはりアレがないと。早くアレが欲しい。

「なあ、桐生。俺の自己紹介、聞いてる？」

「はいはい、聞いてるよ、タケノウチさん」

「武岡だ！　全然聞いてないだろ」

「細かいことはいいだろう。それより、早くアレを」

「へ？」

桐生にじっと見つめられた武岡が、とぼけた顔で聞き返す。要領を得ない反応に桐生は苛立ち、武岡の右手首のブレスレットと自分の首輪を交互に指し示す。

「Ｄｏｍ《ドム》がＳｕｂ《サブ》にすることと言えば、コマンドを言う以外ないだろう。そして僕に必要なコマンドは一つ。大島さんから事前に説明があったはずだが？」

「お、おい、まじか……こんなに高圧的なＳｕｂは初めて見たぞ……」

一息で言った桐生に、彼はドン引きした様子で後退《あとずさ》った。そこまで素直な反応をしてくれると、いっそ気持ちがいい。

部署名にも入っているダイナミクスとは、男女の性とは異なる第二の性――Ｄｏｍｉｎａｔｉｏｎ《ドミネーション》の略であるＤｏｍと、Ｓｕｂｍｉｓｓｉｏｎ《サブミッション》の略であるＳｕｂ、そしてＮｏｒｍａｌ《ノーマル》――これら三つの性のことであり、中学在学中に診断を受けるのが一般的だ。

相手を支配したい・庇護したいというＤｏｍの欲求と、逆に支配されたい・尽くしたいというＳｕ

ｂの欲求は、一昔前までは性的嗜好だと思われていたが、実際は無理に抑え込むと自律神経に異常を来《きた》してしまう深刻なものだ。

近年ようやくダイナミクス特有の本能から来る症状であることが医学的にも認められてきたものの、全人口の八割を占めるＮｏｒｍａｌはこれらの本能を持たないため、いまだに理解のない者も少なくない。

「というか、初対面の相手にコマンドを出されて大丈夫なのか？　まあ殺人事件の捜査だし、ゆっくりもしていられないけど、出会って一分でプレイってのもどうなんだよ」

互いの欲求を満たすために行われるのが「プレイ」で、そこで使われる命令が「コマンド」だ。コマンドはＳｕｂを従わせる言霊《ことだま》のようなもので、「おすわり」や「来い」、関係性によっては「脱げ」「誘惑しろ」といった性的な内容まで、多種多様に存在する。Ｄｏｍが命令をして、Ｓｕｂがそれを遂行、最後にＤｏｍがＳｕｂを褒める「ケア」を行う——これがプレイにおけるワンセットだ。

Ｓｕｂは言霊を込めて命令をされると本能的に逆らえなくなるので、心の負担を減らすためにも、信頼関係を築いた相手とのプレイが理想とされている。

「僕が君と信頼関係を築くことはないから、気にしなくていい。いつでも初対面の気持ちでいてくれ」

さらっと答えた桐生に、武岡は「よりいっそうダメじゃねえか」と項垂《うなだ》れる。

「顔を合わせる前から首輪とブレスレットが支給されてるのも、何だかなぁ。情緒もへったくれもないというか」

ＤｏｍとＳｕｂは恋愛感情の有無に拘《かか》わらず、特定のパートナーを作ることで欲求が安定すると言われており、その証としてペアの装飾品――Ｓｕｂは首輪を、Ｄｏｍはブレスレットなどを身に着けるのが通例だ。本来そういった品の購入というのは、友人同士であれ恋人同士であれ、一定の信頼関係が築かれた際に行われる、それなりに思い出深いイベントのはずだが、桐生たちの場合は事前にシンプルな黒革の支給品が渡されている。

仕事中は疑似パートナー関係を結んだ方が桐生のＳｕｂの本能が安定しやすい、というだけの理由なので、互いの感情なんてものはどうでもいいのだ。

「僕にそんな情緒がないことくらい、出会って一分もあればわかることだろう」

「あー……いろいろ突っ込みたい気持ちはあるけど、まあいいか。とりあえず言えばいいんだな？」

口をへの字に曲げた武岡が、不満の残る顔でこちらを見下ろす。桐生の脳髄が、今か今かとその言葉を待っている。

そう、桐生にはＳｕｂとしてもう一つ、決定的に逸脱している部分がある。

「じゃあ……《追跡しろ》」

うっすらと戸惑いを含んだ調子で放たれたコマンドに、桐生は頭から爪先まで痺れるような感覚に襲われた。

生まれながらに高い知能と才能を持つ代償なのか、桐生の本能は普通のコマンドでは満たされない。桐生の飢えを満たせるのは愛情や庇護などではなく、この有意義な命令だけなのだ。

数秒間打ち震えたあと、もう一度部屋の真ん中で深呼吸をする。

「……何か始まっちまったけど、俺は事件の詳細でも話しておけばいいのか？　被害者は池之沢和泉《いけのざわいずみ》、二十五歳、男性のＳｕｂ。現場はここ、東京都堂葉《どうば》区東一丁目のラブホテル『オアシス』の四〇四号室の浴室。発見時の写真はこれだ」

困惑気味に説明しながら、武岡はタブレットに写真を表示した。遺体は服を着たまま、バスタブの中で蹲《うずくま》った体勢で倒れていたらしい。それを一瞥《いちべつ》した桐生は浴室へ向かい、夢中で鼻から息を吸い込む。

「死因はＳｕｂドロップで、性的暴行なし、凶器なし、指紋なども残されていない」

ドロップとは、度を超えた命令や過剰なお仕置きにより、Ｓｕｂが強い緊張と不安でバッドトリップした状態をいう。Ｓｕｂはドロップすると黒目が灰色に濁るので、死因は明らかだったのだろう。

通常、プレイでは「これ以上は無理」ということを伝えるためのセーフワードを決めておいて、Ｓｕｂがその言葉を言った時点で終了となるが、それを無視してコトを進めたり、プレイのあとにＳｕｂを褒めるアフターケアをせずに放置したりすると、Ｓｕｂは精神的に不安定になりドロップしてしまう。

当然、ドロップしたＳｕｂを放置するのも、セーフワードを無視するのも立派な犯罪である。そして昨今、そんな加虐によりＳｕｂが被害を被《こうむ》る事件のことを総じて、ダイナミクス犯罪と呼んでいる。

「エントランスの監視カメラの映像から、被害者と一緒に入ってきた男が第一容疑者とされているが、顔は映っていない。足取りもすぐそこの信号付近で途絶えてて、捜索は難航中。唯一の特徴は、右手首にサポーターをしていて、動きが不自然だったこと。捻挫等の怪我をしていると思われる。……なぁ、聞いてる？」

桐生は彼に構わず、浴室を中心に、洗面所、壁、ベッド——と匂いを嗅いで回り、脳内に蓄積されたデータを高速で処理していく。

「タケバヤシさん、鑑識から預かっているものを」

「武岡な。ええと、これか？　被害者の衣服から臭気を採取したっていう、試験紙」

早く見つけたい、早く、早く。武岡の手から紙片を奪い取り、自らの鼻に押し当てる。すると、膨大なデータの中からたった一人の男の情報がはじき出された。

「……やっぱり」

「何かわかったのか」

「あぁ。とりあえず——この店に行こう。ここから車で十五分程度だ。運転は任せていいかな」

よどみなく答えて、とあるバーのＵＲＬをスマホに表示させた桐生に、彼は訝《いぶか》るように首を捻る。

「クラブ・レガード？　ＤｏｍとＳｕｂの社交の場ってサイトに書いてあるけど、平たく言えばクラブで踊ってバーで酒飲んで、気に入った者同士で店内の個室にしけこんでプレイするための店だな。うん、粘り強く靴底を擦り減らしてこそ刑事だからな、聞き込みをするのは賛成だ。でも、どうしてこの店なんだ？」

とんだ脳筋がパートナーになってしまった。心得たとばかりに頷いてとんちんかんなことを言う武岡に、桐生は深く溜息を吐《つ》く。

「犯人はおそらく山口隆雄《やまぐちたかお》、年齢は二十七歳、男性のＤｏｍ。半年ほど前、知人のＳｕｂ女性をドロップするまで痛めつけて病院送りにしている」

「は？」

「送検後に示談が成立して結局は不起訴になったみたいだが——ついに支配欲の暴走を抑えきれなくなったようだな」

「ちょちょちょ、《待て！》」

玄関に向かって歩き出そうとした桐生の身体が、本人の意思に反してぴたりと止まった。

Ｓｕｂは命令形の言葉や罵詈雑言などを耳にすると身体が反応してしまうことがある。もちろん耳にした言葉すべてに従うわけではないが、相手が強いＤｏｍ性を持っている場合や、Ｄｏｍではない相手でも執拗に言われた場合、その言葉が言霊のようにＳｕｂの本能に響いて無視できなくなる。

武岡自身は口調もいたってフランクだが、あんなに軽い言い方で桐生の動きを止めるとは、Ｄｏｍとしての素質はかなり強いようだ。

桐生が不愉快全開の顔で振り向くと、彼は「あっ、悪い」と片手を顔の前に持ってきて謝った。厳つい見た目に似合わず変な動きであわあわする男に、桐生は毒気を抜かれる。

「すまん。でも、少しくらい説明してくれないか？　その山口ナントカってのは、一体どこから出てきたんだ？」

Ｄｏｍらしからぬ低姿勢——というか、「ＴＨＥ　善人」という表情で問われて、桐生は肩の力を完全に抜いた。

「タケダさん、君がわかっていることは？」

「武岡な。……ええと、性行為の痕跡がいっさいなく、証拠もほとんど残していないことから、プレイ中に興奮のあまりエスカレートして誤って死なせてしまった、みたいな過失致死ではなく、最初からＳｕｂの生死のみを支配しようとしていたと考えられる」

「そうだね。強いストレスなどが原因で、自分で制御できないほど支配欲が強くなった、いわゆる支配欲求異常のＤｏｍが犯人だ。性的暴行を加えずにコマンドのみで命を奪うのも、この手のＤｏｍの特徴だ」

ダイナミクスに関わる犯罪行為は物理的な暴力だけでなく、「死ね」「消えろ」などの悪質な命令を繰り返すことでＳｕｂをドロップさせて死に至らしめることもあるため、証拠が摑《つか》みにくい。

桐生の補足に、武岡は真面目な顔で頷いて話を続ける。

「あとは……一係から送られてきたデータによると、被害者はホテルに入る前、近くのカフェでパートナー関係にあったＤｏｍ男性に別れ話をされている」

元パートナーは三十歳で、被害者と同じ男性。アリバイはあるらしい。そろそろ同性の被害者との関係に見切りをつけて、婚活も込みで女性のＳｕｂに乗り換えるつもりだった――というのが、その元パートナーが事情聴取で語った内容だ。

「元パートナーによると、被害者は依存心の強いタイプのＳｕｂだったみたいだ。別れを告げられたことで、大好きな飼い主に捨てられた犬みたいに不安定な心境になって、どうしたらいいかもわからないまま行きずりのＤｏｍの誘いに乗っちまったんだろうな……気の毒に……」

男女の場合はともかく、同性同士のパートナーの場合は特に、双方の感情が一致していないと、こういう悲しい末路を辿ることも少なくないという。今回は片や重たい恋愛感情、片やスポーツ競技の相方、くらいの認識のずれがあったのかもしれない、と武岡が同情を滲ませながら解説している。

愛情だとか信頼だとか、曖昧で不確かなものに浸るからこんなことになるのだ。自分には到底理解できない愚かな行為だし、そんなことに同情する武岡の思考も理解できない、と桐生は呆れたように息を吐く。

「情報も推理も薄くなり、君のお気持ちが混ざってきたということは、現時点でわかっていることは以上のようだね。さて、タケヤマさん。僕の能力は大島さんから聞いているかな？　事前に直接説明されているはずだが」

「武岡だっつーの。ええと、《追跡しろ》って命令すると、なんかすごいことになるんだろ」

視線を泳がせた武岡に、桐生は目を眇《すが》める。

「君はここに来るまでに頭を打って記憶の一部を失ったのか？」

「うるせえわ。……一介の刑事の俺が、いきなり警察庁刑事局長に呼び出されて現実離れした話をされたもんだから、頭がキャパオーバーを起こしたというか」

「それは申し訳ないことをした。平成初期の通信端末に最新型のｉＰｈｏｎｅのデータを突っ込むようなものだったか」

「おい、真顔で謝るな。誰がポケベルだ」

ムッと口を尖らせた武岡に構うことなく、桐生は近くにあった椅子に腰かけて脚を組む。

「僕は《追跡しろ》と命じられることで、まず嗅覚が覚醒する。嗅ぎ分けられるのは残留香――Ｄｏ

ｍから常時微量に出ているフェロモンの匂いだ。その匂いは目には見えないが、人ごとに異なり、指紋のような役割を果たす」

そして先ほど桐生の鼻は、この部屋でプレイした者たち——ラブホテルという施設柄、複数名のＤｏｍの匂いを感知した。

残留香は時間経過で変質したりはしないが、清掃や洗濯をしっかりされると消えてしまうし、屋外だと匂いが霧散して精度が下がったりする。しかし今回の現場は幸いにも屋内で、当然まだ清掃も入っていない。匂いが留まりやすい場所では、新しい残留香はより濃く感じられるため、おおよそ判別ができた。

「覚醒するのは嗅覚だけではない。脳も同時に活性化する。つまり僕は《追跡しろ》の命令により、頭の中に保管されているすべての情報を自在に引っ張り出すことができるようになる」

ダイナミクス犯罪の前科または前歴があるＤｏｍの残留香は、桐生が直接関わった事件でなくても可能な限りサンプルを集めてインプットしている。

「指紋照合をするデータベースと同じように、僕の頭の中で目に見えない残留香を照合している。警察犬のようなものだよ。彼らが鼻と耳を使って捜査するように、僕は鼻と頭を使うんだ」

「お前、顔も頭もこんなに小さいのにすごいんだな」

大きな手で頭をぐりぐりと撫でられた。桐生は彼の手を払いのけ、ごほんと咳払いをする。

「……話を戻そう。この部屋と被害者の衣服から採取した残留香を僕の脳内で照合した結果、前歴のある山口隆雄がヒットした」

「それで、なんでこのクラブに行くんだ？」

「山口は半年前に逮捕されたときも、住民票だけは実家の住所で、実際は住所不定みたいな暮らしをしていたらしい。ただしこういう輩《やから》は自分の狩り場を変えたがらないから、当時お気に入りだった店を今も利用している可能性が高い。だからそこを探って、現在の生活圏を絞り込みたい」

最初から人海戦術で探せれば楽だが、ある程度の確証がなければ一係に連携したところで人員を割いてもらうことはできない。被害者と接点のある者の犯行ならもっと効率的に解決できるけれど、今回は行きずりの犯行だ。桐生も多少は、自らの足を使う必要がある。

「なるほど。生活圏の防犯カメラを確認すれば、事件当日の服装や動きもわかるもんな」

「その通り。というわけで、早くバーへ行こう。警察犬よろしく、君に『あいつが犯人だワン！』と鳴くのが僕の仕事なんだ。そこからじっくり証拠を固めたり身柄を確保したりするのは君や一係の連中に任せるが、とにかく僕の役割——犯人の特定だけは済ませてしまいたい」

「さっきから思ってたけど、お前は犬というより、猫っぽいと思うぞ」

「猫と一緒にしないでくれ。猫は見た目はいいけど愛想がないし、ツーンとしていて感じが悪い」

「自己紹介か？」

すっくと立ちあがった桐生は、笑いをこらえる武岡をひと睨みしてから、出入り口の扉の方へすたすた歩き出す。

「《追跡しろ》のコマンドは、僕が確信を持って犯人を特定するまでは遂行されたことにはならない。

つまり、ちんたらしていると僕の自律神経が乱れる。Ｓｕｂは命令に上手に従うことができないとストレスがかかり、健康被害が生じるというのは、保健体育でも習っただろう?」

「そんなに堂々と自己申告してくるＳｕｂがいるとは思わなかったけどな」

感心半分、呆れ半分の溜息を吐いた武岡が、のしのしとついて来る。

繁華街から少し外れた場所にあるクラブ・レガードの重厚な黒い扉を開けて、二人は店内を進む。武岡の後ろについて歩く桐生は、騒がしい音楽と店の奥から漂うＤｏｍのフェロモンの匂いに顔を顰めた。《追跡》の命令を達成するまでは、脳も嗅覚も覚醒しっぱなしになるので、いろんな意味で消耗する。

「うるさいしくさいし最悪だ……君、さっさとスタッフか何かに探りを入れてくれ——あ」

うんざりしながら店内に視線を走らせた桐生は、フロアの片隅で女性と話す山口本人を発見した。つられてそちらを見た武岡も「あ」と口を開けた。警察のデータベースで顔写真を確認したばかりなので、見間違うはずもない。

さすがに右手首のサポーターは外しているが、そこを庇うような動きをしており、限りなく怪しい。

「どうだ、桐生?」

「事件現場のホテルに山口が来ていたことは残留香から明らかで、背格好も右手首を庇う動きも防犯カメラに映っていた男と完全に一致している。さらに山口のスマホに、現場となった部屋でドロップに苦しむ被害者の写真が入っている。加虐的な犯人というのは、こういう戦利品を残しておいて、繰り返し楽しむ傾向にある」

「ちょっと待て、なんであいつのスマホの中身がわかるんだ？」

「Ｗｉ-Ｆｉを利用してハッキングした。効率的だろう」

「ドヤ顔でサイバー犯罪を自白してんじゃねえよ……」

ふん、と胸を張って答えると、武岡がげんなりした顔で頭を抱える。

「……俺がガキの頃、田舎のじいちゃんの家で猫を飼ってたんだよ」

「急に何の話だ？」

「その猫は出入り自由な半野良だったから、外で獲った蟬《せみ》とかを家に持ち帰ることがあったんだけど、ある日死にかけの鳩を銜《くわ》えて『ふふん、どうだい？　なんと今日の獲物は鳩だよ』みたいなドヤ顔で帰ってきたことがあってさ……今、それを思い出したわ」

猫が捕まえた獲物を飼い主のもとへ持ってくるという話はよく聞くが、一緒にされるのは納得がいかなくて、桐生はムッと口を尖らせる。

「だから、猫と一緒にしないでくれ」

「自分で警察犬みたいなもんだって言ってたのに」

「犬はいいけど、猫は違う。猫は気まぐれだし、摑みどころがないし、たまに人間を下に見ているような感じがする」

「特大ブーメランじゃねえか」

ブフッと噴き出した彼は、もはや笑いをこらえる気もなくなったらしい。肩を震わせて笑う武岡を、桐生はじろりと睨みつける。

「……犯人を特定したことで、僕の仕事は完了した。あとは任意同行するなり、一係と連携してハッキング以外の方法で正式な証拠を見つけるなり、好きにすればいい」

ぷいっと顔を逸らした桐生に苦笑した武岡が、支給品のスマホを取り出した。二係の彼はよくも悪くも群れからはぐれた遊撃要員なので、ある程度は自己判断で動いてもいいのだが、とりあえず一係に連絡することにしたらしい。

「しかしまあ……よく人を一人殺しておいて、普通にクラブで遊べるな。せめて右手首が治るまで我慢すればいいのに。って、そういう我慢ができる人間は犯罪を犯したりしないか」

スマホをタップしながら腹立たしげに言った武岡と数メートル先にいる山口の視線が、かち合った。一瞬訝しげな表情になった山口の顔から、徐々に血の気が引いていく。

武岡の風貌は、勘の働く人間ならおそらく刑事だと気付いてしまう類《たぐい》のものだ。スーツの上からでもわかる鍛え上げられた体軀《たいく》に加え、犯人を見据える眼光には正義感が滲んでいる。

「どうする、タケイさん」

「武岡な」

小声で問いかけたら、小声できっちり突っ込んでくる。

「やべえな、山口の警戒心が爆上がりしていくのが見える。まあ警戒されたところで、俺、逮捕状持ってないんだけど」

「念のため言っておくけど、僕を戦力に数えることはお勧めしない」

「言われなくてもわかってるわ、もやし小僧」

武岡、桐生、山口が次のアクションに備えて身じろぐ。先に動いたのは山口だった。彼は視線を彷徨わせ、「くそっ」と小さく叫んで近くにあったグラスを武岡の顔面に向かって投げつけた。ガッと鈍い音が聞こえた直後、グラスが割れる音がする。

桐生はよろめく武岡の肩を無言で摑み、こちらを向かせる。

「……なんだ。血みどろのぐちゃぐちゃになったりはしていないようだね」

「怖いこと言うなよ」

ぶつかる直前に、武岡は拳でグラスを払い落としたらしい。もろに顔面に酒を浴びてしまった彼は、濡れた顔を不快そうに手で拭ってはいるものの怪我はない。それを確認すると、桐生は彼の肩を摑んでいた手を離す。

瞬間、ぞくっとする感覚が桐生の背筋に走った。加虐の色を浮かべた山口の視線が、桐生へと向けられる。

——あ、まずい、グレアが来る。

Ｄｏｍの発するグレア——いわゆる威圧の視線は、Ｓｕｂには毒だ。Ｄｏｍ同士で威嚇《いかく》し合う際に使われることもあるグレアは、相手が強いＤｏｍ性を持つ者の場合、同じＤｏｍですら立っていられなくなる。Ｓｕｂが食らったら強制的に服従してしまうし、下手をすればあっという間にドロップし、呼吸すらままならなくなる。

現場では桐生の警護も補助担当の仕事の一つなのだが、武岡と組むのは今日が初めてなので、うまく連携が取れない。

すでに山口の視線に捉えられてしまった桐生が、なんとか顔を逸らしてダメージを軽減しようと試みたそのとき、身体が温かなものに包まれ目元がそっと覆い隠された。店内が静まり返り、数秒が経過した。恐れていたドロップの感覚は、なぜか一向にやって来ない。

「……山口隆雄だな。少し話を聞かせてもらおうか」

桐生の頭のすぐ上から、武岡の低い声がした。グレアを出し合って膠着《こうちゃく》状態になっているのかもしれない。とはいえ、山口はもう白《しら》を切ることは難しいだろう。少なくとも武岡に向かってグレアを出しているなら、公務執行妨害だ。別件逮捕で身柄を押さえて彼の身辺を洗えば、ラブホテルの事件の証拠もすぐに挙がる。

暗くなった視界で桐生が思考していると、目元を覆っていた大きな手が外された。桐生は武岡の腕の中におり、彼は精悍な顔を心配そうに歪めてこちらを見下ろしている。

「あいつのグレア、浴びちまったか？　ドロップはしてないよな？　あ、悪い、さっきあいつにかけられた酒が、抱き寄せた拍子にお前にもついたかも。ハンカチやるから拭いておけよ」

「……いや、グレアは武岡さんが防いでくれたから何ともないし、酒も気にしなくていい」

桐生がそう伝えると、彼は安堵の溜息を吐いた。酒で濡れた前髪をかき上げた武岡は、ポケットからハンカチを取り出して桐生に押しつけてくる。適当に折られたハンカチをポカンとしたまま受け取った桐生は、セーターの袖を軽く拭きながら武岡を盗み見る。

正確には、桐生は山口のグレアをわずかに受けてしまったのだが、武岡に抱き寄せられただけで精神が凪いだ。それはより強いＤｏｍ性を持つ者に庇護されたことで、山口のグレアの効果がキャンセルされたということだ。

支配欲求異常のＤｏｍは狂暴化しているはずなのに——と山口に視線を移すと、彼は呆けたように床にへたり込み、すっかり戦意を喪失している。武岡のグレアに中《あ》てられて、腰が抜けたようだ。

「こいつの動きは封じたし、一係の連中に連絡するか。あー、顔がベトベトする。なんでよりによってカルーアミルク投げるかな。どうせ浴びるなら生ビールがよかったよ」

冗談交じりに文句を言う彼の姿は、山口を一瞬で威圧するようなグレアを出した男にはとても見えない。ちょっと見た目が厳ついい、普通のオッサンだ。

——本当になんなんだ、この男は。

感心を通り越して呆れてしまった桐生は、大きな溜息とともに脱力するのだった。


武岡からの連絡を受けて一係からやってきたのは、恰幅のいいベテラン刑事の山田《やまだ》と、茶髪ツーブロックの若手刑事の川田《かわた》だった。桐生にとっては見慣れた面子《めんつ》だ。

「——ということで、公務執行妨害で現行犯逮捕に至りました。山口の身辺を洗えば、ラブホの事件の方も証拠が挙がると思います。それと桐生がハッキン……いえ、桐生の予想では、山口のスマホの写真は調べる価値があるのではないかと」

店内の椅子に腰かけた桐生の近くで、武岡が一係の彼らに手早く状況を説明している。こうした引き継ぎや、二係としての捜査資料や報告書の作成も補助担当の仕事だ。

「ご苦労さん。俺らは捜査本部に戻って報告だ。行くぞ、川田」

「うっす。ええと、武岡さん、でしたっけ？　これから大変だろうけど……ファイト」

最後に山田は心底同情した表情で武岡に向かって手を合わせ、川田はサムズアップしたあと神妙な顔で十字を切り、山口を連れて護送車で去っていった。僕は魔物か。

「桐生、俺たちも帰るか」

武岡に呼ばれた桐生は軽く伸びをして椅子から立ち上がり、大きなあくびをして目を擦った。

「ふわぁ……何はともあれ、これで事件は解決した。君は僕を送り届けて報告書を書いたら、今日はもう終業だ。適当に帰ってくれて構わない」

すでに軽い浮遊感に襲われつつ、武岡と一緒に駐車場へと向かう。後部座席に乗り込んだ桐生は、扉も開けっ放しにしたまま、背もたれに身体を預けて目を閉じる。

「おい、ドアくらい自分で閉めろ。それと命令を遂行したから、ご褒美――って、勝手にＳｕｂスペースに入ってる⁉」

Ｓｕｂスペースとは、本来はプレイで心地よくなったＳｕｂが、全幅の信頼を置くパートナーのＤｏｍに自身の意識のコントロールをすべて預けることにより、多幸感に包まれてトリップする状態を示す。

「あぁ……君に褒めてもらう必要はない。僕は犯人特定の仕事を終えたらこうなるんだ。もちろん、パートナーへの信頼度やスキンシップの度合いも、まったく関係ない」

「な、なんて自己完結型のＳｕｂなんだ……」

呆気にとられる武岡の声を聞き流し、桐生はふわふわしたスペース特有の感覚に酔いしれる。

「ふふ、手軽でいい事件だった。最高の気分だ」

極楽極楽という気持ちで呟いたら、急に頰を抓《つね》られた。力は込められていないので痛くはないものの、せっかく人が気持ちよくなっているのだから邪魔しないでほしい。不満に思って武岡をひと睨みしようとした桐生だが、目を開けて彼の顔を見るなり、思わずきょとんとしてしまった。

後部座席の扉に手をかけて桐生の頰を抓る武岡の表情にはいっさいの悪意がなく、でもどこか怒ったような——どちらかというと子どもを叱る親のような顔をしている。

「お前なぁ……事件が解決したことはめでたいし、実際、署でも送検後に打ち上げをしたりすることはあるが、人が一人死んでいるんだ。手軽だとか、最高ってことは絶対にない。心で思ってもいいけど、そういう言い方はするもんじゃない」

桐生の言動に対しては比較的寛容な反応をするくせに、ここで怒るのか。そもそも桐生に良心や常識を説こうとする人間がいることにも驚いた。桐生がぱちぱちと瞬きをすると、頰を抓っていた彼の手が頭に移動し、今度は優しいタッチでよしよしと撫でられる。

「気持ちよさそうなところを邪魔してごめんな。いろいろ言ったけど、お前のおかげで犯人が見つかったよ。《いい子だ》」

にっと笑った武岡は桐生のシートベルトを締めてから運転席へ回り、何事もなかったように車を発進させた。褒めなくていいと言ったのに、なぜ褒める。非効率的だ。

「仕事が終わったあとは、お前のマンションに向かえばいいんだよな？　住所はちゃんと事前に聞いているから、後ろでゆっくりしていてくれ。お疲れさん」

低く穏やかな彼の声が、どこか心地よく頭に響く。再びふわふわした思考の波の中を泳ぎながら、桐生はバックミラー越しに運転席の男を眺める。

——変なやつ。

ふん、と鼻を鳴らした桐生はシートに凭《もた》れて、束《つか》の間のスペースの感覚に身を任せる。シートベルトの締め付けと車の揺れで、緊張感と眠気のバランスがちょうどいい。桐生は安心して瞳を閉じる。

このくらいなら、深い眠りに落ちずに済む。このくらいなら、あの声も聞こえない。

＊＊＊

桐生のマンションの駐車場に車を入れた武岡は、運転席で身体を左に捻り、後部座席で目を閉じてじっとしている青年を眺めた。

黙ってさえいれば、桐生はまず間違いなく美形と呼ばれる類の人間だろう。白い肌も華奢《きゃしゃ》な体軀も整った顔も、高級な人形のようだ。そう、見た目だけならば。

肝心の中身はといえば、なかなかとんでもない男だった。常識は通じないし空気は読まない。最初の《追跡》のコマンド以外Ｄｏｍをまったく必要としていないような素振りに加え、勝手にスペースに入ってしまうという可愛がり甲斐のなさ。Ｓｕｂとは思えない傍若無人っぷりだ。

その一方で、決して悪い人間とは思えない部分もある。

山口からグラスを投げつけられた武岡に言い放った台詞はだいぶエキセントリックだったが、冷たげな印象の顔にはどこか安堵が滲んでいた。あれはよくよく考えたら言葉選びが最悪なだけで、「血みどろのぐちゃぐちゃになったりはしていないようでよかった」という意味だったのではないだろうか。それに後部座席でのやや不謹慎な発言を武岡が道徳的に叱ったときも、彼は気難しそうな性格のわりに嫌味の一つも返さず、ただポカンとしていた。

——変なやつ。

寝顔まで眉間に皺を寄せてやがる——と武岡が苦笑したところで、彼の薄い唇が動いた。

「僕の顔を眺めていてもご利益《りやく》はないと思うが、暇なのか?」

長い睫毛で覆われた瞳をぱちりと開いた桐生はさっさとシートベルトを外し、鼻で嗤《わら》って車を降りていった。やっぱり可愛くない。

桐生の自宅兼仕事場だというその場所は、デザイナーズマンションの最上階に位置する、ワンフロア一戸の住宅だった。

一階のエントランスは普通のオートロックだが、最上階の桐生のフロアは捜査情報を扱う業務上、セキュリティ対策には余念がなく、玄関扉には特注の静脈認証システムがついていた。外部からのハッキングは不可能なスタンドアロン型で、停電時でも使える優れものらしい。静脈の登録や削除は桐生本人がリアルタイムで行っているので、常に必要最低限の人間だけが入れる仕組みになっているという。

そして強固なセキュリティに守られたこの部屋に現在足を踏み入れることができるのは、桐生本人と補助担当――つまり武岡の、合計二人だけだ。

室内はモノトーン調で、壁と天井と床は白、家具は黒で統一されている。ひときわ大きなL字型の黒いデスクは桐生用で、複数台のPCに大小さまざまなモニター、謎の精密機器が載っている。その横には武岡用と思《おぼ》しきデスクもあった。こちらも四人掛け程度の大きさがあり、なかなか立派だ。

「PCの初期設定は済んでいるから、日次報告書を書いたらどうだ？」

「あぁ、そうさせてもらうわ」

鞄を床において軽く机周りを探って整えてから、武岡は早速作業を開始する。現場を駆け回って犯人を捕らえるだけが刑事の仕事ではないので、こういった事務仕事も毎日地味にこなす必要がある。

特に二係補助担当として、日次報告書は欠かせない。これは刑事局長の大島に、桐生の捜査状況を報告するものなので、丁寧に書かねば、と気合いを入れる。

「――よし、報告書の作成完了。これで今日の仕事は終了だ。それにしてもすげえ部屋だなぁ。これも刑事局長が用意したのか？」

「いや、僕が高校時代にプログラミングで一儲けしたお金で購入した。財産は資産運用で増える一方だから、必要経費以外を警察に請求するつもりはないよ。地位や名誉に興味はないし、煩わしい人間関係に巻き込まれるのは御免だから社会的に目立つことはしたくないけど、頭脳があればお金なんていくらでもひっそり増やせるしね」

「あっ、そうですか……」

天才怖い、と思わず敬語になる。

「そういえば自己紹介がまだだったね。僕は桐生皐。二十歳、男、Ｓｕｂ。僕自身は警察組織の人間ではない一般人だが、《追跡》の能力を活かして、二年ほど前から警察に捜査協力をしている。僕の存在はあまり口外されていないから、一係の連中と上層部とか、警察内の一部の人間しか知らないけど」

「よく警察が部外者の介入を許したな。……というか、お前がよく警察に協力したな、と言うべきか」

「これには深い事情があるんだ……」

ふっと目を伏せた桐生に、武岡はごくりと唾を飲む。

「共感能力が著しく乏しい代わりに、とびきり高い知能を持ったＳｕｂが、全人口の十万分の一程度の確率で生まれることがある。彼らは躾け方やＤｏｍとの相性によっては、特定のコマンドでフロー状態になり、動物並みに五感が強化される。……そんな話が近年、合衆国を中心に囁かれつつある」

フロー状態というのは、スポーツ選手でいうところのゾーンに近い。時間が経つのも忘れ、外から受ける刺激にも気付かなくなるほど集中した状態のことだ。ときにそれは、人間の限界を超えた力を発揮させる。

「まだ医学的には証明されていないが、彼らはＡｔｙｐｉｃａｌ《アティピカル》 Ｓｕｂｍｉｓｓｉｏｎ《サブミッション》 Ｇｅｎｅ《ジーン》という、非定型服従遺伝子を持つＳｕｂだと仮定され、通称ＡＳＧと呼ばれている。ところで、ＦＢＩが昔から超能力者や霊能力者に捜査協力を依頼していることは知っているか？」

「……都市伝説じゃないのか？」

「残念ながら真実らしい。そしてＦＢＩはＡＳＧのＳｕｂにも協力を依頼している。日本の警察は、というかＦＢＩと繋がりが深い刑事局長の大島さんは、日本でも同じようにＡＳＧを捜査に使えないかと考えたんだ。もちろん人権やコンプラ的な問題もあるし、いきなりそんなことを公《おおやけ》にはできないから、まずは実験的に一名——僕を投入し、時間をかけて多くの成果を集め、実用のための下準備をする『ＡＳＧ構想』なるものを始動させた」

「どうしてお前が……」

現在二十歳で、二年前から捜査に協力しているということは、十八歳にしてＡＳＧ構想に投入されたことになる。高校を卒業して間もない青年には重荷だったのではないか、と心配する武岡に、彼は淡々と答える。

「高校時代に暇つぶしで警察のデータベースをハッキングしたのがバレてしまってね。別に前科はついてもよかったけど、『協力しなければ今後警視庁のサイバー犯罪対策課がお前を厳重に監視する』と言われてしまって……それはそれで面倒だし、大島さんの提案も合理的でわかりやすかったから、協力することにしたんだ」

「同情した俺がバカだった。十割お前が原因じゃねえか」

「協力に当たって施された訓練も至極まっとうなもので、捜査手法の学習と、コマンドで脳と嗅覚をフロー状態にするための研修みたいな感じだったしね。犯人を特定する過程でこっそりハッキングするくらいは見逃してくれるようだし、ありがたいことこの上ないよ」

捜査依頼を断る権利が桐生にあるのは当然として、桐生が望むか否かに拘わらず、「万が一捜査中に過剰なストレスや精神的ダメージが生じた場合は即刻捜査から外して指定の病院で一定期間休ませる」とか「定期的にダイナミクスのカウンセリングを受けさせる」といった、一般人側である桐生を保護する契約もしっかり交わされているらしい。軽い脱力感を覚える武岡に構わず、桐生はふんぞり返って脚を組み、指揮者のように右手の人差し指をピンと立てる。

「そもそも日本におけるダイナミクス関連の法や教育義務化がなされたのは二十一世紀に入ってからのことだ。いまだ未知の部分が多い分野で発展途上。犯罪捜査の手法だって確立はされていない。一方で、ダイナミクスの存在が認知されたことで、それまで異常殺人や不審死とされてきたものが、これらの欲求の暴走――つまりダイナミクス犯罪だと判明してしまったわけだ」

そこでようやく、桐生の言わんとしていることがわかってきた。

昨今の風潮として、マイノリティに対しては擁護派・否定派問わず極端な反応を示す者が多く、お偉いさんまで知識や検討が不十分なままピントのずれた法案を作ろうとしたりする。国や世間から「本能だか何だかよくわからん犯罪をなんとかしろ」という圧が警察にかかるのは、自然な流れだったのかもしれない。

「あー、それをなんとかするための対策の一つが、ＡＳＧ構想ってことだな」

「その通り。僕に求められているのは、捜査本部とは異なる方向を向いて、能力を活かした独自の観点で犯人を特定すること。完全な遊撃要員として動くから、補助担当の君も一係とは切り離されているというわけさ」

桐生が優雅に脚を組み替えた。話は終わったらしい。

「ええと、俺の番だな。俺は武岡英輔——」

「三十六歳。元は鷲戸《わしど》署の刑事だね。私生活は——去年、離婚をしている。原因はよくわからないが、DVの類ではなさそうだ」

元妻のSub女性——莉紗《りさ》とは知人の紹介で知り合い、三年間の結婚生活の末、生活と気持ちの擦れ違いが原因で去年離婚した。彼女が賢く前向きな女性だったおかげか、互いの再出発を応援する形での円満離婚となり未練はないものの、彼女を幸せにしてあげられなかったことは申し訳なく思っている。

「ここへ来たのは……お偉いさんに楯突《たてつ》いてクビ寸前、というところで上層部から声がかかったのか。補助担当に任命されるのは、大抵何かやらかして起死回生を狙っているDomだしね。内密に安全性と機密性を審査されて合格判定が下されたんだろう」

おっしゃる通り、婦女暴行をしたのに権力的な兼ね合いで裁かれなかった官僚の息子が、舐めた態度を取ってきたうえに挑発のつもりなのか攻撃的なグレアを出してきたため、武岡も反射的に自衛のグレアが滲み出てしまい——結果、相手を気絶させて懲戒免職寸前となった。公務員は滅多にクビにならないので、正確には強制的な「依願退職」という名の免職を迫られる寸前、である。

この二係で桐生に切り捨てられることなくしばらく真面目に働けば元の部署に戻れる可能性があると言われ、藁にも縋る思いで異動してきたのだ。その藁が毒草だったような気がしなくもないけれど。

「……プロファイリングってやつか？」

「いや、僕は人間全般に疎いから、人の心の中のことなんてさっぱりわからない。だから武岡さんの私用スマホをハッキングさせてもらった。大島さんのチェックを通っているとはいえ、危険思想などがないか、自分でも確認しておきたいからね」

「お前……こら！」

仕事柄ほとんど私生活というものがないので、私用スマホに見られてはいけないデータは特にないが、悪びれもせずに閲覧されるのはさすがに気分がよくない。

「いいか、桐生。俺はお前に切り捨てられたら今度こそクビだろうけど、とりあえずこれから一緒に働いていくわけだし、非常識なことをしたら指摘させてもらうぞ。まず……人のスマホの中身を勝手に覗くな！」

「なぜ？　ただのデータだろう。危険思想や暴力性さえなければ、僕は君が何をしていても何も思わないし、もちろん他言もしないし流出もさせない。心配は無用だ」

飄々と答える桐生の頭に軽くチョップを入れる。

「そういう問題じゃねえ、感受性迷子め。気持ち的に嫌なんだよ。……とはいえＳｕｂのお前からしたら、俺が安全なやつかどうか自分で確認したいって気持ちもわかる。だから今後もし何か確認するときは、一言言ってほしい。そうすればある程度は許容するし、スマホくらいは直接見せてやる」

容認はできないけれど気持ちはわかるし、本当に安全性の確認が目的みたいだし、勝手に見られるよりは申告してもらった方がいい――と告げると、彼は目をぱちくりと瞬かせた。

「……わかった。勝手に見てしまってすまなかった。武岡さんの安全性は確認できたから、もうプライベートを覗くようなことはしないよ。それと誤解のないように言っておくが、僕に人事権はないから、君をクビにはできない。まあ、免職に向けて限りなく後押しすることくらいはできるけど」

彼に人事権はないが、免職寸前でこの職務を与えられた者は、桐生の補助担当として不適格と判断された場合、再び免職寸前のやばい状況に逆戻りするから実質クビみたいなもの――ということらしい。ある意味、桐生の安全を担保するシステムでもあるのだろう。桐生のことが気に食わなくても、起死回生を狙うのであれば彼に危害を加えることはできない。

「ち、ちなみに前任者とかは……」

参考までに聞いておこうとおそるおそる尋ねると、桐生は美しい顔を歪めてニタッと笑った。

「前任者のＤｏｍは二人で、どちらもキャリア組だったよ。まず一人目はうっかりミスでエリート街道を転げ落ちた二十代後半の男性……たしか名前は田橋《たばし》さんだったかな。ここで手柄を挙げて返り咲こうと必死だったけれど、一年前に自滅同然の形で殉職した」

「殉職……」

「二人目は真面目だけど融通が利かず、暴いてはいけないことまで暴こうとして関係各所の逆鱗《げきりん》に触れてしまった三十代後半の女性。名前はたしか水上《みずかみ》さん。彼女はなかなか賢い人だったな。まあ、先月僕が不適格の烙印を捺《お》して実質クビにしたから、もう警察組織にはいないけどね。今頃はどこか遠くの地でのんびり暮らしてるんじゃないかな」

「クビ……」

あっさりと語られた前任者の結末がどちらも悲惨すぎて、武岡は身体をぶるりと震わせる。

「……オジサンのことは大事にしてね」

「さあ、それは武岡さん次第だね」

　桐生は肩を竦めて、憐れむような眼差しをこちらへ向け、思い出したようにデスクからＡ４の紙を一枚こちらへ差し出した。

「そういえば水上さんがこんなものを残していった。読んでおくといい」

「なんだこれ、引き継ぎ書……？」

　顔を引き攣《つ》らせながら受け取った用紙には、簡易的ではあるがきっちりとした文体で業務指示が印字されていた。前任者はこの生意気な天才からクビを言い渡されながらも、最後まできちんと仕事をしたようだ。よほど真面目な女性だったのだろう。

「ふうん、ええと『一係とのやりとりはすべて補助担当が行うこと（桐生さんを出すと一言多いので確実に揉めます）』」

「僕が口を開くと、なぜか毎回『撃ち殺したい』と言われるんだ」

「……『事件解決後の一係向けの資料作成（桐生さんに書かせると神経を逆撫でする言い回しを多用するので確実に揉めます）』」

「猿でもわかるように書いてあげたつもりなんだが。ルビも振っておくべきだったかな」

「……『事件関係者や遺族への聴取は補助担当が行うこと（桐生さんの存在は世間には非公開のため）』」

「まあ僕としても関係者や遺族の顔を眺めるよりは、こっそりハッキングしてデータを見る方が有益だしね」

引き継ぎ書の括弧の中の言葉は突っ込みどころ満載だし、桐生がいちいち副音声みたいに説得力のあるコメントをしてくるので、だんだん胃が痛くなってきた。とりあえず桐生はちょっと黙っていてほしい。

「……気を取り直して、ええと、プレイについても書いてあるな。『強いコマンドや性的なコマンドは厳禁。捜査依頼がない日、または犯人特定に時間がかかっているときは、本能を安定させるために簡単なプレイを実施すること（少々嫌がられます）』か」

「間違っても恋人同士のような触れ合いはしないでくれ。僕の衣服を脱がそうとした瞬間に、どんな手を使ってでも武岡さんを免職に追い込む」

心底嫌そうな顔で申告してくる桐生に、武岡は苦笑を返す。

「俺、今まで恋愛関係になるようなパートナーは女性だけだったし、そんなに警戒するなって。相手がいない時期には男友達とプレイすることもあるけど、普通に楽しく遊んで褒めて世話を焼けば、大体お互い満足するし」

セフレ感覚で身体の関係を持つ者もいるが、武岡自身はそういう行為は気持ちが伴った相手にしかする気になれない。男女という性指向の線引きはＮｏｒｍａｌと比べると曖昧になりがちだが、基本的に異性愛者の武岡が桐生に性的なコマンドを出すことはおそらくない。

「それ以前に男女関係なく、同意のない相手に性行為を迫ったら犯罪だろ」

「……最初の補助担当の田橋さんが、何を思ったのか僕を満足させれば出世街道に戻れると勘違いして、無駄に張りきったことがあったんだ。幸い、説明をしたらすぐに誤解は解けたけど」

「そ、それは大変だったな……」

「まったくだ。だから適当に《おすわり》レベルでサクッと済ませて、あとは僕には構わないでほしい」

「えっ、世話を焼かせてくれたりもしねえの？」

日常的にプレイをしていれば、恋愛関係ではなくても信頼が生まれ、スキンシップが増えるのが一般的だ。それに一応、自分たちはペアの首輪とブレスレットをつけているので、疑似とはいえパートナーであることには違いない。少なくとも、普通の友達よりは深い付き合いをすることになる。

しかし桐生はそういったものすら求めていないらしい。薄々そんな気はしていたものの、ＤｏｍにはＳｕｂから信頼され、Ｓｕｂを満たしてあげたいという欲求もあるので、少々複雑でもある。

「プライベートは何をしても自由だよ。プレイクラブに行くなり、別のパートナーを作るなりすればいい」

「ドライすぎる……。まあどちらにせよ、恋愛とかセックスにギラギラする歳でもないし、しばらくはそういう相手を作るつもりもないけど」

武岡がそう言うと、彼は「そうなのか、まあ勝手にしてくれ」と首を傾げた。

――悪いやつじゃないけど、嚙み合わねえ……。

そんな感想の乗った溜息を吐きつつ、武岡の異動一日目は終了したのだった。

【2】

翌日、武岡は朝から本庁で一係の書類や証拠物件の整理をしていた。半分くらいはただの雑用ではあったものの、前任者の水上が辞めてから空いた期間の引き継ぎも兼ねているようだった。

「武岡さんは気さくな人でよかったっす。前の補助担当の女の人、学校の先生みたいで怖かったんっすよ」という川田の愚痴に相槌を打ちながら手を動かし、必要なものを小さめの段ボール箱にまとめて抱えた武岡が、桐生の部屋に戻ったのは昼過ぎだった。

「お疲れ、武岡さん。思ったより早かったね」

「あぁ、一係の連中もわりとみんな親切で、やりとりも円滑に進んだからな」

「彼らが親切？　僕にはすぐに『撃ち殺したい』って言ってくるのに」

「それは俺がお前の百倍良心的で、常識人だからだろうなぁ」

フンと鼻を鳴らす桐生に肩を竦めた武岡は、荷物を自分のデスクに置いて部屋を見回した。この広くてデザイン性が高く、桐生と自分しかいない二係のオフィス（兼桐生の自宅）は、ついさっきまで武岡がいた本庁の刑事課フロアの一角にデスクを並べていた一係の部屋とはまったく違う。

――一係のあの「チーム」って感じ、懐かしいというか、羨ましいというか。

もちろん免職寸前で与えてもらった桐生の補助担当という役目はしっかりこなす所存だが、少し前までは自分も鷲戸署の刑事だったわけで、やはりああいういかにもな刑事部屋を目の当たりにすると早く元の部署に戻りたい、と気が逸《はや》りそうになる。

――そのためにもここで一生懸命働いて、ダイナミクス犯罪捜査に貢献しないとな。

気合いを入れ直した武岡は、スーツの上着をハンガーに掛けてから自分の椅子にどっかと腰かける。

コンビニで購入した唐揚げ弁当をぺろりとたいらげて、午後の業務に向けてカロリーもばっちり補給したところでPCの電源を入れ、本庁から持ってきた小さめの段ボール箱の蓋を開ける。

中身は、残留香を採取した試験紙だ。先日のラブホテルの事件の際は初日だったこともあり、鑑識経由で同様の紙片を預かったけれど――。

「これからは、この残留香の採取も俺の仕事ってわけだな」

「その通り。僕が必要だと判断したダイナミクス犯罪はすべて、武岡さんが現場や鑑識課に出向いて残留香を採取してくれ。地方の事件の場合は県警に連絡を。これが、捜査依頼がない日の君のメインの仕事だ」

犯行現場や鑑識課が保管している証拠品に、ムエットのような試験紙を翳《かざ》して匂いを吸着させ、密閉容器に入れるだけの簡単なお仕事――らしい。残留香には証拠能力がない代わりに採取も自由だし、特別な技術がなくても採取できる。難しくはなさそうだ。

前任者の水上が退職してから武岡が来るまでのおよそ三週間は、重要事件のみ一係が採取を代行してくれたらしく、アルファベットが振られた紙片が一枚ずつ密閉式の袋に入れられた状態で折り重なっている。

武岡はこれから各試験紙に該当する事件の概要データをリストにまとめて、桐生に引き渡す。本日の業務はそれで完了だ。武岡は早速専用のサーバーにアクセスし、参考のために過去のデータにも目を通す。

「小さい事件も含めると結構件数があるんだな。俺がいたのは小さい所轄だったから、刑事事件はわりと満遍なく経験してきたつもりだけど、ダイナミクス犯罪に絞ってデータで見たことはなかったわ。この数だと、毎日どこかで発生してるんじゃないか」

「殺人事件に発展することは多くはないけど、『ＤｏｍのグレアでＳｕｂが軽いドロップに陥った』程度の傷害事件は日々発生しているからね」

Ｎｏｒｍａｌ同士の喧嘩と違い、ダイナミクス犯罪はグレアやコマンドといった特殊な要素があるため、軽微な事件であっても必ずダイナミクス犯罪対策室に情報が入る。それゆえ、思った以上に件数があるように見えるらしい。

「快楽殺人犯が、ターゲットを虫や動物から人間にエスカレートさせていくのと同じで、支配欲求異常のＤｏｍのプレイも加虐性がエスカレートするから、重要事件以外もチェックしておく必要があるんだ」

つまり「ＤｏｍのグレアでＳｕｂが軽いドロップに」程度の軽微な事件は、支配欲求異常の初期段階の犯行の可能性がある、ということだ。

「だから捜査に役立つ知識や現場の残留香――なるべく多くの情報をインプットして、必要なときに記憶を引っ張り出せるようにしておく。それが、捜査依頼がないときの僕の日常業務。せっかく《追跡》のコマンドでフロー状態になっても中身がスカスカでは何も出てこないからね」

「山口のときも、前科はないけど前歴と残留香の記憶があったから、《追跡》のコマンドですぐに思い出せたってことか」

「ご名答。残留香は過去の事件の情報を紐づけて記憶しているんだ。たとえば容疑者が死んでいるなら再犯の可能性を排除できるし、未解決事件の犯人の匂いを正確に記憶しておけば、別の捜査で役立つかもしれない」

ご自慢の優秀な頭を指でとんとんと叩いた桐生は武岡の手元の箱を覗き、「このくらいの件数なら、夕方までには僕に提出すること」と淡々と言った。

「──ふー、今日のところはこのくらいか。おい桐生、追加の分もここに置くぞ」

数時間後、武岡は桐生のデスクに試験紙の入った袋とリストを置き、ぐっと腰を伸ばした。

体力にも精神力にも自信がある方だが、残留香という目に見えないものを扱ったせいか、今日は少し疲れた。しかも同じ部屋にいるのがこの偏屈大魔神なのだ。うん、やっぱり結構疲れた。

「あぁ、もうこんな時間か」

試験紙の匂いと事件の内容を紐づけて記憶するという、意外と地道な作業を繰り返していた桐生が、武岡に声をかけられて顔を上げた。

現場での《追跡》遂行中とは異なり、インプットの段階では匂いはうっすらとしか感知できないようだが、鼻腔から吸いこんで脳に記憶させておくことが肝心らしい。随分と集中している様子だった。

「武岡さん、お疲れさま。定時も過ぎているし、今日はもう帰ったらどうかな？　一係からも特に連絡は来ていないだろう？」

「お、おう、そうだな。じゃあ、俺はそろそろ帰るとするか」

椅子ごとくるりとこちらを向いた彼は妙に愛想がよくて、武岡は思わずたじろぐ。なまじ顔が綺麗なせいか、微笑《ほほえ》みを浮かべると天使みたいで、見惚れそうになる。

「――ちょっと待てよ、何か忘れているような」

「何も忘れていないよ、武岡さん。家に帰ってゆっくり休むといい」

「……あっ、プレイ！　捜査依頼がない日は簡単なプレイをするようにって引き継ぎ書に書いてあったじゃねえか」

「ちっ」

「今、舌打ちしたな⁉」

天使の微笑みから一変してやさぐれた顔になった桐生が、シャンプーされる直前の猫を彷彿《ほうふつ》とさせる表情で、ジトッとした半目をこちらへ向ける。

「……毎日じゃなくてもいいし、適当でいいのに」

そうは言っても環境やパートナーが変わったときなどは、支配される側のＳｕｂは調子を崩しやすくなるというし、はいそうですかと帰るわけにもいかない。

「そんな警戒せんでも……あ、もしかして苦手な命令とかある？」

腰を屈めて視線を合わせて問いかけると、彼は少し悩んでから首を横に振る。

「……それは、猥褻《わいせつ》行為や暴力行為さえしないでくれれば平気だが」

「するわけねえだろ。俺はどんな暴漢だよ」

ギロッと睨んだら、澄まし顔で「今の表情は暴漢を彷彿とさせた」と言い返された。ああ言えばこう言う。

「ただ、適当でいいのは本当だ。僕は——というかASGのSubは、普通のコマンドに身体は従うものの、一定以上の難易度やスリルを感じないと肝心の本能の部分が満たされない特異体質みたいなんだ。平たく言えば、アドレナリン・ジャンキー。捜査依頼がない日が続くと本能が満たされないから、普通のプレイで気を紛らわして調子を保つ必要がある」

例えるなら《追跡》以外のコマンドは桐生にとってはアルコールみたいなもので、酔っぱらって空腹を誤魔化すことはできるけど、栄養にはならないらしい。

「逆に言えば、心を込めてプレイをしてもらったところで、すべての信頼を君に預けるような関係にはなり得ないし、僕は愛情みたいな非科学的なものも理解できないから、無駄なスキンシップは不要だ」

ツーンとした顔で宣《のたま》う桐生に、冷たいやつだ……と思いかけた武岡だが、ふと彼の表情がどこか寂しそうなことに気付く。彼は初日も「血みどろのぐちゃぐちゃ」みたいな最悪の言葉選びの裏で安堵の表情をうっすら浮かべていたし、今回も表現方法が人類向けではないだけなのでは、と考える。

「……もしかして、心を込めてプレイをしてもらったところで応えられないから気にかけてくれなくていいよ、って言ってる?」

おそるおそる尋ねると、彼は未開の地で不思議な植物でも食べたみたいな珍妙な顔をしてそっぽを向いた。当たらずとも遠からず、だったのではないだろうか。

「それにしても、随分と難儀な体質だな」

武岡は思わず同情を滲ませて呟く。捜査依頼がしばらく来なかったら、簡単なプレイで気を紛らわしたところで、本能は満たされないということだ。それは結構つらいのではないか。というか、彼は警察に協力するようになる前はどうしていたのだろう。

つい余計なことまで心配し始めて深刻な表情を浮かべた武岡に、彼は「凡人とは欲求の次元が違うんだ。たぐいまれな頭脳の代償だよ」と不敵な笑みで肩を竦めた。

「僕からしたら、離婚・降格・崖っぷちで僕の面倒を見る羽目になった武岡さんの運命の方が難儀だと思うけどね」とまで言われた。俺の同情を返せ、この野郎。

「……とりあえず簡単なプレイだけしておくか。毎日必須ではなくとも、体調を崩してからじゃ遅いんだろ」

脱力気味の武岡は首の後ろを掻きながら、椅子に座ったままの彼を見下ろす。

いざ緊急の捜査依頼が入ったときに「寝込んでます」ではお互いにまずいからこそ、真面目な前任者は引き継ぎ書に「捜査依頼がない日、または犯人特定に時間がかかっているとき」とわざわざ書いてくれたのだろう。

「う……、やるならさっさとしてくれ」

「俺は痛い注射か？　セーフワードはどうする？」

「《クビだ》で」

「……ワカリマシタ」

こんなにも萎えた気持ちで始められるプレイがかつてあっただろうか。桐生は桐生で、渋々といった顔をしている。

「じゃあとりあえず一度、《立て》」

自分の席から立ち上がった彼は、黙って次の指示を待っている。

「《おすわり》」

「……っ」

かくんと膝が折れて、彼は床に跪いた。正座を崩して床に尻をつけた状態で、手は所在なげに両膝に添えられている。態度はでかいのに、おすわりの姿勢は妙にこぢんまりとした印象でなんだか可愛い。

「《こっちを見ろ》」

俯いた桐生のつむじに、武岡は呼びかけた。ふわりと髪を揺らしてこちらを見上げた桐生の表情は眉間に皺が寄っており、若干不服そうではあるものの、普段は白い頬がわずかに紅潮している。一応、空腹を紛らわすアルコールのような――ビール一本分くらいの心地よさは感じてくれているらしい。

ふっと顔を綻ばせた武岡は、彼の頭にぽんと手を乗せる。

「ちゃんとできたな。《いい子だ》」

髪を梳《す》くように撫でてやると、彼はほんの少しだけ目元を緩ませた。しかし華奢な身体には力が入ったままで、緊張状態なのがわかる。

規格外の能力を持ち不遜《ふそん》な態度を取る彼だが、身を強張らせながら撫でられる姿は人間不信の野良猫のようで、どこか痛々しく感じられた。武岡のことを怖がっている気配はないけれど、心を開くまいと踏ん張っているように見える。

——うーん、全然身を任せてくれないな。

性格にはだいぶ難があるものの、彼はＳｕｂであり、自分は彼をコントロールできるＤｏｍなのだ。たとえ仕事上だけの疑似パートナーだとしても、もう少しリラックスさせてやりたくなってしまう。

——信頼関係が深まれば、ちょっとは違ってくるのかもしれないんだけど。

そもそも彼自身が、まるで心を許す気がなさそうなのが悩ましいところだ。

「いつまで撫でているつもりだ。僕の頭にご利益はないよ」

うんうん悩みながら撫でていたら、プレイの余韻が消えたらしい桐生に、ペシッと手を払われた。

……これはなかなか、前途多難だ。

＊＊＊

「なあ桐生、お前ちゃんと飯食ってるのか？」

武岡が補助担当になって三日目。日が暮れた頃になって、彼はふと気付いたように訝しげな顔で桐生の部屋を見回した。

「昼飯に誘っても『不要だ』って言うから家にあるもので済ませるんだと思ってたけど、よく見たら部屋に食事の形跡がいっさいないし、俺、いまだにお前が飯食ってるところを見たことがないような……」

「ん」

桐生はデスクの脇にある袖机を開けた。規則正しく詰まっているバランス栄養食のクッキーと桐生の顔を見比べた武岡は、一気に呆れた顔になる。

「お前なぁ、そんなんばっか食ってるからひょろいんだよ。何か買ってくるから待ってろ」

「いらない。僕は食事をするのは苦手だ」

「苦手って……食欲は三大欲求の一つだろうが」

「必要最低限の栄養はクッキーとサプリで補えるし、この方が効率的だ。仕事が終わったなら、僕の食生活なんかに口出しをしていないでさっさと帰るといい」

ぷいっと顔を逸らして、お帰りはあちら、と玄関を指す。武岡はなぜか部屋の中を一周してから、大きな溜息を吐いて靴を履き、無言で扉を開けて出て行った。

今日も捜査依頼はなかったのだが、彼は桐生の態度に腹を立てたのか、簡易プレイもせずに帰ってしまった。

——このくらいの距離感がちょうどいいな。

武岡は加虐的なＤｏｍではないので安全ではあるが、あまりにも善人というか良心的というか、桐生には理解できない人情みたいなものが滲みだしているので調子が狂う。しかも桐生と違って他人の感情の機微に聡いのか、大らかで大雑把オーラ全開のくせに不意打ちで微妙に鋭いことを言ってくることもあるから油断できない。

　前任の水上は、桐生が重度のドロップの後遺症で体調を崩していた時期に補助担当になったこともあり、《おすわり》と《いい子》のワンセットを退勤前の日課にしていた。毎日律義にそれだけをくれる彼女の事務的とも言える距離感は、武岡と違って合理的で、悪くなかった。武岡の距離感は、なんだかたまにむずむずした気分になるので苦手だ。

　桐生はフンと鼻を鳴らし、デスクに向き直った。武岡がいなくなると、部屋が静まり返る。今夜は海外のダイナミクス研究の資料を読み漁ろうと思っていたので、ちょうどいい。

「ただいまー」

　三十分ほどが経った頃――のんきな声とともに再び現れた武岡に、桐生は椅子からずり落ちそうになった。

「……帰ったんじゃなかったのか？　何しに戻って……いや、それより何だ、その袋は」

「そこの定食屋でカレーを二人前テイクアウトしてきた。この部屋、調理器具も何もないんだけど、どんな生活してるんだよ」

「失礼な、ヤカンはあるよ。ではなくて、なぜ二人前？　僕は別に――」

　困惑する桐生を華麗にスルーした彼は、鼻歌交じりにローテーブルに容器を並べ始める。

「お前、放っておいたら夕飯もあのちっこいクッキーで済ませるんだろ。だったら、どうせ俺も夕飯は食べるし、ここで一緒に食っちまえばいいと思って」

「……他人と食卓を囲む趣味はない」

「そんなこと言って、カレーの匂いを嗅いだら食欲も湧くだろ。俺、いまだに道を歩いてるときにどこかの家からカレーの匂いが漂ってくるとよだれが出るし」

「部活帰りの中学生か、君は。あいにく僕は料理の匂いで食欲が湧いたことはないよ」

「まじかよ。正気か？」

武岡は今までで一番信じられないという表情を浮かべた。君の大らかさの方が信じられない、とお返ししたい。

「カレーの匂いでも？　焼肉の匂いも？　あっ、焼き立てのパンならどうだ？」

「……」

なんだこの不毛な会話は。食卓をセットする武岡をデスクからげんなりと眺めていると、付属のスプーンを容器の前に置いた彼と目が合った。

「ほら、ご飯の時間ですよ。一緒に食おうぜ」

飄々とそんなことを言ってくる彼に、桐生は口をもごもごさせる。家族とだって、一緒に食事なんてほとんどしたことがないのに。

「早く来いよ、冷めちゃうだろー？」

「うわっ」

返答に困って無言を貫いていた桐生は、おもむろに近付いてきた彼にひょいっと抱えあげられた。じたばたと抵抗するも、桐生の軽い身体はあっさりとソファまで運ばれて、穏やかなのに強制的な感じで食卓を囲まされる。ムスッとする桐生の正面に座り「いただきます」と手を合わせた武岡が大盛のカレーを食べ始めた。ここで逃げても連れ戻される予感しかしないので、桐生も渋々スプーンを持ってもそもそと口に運ぶ。

「はー、うまかった。ごちそうさま」

桐生が何口か食べるあいだに、目の前の彼は自らの皿を空にしていた。もういいか、と便乗して「ごちそうさま」と言ってみたら、ジロッと睨まれる。

「お前なぁ、全然食べてないじゃないか。口に合わなかったか？」

「合う・合わないではなくて、僕はあまり食というものに興味がないんだ」

「いや、そうは言ってもさすがに食べなすぎだろ」

困ったように眉を下げた武岡は、おもむろに立ち上がって桐生の隣に移動し腰を下ろした。

「よし、じゃあ今日のプレイをしよう」

「は？」

唐突な話題転換に虚を突かれて、桐生はぽかんと口を開ける。

「今日はやらないんじゃないのか？」

「やらないなんて言ってないだろ」

にやりと笑った武岡が、左手で桐生の腰を抱いて身体を密着させてくる。咄嗟に後退ろうとするも、力では到底敵わない。体勢的には警戒すべき状況なのに、なぜか彼からは敵意も下心もいっさい感じられず、セーフワードを言うべきか迷ってしまう。

「ま、待て。武岡さん、何をする気だ――」

「《舐めろ》」

次の瞬間、桐生の目の前に、それは突き付けられた。……白米とカレーの載った、スプーンが。

「くっ……どうしてこんなことを」

「だってお前、全然食ってくれねえんだもん。ほら、ちょっとずつでいいから。《舐めろ》」

「コマンドの使い方、絶対間違ってる……！」

とりあえず突っ込んではみたものの命令には逆らえず、桐生はスプーンのカレーを舌で舐めとり、口の中で咀嚼《そしゃく》する。こんな馬鹿みたいな命令なのに、身体は若干の心地よさを感じているのが悔しい。

「《いい子だ》、そのまま食えるか？」

一度《舐めろ》という命令を遂行して褒められたことで、身体の熱がじわりと上がる。《追跡》完了後はスペースに入って別世界にトリップするみたいな感覚になるので気にならないが、それ以外のコマンドではほろ酔い程度で、中途半端に頭がふわふわするから苦手だ。

「……やだ」

「こら」

「……っ」

せめてもの抵抗として首を横に振ると、子どもを叱るみたいな眼差しで弱めのグレアを与えられ、桐生は頭の芯が痺れたような感覚に襲われる。高圧的なグレアと違って嫌な感じはしないけれど、これ以上この刺激を味わってはいけない気がする。桐生は彼の手で口元に運ばれたスプーンを渋々受け入れ、無心でもぐもぐして飲み下す。

「ん、《いい子だな》」

褒められてほっとした桐生は、そのまま彼の命令に従って小さな皿の三分の一ほどのカレーを食す羽目になった。

「もっとリラックスすれば、もう少し食べられるようになると思うんだけどな……まあ、今日はこのくらいでいいか」

スプーンを置いた彼は、桐生の口の端についたカレーを指で拭い、ぺろりと舐めた。

「えらいぞ、よく頑張ったな」

頭に手を置かれてぽんぽんと撫でられながらニカッと笑いかけられると、馴れ合う気はないのにプレイの余韻もあってぼんやりしてしまう。

三十秒ほどおとなしく撫でられていた桐生は、やがて正気に戻って彼の手を払いのけた。

「……っ、なんだったんだ、今のプレイは」

「だって俺、パートナーの世話を焼きたいタイプのＤｏｍだもん」

「だもん、じゃない。最低限の健康管理は自分でしているから、僕のことは放っておいてくれ」

「最低限じゃ駄目だろうが。じゃ、これ片付けたら帰るわ」

近年稀に見るほど膨らんだ自分の腹を擦りながら、桐生は彼からふいっと身を離す。桐生の食べ残しをさくっと平らげた武岡は、まったく懲りた様子もなく「明日は何を食う？」と言って帰って行った。

武岡が帰宅した後、ソファで仮眠をとっていた桐生は大量の寝汗とともに目を覚ました。

『《死ね、死ぬんだ》。俺が死ねと言っているのに、どうして生きているんだい？　言うことを聞けないなんて悪い子だ』

『人は忘れられたときに死ぬって、よく言うだろう？　君が生きていて、俺のことを忘れない限り、俺も、俺の命令も、君の中で生き続ける』

夢の中で聞いた声が、耳の奥にこびりついている。

――またあのときの夢か。

横になってから、まだ一時間しか経っていない。今夜はもう寝るのは諦めよう、と立ち上がり、桐生は何事もなかったかのようにＰＣを起動させた。


「なあ桐生、お前ちゃんと寝たか？」

翌朝。桐生の部屋に出勤した武岡が、訝しげな顔で尋ねてきた。彼の視線は、デスクに並べられた試験紙とＰＣモニター、そして桐生の顔を順番に捉える。

「まさか夜通し仕事してたのか？」

「一時間ほど仮眠をとったが？」

「一時間は短すぎるだろ……」

「どうも夢見が悪くてね。残留香のインプットは早めに終わってしまったから、国内外の事件の情報収集と、最新の科学や医学の論文を読み込んでいたんだ。魘《うな》されながら横になっているより有効な時間の使い方だろう？」

桐生が当然のように返すと、武岡がジト目でこちらを見やる。

「お前なぁ……そんなことしてるから顔が青白くなるんだよ」

「僕は寝るのは苦手だ」

「苦手って、睡眠欲も三大欲求の一つだろうが」

「必要最低限の睡眠は取っているよ」

「なんだ、このデジャブ。昨日も似たようなやりとりをしたような……」

桐生がぷいっと顔を逸らすと、彼は呆れたように溜息を吐く。そして不意に近付いてきて、桐生をひょいっと抱えあげた。

「ほら、ベッドに行きますよー」

「うわっ、何をする。僕を気軽に持ち運ぶな！」

「そうカリカリするなって。今日はまだ捜査依頼は来てないだろ？　急ぎの仕事がないなら、ちょっと休んでおけよ」

「別に眠くないし、眠りたいとも思わない。というか、ベッドで寝るのは本当に嫌だ、やめて」

ベッドで横になるとつい眠り込んでしまう。たくさん寝るとあの悪夢を見て、結局飛び起きる。そして魘されて時間を無駄にするくらいなら、眠ったりせずに仕事をしていればよかった、と後悔するのだ。それは非効率的で、よくない。

じたばた抵抗してもびくともしなかった武岡だが、今は桐生の本気を感じ取ったのか、寝室に連行する代わりに、ソファに桐生をそっと下ろした。内心でほっとしつつ、桐生は「僕に構うな」という意味を込めて彼を睨みつける。

「ベッドで寝るの、苦手なのか？」

「苦手だ。仮眠はソファでとっている」

「ソファなら大丈夫なのか？」

「あぁ、そのくらいなら平気だ」

だから武岡さんに心配されるようなことは何もない、と突き放したつもりなのに、彼はなぜか「ふーん、ソファならいいのか」と頷いている。そして、昨日と同じく桐生の隣に腰かけた。嫌な予感が頭を過《よぎ》る。

「もうわかってるだろうけど、俺はパートナーに負担がかかるようなプレイは絶対にしないし、同性のお前に対してえろいことをしたりもしない。だから、安心して聞いてほしいんだが」

「ちょ、ちょっと待って」

「桐生、《寝転がれ》」

「くっ……身体がコマンドに従ってしまう……！」

優しくて低い声で命令されると、身体が彼の言うことを聞きたくなってしまい、桐生は不本意ながらごろんと仰向けになった。頭の下にはクッションがサッと置かれ、近くにあったブランケットをササッと掛けられ、お腹をポンポンされる。

「ちゃんと寝る準備ができたな。《いい子だ》」

額から目元を覆うように撫でられると、Ｄｏｍに褒められた安心感と彼の手の温かさで意識がぼんやりとしてくる。

「午前中は事務作業をするつもりだから、魘されてたら俺が起こしてやる。だからお前はそのましばらく寝てろ。いいな？」

「本当に……なんなんだ……」

昨日の《舐めろ》も今日の《寝転がれ》も本来は性的な要素を含むコマンドなのに、彼は本気で餌《え》付けと寝かしつけのためだけに使ってくるので、まったく嫌な感じがしない。

ただ、意味がわからなくて、桐生は戸惑いを隠せない。だって自分はＤｏｍと信頼関係を結ぶ気などないし、それを隠すことなく、全面に出している。Ｄｏｍにとっては最も敬遠したいタイプのＳｕｂのはずだ。

「前にも言ったが、僕に人事権はない。僕の機嫌を取って仲良くなろうとしたところで、元の部署に早く戻れるわけではないからね」

うつらうつらしながら、桐生は口を開く。

「はいはい、わかってるって。むにゃむにゃ言ってないで、さっさと寝ろ」

「あと、無理に僕とコミュニケーションを取ろうとしなくていい。お互いにメリットがないし、前任の補助担当たちにもそれを求めたことはない」

高い知能を持つ代わりに共感能力に乏しく、普通のコマンドでは満たされない――そんなＳｕｂと関係を築けるＤｏｍなんているはずがないのだから、最初から距離を取っておく方が合理的だ。

夢の世界に片足を突っ込んだ状態で、目元に当てられた武岡の手から逃れるように顔を逸らす。一瞬離れた温かな手は、彼の溜息とともに戻って来て、桐生の頬に添えられた。

「別に無理して構ってるわけじゃねえよ。ただでさえお前は俺より一回り以上年下のガキだし、そのうえ情緒が迷子で人間一年生って感じだから、放っておけないだけだ。それにお前が自分自身をどう思ってるか知らないけど、少なくとも前任者の水上さんって人は、お前のことをそれなりに気にかけていたと思うぞ」

「適当なことを言わないでくれ」

小さく笑った武岡が、優しく頬を撫でる。眠くなるから、やめてほしい。

「だってお前が本当に嫌なやつだったら、自分をクビにした男のために、わざわざあんな引き継ぎ書を作ったりしないだろ。長年刑事をやってるんだから、そのくらいわかる。刑事の勘が、お前は悪いやつじゃないって言ってる」

「……その勘は、宝くじよりは当たるのか？」

「ほんっと、ああ言えばこう言う……と思ったら耳が赤いぞ。照れ隠し、下手くそか。意外と可愛いところがあるじゃねえか」

「照れてない。呆れているだけ」

おかしそうな笑い声が上から聞こえる。不服である。だけど、不快ではない。

彼のお節介も刑事の勘とやらも桐生にとってはどうでもいいことのはずなのに、胸の奥に人肌程度の温もりの、柔らかくて不可解なものがふわふわ浮いているような感じがする。なんだろう、これは。バグだろうか。

不快ではないけれど、理解不能なものが胸中に発生する感覚にどんな表情をしたらいいかわからなくなって、桐生はソファの上でもぞもぞと向きを変えてクッションに顔を埋めた。

【3】


武岡英輔の仕事は、朝一の桐生の健康状態のチェックから始まる。

ここに配属されて二週間弱、毎日この部屋で半ば強制的に彼と夕飯を一緒に食べ、彼を半ば強制的に寝かしつけて帰宅している。そのおかげか、桐生の顔は出会ったときよりは血色がいい。保護した野良猫の毛づやがよくなってきたみたいな、謎の達成感がある。

――まあ、俺の自己満足なんだけど。

ここまでせずとも、桐生は若干不健康ながらも普通に生きてきたということは理解している。この健康管理は彼のためではなく、どちらかというと武岡の欲求を満たす行為だ。

武岡の持つＤｏｍとしての欲求に、支配欲はあまりない。むしろ庇護欲に全振りしていると言っても過言ではない。それはもともとの面倒見のいい性格に加え、Ｄｏｍはどうしたって生物としてＳｕｂより強く、さらにその中でも自分は比較的強い方だという自覚があるからだろう。

だからたとえ仕事上だけの関係であっても、支給品とはいえ自分のブレスレットとペアの首輪を持つ相手には優しくしてやりたいし、健やかでいてほしいと思ってしまう。

「よしよし、昨日俺が帰ってから、少しは眠れたんだな」

隈《くま》の薄くなった彼の目元を見て言うと、彼はぷいっと顔を逸らした。

毎日彼に食事や睡眠を取らせるためのプレイをしているが、武岡のコマンドが性欲や支配欲ではなく、百パーセント庇護欲から来るものだからこそ、桐生は不満たらたらの顔をしつつもセーフワード《クビだ》を放たずにいてくれているのだと思う。

そんなことを考えながら彼の柔らかな髪を撫でていたら、ペシッと手を払われた。

――ったく、全然懐かねえな。でも、放っておく気にはなれないんだよな。

武岡が構おうとすると迷惑そうな顔をする桐生だが、言葉選びが最悪で感受性が迷子で心のバリケードが要塞並みというだけで、決して冷徹でも孤高でもないような気がする。先日うつらうつらしながら「無理に僕とコミュニケーションを取ろうとしなくていい」と言った彼の表情は泣き出しそうにも見えた。

そういうふとした瞬間に見せる寂しげな表情が気になって、必要以上に彼を構いたくなってしまうのだが、お節介がすぎるだろうか。

こんなに心を開いてくれないSubも初めてだが、こんなに放っておけないSubも初めてなんだよな――などと考えていたら、不意に武岡のスマホが鳴動した。耳に当てた途端、ハイテンションな声が鼓膜に直撃する。

『ちーっす、タケピ？　俺、川田っす』

何も聞かなかったことにして通話終了のボタンをタップしたら、数秒後にもう一度かかってきた。

『切ることないじゃないっすか！　俺らの友情、そんなもんじゃないでしょ』

「……たしかに俺は降格されて巡査だし、お前は巡査長だけど、十歳年上の相手に『ちーっす、タケピ』はねえだろうよ……」

『気にしなくていいっすよ。俺、ダチになるのに年齢とか関係ない派なんで』

気にしなくていいっすよ、じゃなくて、気にしてほしいのだが。

『そんなことより、桐生さんに捜査依頼っすよ。データ送るんで、あとはよろしくっす』

言うだけ言ってプツッと切れた電話に唖然としていると、桐生が尻尾を立てた猫みたいな顔で「事件？」とこちらを見てきた。

「あぁ、川田から捜査依頼だ。……というか、なんか勝手にダチ認定されたんだが」

スマホに送られてきたデータを確認しながらげんなりする武岡に、彼は不思議そうに首を傾げる。

「電話口から聞こえたけれど、随分懐かれたね。彼はＮｏｒｍａｌのはずだが、おすわりしそうな勢いじゃないか。一体何をしたんだ？」

「何もしてねぇよ。ちょっと愚痴聞いて相談に乗って帰りに飲みに行って、酔っぱらった川田を自宅に送ってやっただけだよ」

「……とりあえず武岡さんがお人好しだということだけは理解できた。まあ、好かれる分にはいいんじゃないか？　何か困ったときにでも頼ってみるといい。キャンキャン鳴きながら助けてくれるかもしれない」

「すがすがしいくらい他人事だな……」

「当然だ。他人だからね」

深すぎる溜息を吐く武岡を見捨てて出かける準備を始めた彼は、手袋とＰＣセットを手早くまとめて荷物を肩に掛けた。そして武岡が「じゃあ行くか」と言うより早く、彼はするりと横をすり抜けて玄関へ向かって行った。今日も順調に、息が合わない。

「被害者は西福園子《にしふくそのこ》、二十歳、女性のＳｕｂ。事件発生は一昨日の夜、現場はここ——東京都瑠坂《るさか》市本町の被害者の自宅マンションのリビングだ。発見時の写真はこれな」

現場に入るなり、武岡はタブレットを片手に淀みなく情報を読み上げ、写真を表示させる。

「第一発見者は恋人のＤｏｍ男性で、被害者と連絡が取れないことを心配して合鍵で部屋に入り、リビングで彼女が死亡しているところを発見し即時通報した。この恋人が最有力の容疑者だったが、彼には決定的なアリバイがあるらしい——って、聞いてるか？」

「聞いているよ。……で、早くアレを」

死体発見時の状況を頭に入れた桐生が、武岡の口から《追跡》のコマンドをもらえるのをそわそわと待っている。

「あぁ、はいはい。《追跡しろ》」

瞬間、桐生の瞳孔がぐっと大きくなった。彼は数秒間打ち震えたあと、リビングの至るところに鼻先を近付けていく。食事や睡眠を取らせようとしたときの不服そうな顔とはえらい違いだな、と思いつつ、集中する彼の後を追う。

「あとこれは、ここに来る途中で鑑識に寄って採ってきた試験紙な。被害者の衣服と、第一容疑者だった恋人の衣服から残留香を採取したものだ」

桐生は非公式の存在なのと、一言多くて出禁になる可能性が高いので、現場に向かう前に武岡が単独で鑑識に立ち寄って遺留品を検《あらた》めている。ダイナミクス犯罪は捜査方法が確立されていないこともあり、現場の遺留品はもちろん、容疑者および遺体に接した関係者の私物や衣服も可能な限り鑑識に回されるため、残留香は採取し放題だった。

武岡が差し出した試験紙に鼻を近付けて「ふん」と言った桐生は、くるりと向きを変えてリビングをうろつく。

「被害者の死因は過剰なドロップによるもので、性的暴行はないが、頬を軽く殴られた痕があった。亡くなったのはこの部屋で間違いないとのことだ」

武岡の言葉を聞いているのかいないのか、桐生は無心でリビングの匂いを嗅いでいる。こちらを見向きもせず、部屋中のものの匂いを嗅いでは首を傾げる動作を繰り返した彼は、そのままリビングを出て浴室や寝室を歩き回る。

「無理矢理侵入した形跡はないから、顔見知りの犯行だと思われる。ただ、被害者の交友関係が広いこともあって、今のところ容疑者を絞りこめていないようだな」

リビングに戻った彼は、今度はカラカラと窓を開けてベランダに出た。壁や室外機の匂いまで入念に嗅いでいる。

「一応マンションのエントランスには防犯カメラがあるんだけど、管理会社の怠慢で故障しっぱなしだったもんだから役に立たなくて——って、おい！」

くんくんと鼻を動かしながらベランダの手すりに身を乗り出した彼が、つるりと手を滑らせてバランスを崩した。集中する桐生の後ろをついて回っていた武岡は、ぎょっとして彼に駆け寄り、素早く彼の身体を抱える。

「このバカ！　集中するのはいいけど、ちょっとは気を付けろ！」

ひょいっと抱き上げた桐生をリビングの床に降ろして説教すると、彼は心外だと言いたげに目を眇めた。

「僕に向かってバカはないだろう。大体、ここはマンションの一階だよ。万が一落ちても死にはしない。僕の警護も君の仕事のうちとはいえ、それは容疑者と遭遇した場合など、人的被害が対象だと契約書にも書いてある。つまり、僕が自らの不注意で多少の怪我をしたとしても、武岡さんに不利益はないはずだ」

「契約とか不利益とか関係ないだろ。単にお前のことが心配だって言ってんの。落ちたら痛いだろうが」

「…………心配？　僕のことが？」

大きな瞳をまん丸にしてきょとんとする桐生に、武岡は小さく溜息を吐く。

――こういうところが危なっかしくて放っておけないんだよな……。

心配されて戸惑う姿から、彼が自分自身のことを大切に扱っておらず、他人にもそれを求めていないことが伝わってくる。それは人間として、あまりに寂しくはないだろうか。しかも、おそらく彼には寂しいという自覚すらない。そう考えると、胸の奥に庇護欲とは別の何かがこみ上げてくる。

――なんだ、この感覚。同情か？

勝手に同情するのも失礼だと思い直し、武岡は自分の顔に憐れみが浮かばないよう、あえて呆れた表情を作って彼を見やる。

「お前なぁ、人に心配されて、猫のアレみたいな顔してんじゃねえよ。なんだっけ、ほら、飼い主の臭い靴下を嗅いで口をポカーンと開けるやつ」

「だって、武岡さんが変なことを言うから……。猫のアレというのは、フレーメン反応か？　それだと僕をポカンとさせた武岡さんは、飼い主の臭い靴下ということに」

我に返った桐生が真顔で変な考察をし始めたので、武岡は「誰が臭い靴下だ」と彼の額をペチッと軽く叩き、気を取り直して被害者の部屋に視線を移す。

「で、何をそんなに夢中になってたんだよ。前回はさくっと犯人を言い当てたじゃねえか」

「あぁ、それが……この部屋からも試験紙からも、恋人のＤｏｍ以外の匂いが一切しなかったんだ。僕の頭に情報が入っていようといまいと、Ｄｏｍがいたら必ず残留香が残る。屋外だと精度は落ちるけど、今回のような室内で匂いがまったくないのはおかしい」

「でも死因はドロップと断定されているし、恋人のＤｏｍは完璧なアリバイがある」

「ということは、犯人はＤｏｍではない――Ｎｏｒｍａｌの犯行かもしれない。ドロップを死因にすることで、恋人のＤｏｍに容疑を向けさせようとした、といったところかな」

「Ｎｏｒｍａｌが？　そりゃあＮｏｒｍａｌでも、Ｓｕｂを罵倒すれば弱らせることくらいは可能だけど、死に至らしめるほどの威力はないだろ」

昨今、どこかの会社のパワハラ気質のＮｏｒｍａｌが、部下のＳｕｂに対して執拗に《死ね！》と暴言を吐き続けてドロップさせて逮捕された事件があったが、それでも被害者は数日の入院程度だったはずだ。

訝る武岡に、桐生は「薬を使ったんだろう」とあっさり答える。

「アジアの一部の地域で使用されているSub用抑制剤『リムファシン』は、特定の成分と調合することで真逆の効果を発揮してしまうことがある——ということが先月、当該諸国で判明した。もちろんそのまま飲むだけなら何ともないし、そもそも日本国内の抑制剤は該当しないから、たいしてニュースにもならなかったけど」

「……真逆の効果ってことは、Subの被支配欲求が高まって、Dom以外にも支配されやすくなるってことだよな。そうなると、Normalでも殺意を持ったコマンドを口にすれば、Subをバッドトリップさせることが可能になるわけか」

この論理でいくとSubでも犯行は可能だが、自らの口から出た言葉は自らの耳にも入るので、Subは死を教唆《きょうさ》するような命令を口にすると自分自身も相応のダメージを負ってしまう。毒舌な桐生でさえ「死ね」といった類の言葉は冗談でも使わない。

よって、相手をドロップさせて死なせるほどの命令を口にしたこの犯人がSubである確率はきわめて低いと言える。DomでもSubでもないなら、犯人はNormalだ。

「その通り。この手の薬は本能に作用するものだから、薬毒物検査にも引っかかりにくいんだ。調合するのに多少の専門知識は必要だから、薬学に精通している人が怪しいかな。僕みたいな頭脳があれば情報を得ることも調合することも簡単にできるけど、世の中の大多数を占める——武岡さんみたいなシンプルな頭の人たちには難しいだろうし」

「相変わらずいい感じに一言多いな」

今の時代、その気になれば海外から薬を仕入れられるし、知識があれば調合もできる。犯人が被害者と知り合いだったなら、味の濃い飲み物に混ぜて飲ませることもできたはずだ。

薬を悪用してSubを痛めつけるために使うとは許しがたい。一体どんなやつがそんなことを、と憤るのと同時に、武岡はハッと桐生を見る。

――ちょっと待てよ。こいつ、Domのフェロモンの匂いしか感知できないのに、こういう事件はどうするんだ？　Domの犯行ではない場合、自慢の鼻が利かないんじゃ……？

Subは通常、コマンドを遂行できないと「自分は命令を守れない悪い子だ」という気持ちになり、精神的に不安定になる。普通のプレイ中ならお仕置きをしたりして仕切り直してやればよいが、この状態でいきなり彼の尻を叩くわけにもいかない。大前提として彼は武岡に心を開いていないので、そんな相手からのお仕置きではより一層追い詰められてしまうし、ついでに自分もクビになる。

仕切り直さずに頑張り続けるとしても、事件を長引かせるわけにはいかないだろう。彼は《追跡》の命令をもらうと犯人を特定するまでフロー状態が続くと言っていた。人間の限界を超えたフロー状態で長丁場の捜査なんて、絶対に身体に悪い。

どちらにしても、彼にとってはかなりまずい状況には違いない。

「桐生、大丈夫だ。俺が関係者全員に話を聞いてくる。俺の取り柄は努力・根性・忍耐だ。一人ずつ当たっていけば、きっと手掛かりが――」

「何を切羽詰まった顔をしているんだ？　トイレなら我慢せずに行ってくればいい」

「違う！」

「とりあえず被害者のデータをすべて見せてくれ」

興味がなさそうな顔で手を差し出され、武岡は肩透かしを食らった気分で情報を表示したタブレットを彼に渡す。桐生はそれにさっと目を通し、持参したPCを開いて何やら夢中で作業を始め、しばらくするとパッと顔を上げた。眼精疲労なのか、目頭をぐりぐりしている。

「犯人は久山《ひさやま》つつじ、被害者と同じ大学の薬学部に通うＮｏｒｍａｌの女性だよ。被害者との関係はたくさんの友達のうちの一人で、捜査線上ではあまり目立たない立ち位置のようだが――ＳＮＳの裏アカウントでＳｕｂへの差別的発言を繰り返している」

「へ？」

「被害者と交流のあった人間のＳＮＳを洗っても何も出なかったから、少し工夫して久山の裏アカを特定し、不正アクセスをして内容を確認した。ついでに海外のインターネットサイトの購入履歴も覗き見たところ、抑制剤リムファシンの類似品を購入していたから彼女は完全にクロだ。……言っておくが、このハッキングは僕が犯人を特定するのに必要なカンニングペーパーみたいなもので、大島さんも見逃してくれる範囲だし、ＦＢＩだって捜査にハッキングツールを使用しているし……」

「んん？　後半どうした？」

「そもそも捜査中のハッキングも君に一言言わないといけないのか？　フロー状態で集中しているときにそこまで気にするのは難しいし、非効率的なんだが……」

どうやら武岡が「人のスマホの中身を見るときは一言言え」と注意したのを、変な方向に気にしていたらしい。不満げな顔で口を尖らせてぶつぶつとズレた言い訳をする桐生に、武岡は苦笑する。

「いや、ハッキングで得た情報を証拠に逮捕するわけでもないし、《追跡》に必要な過程なら大島さんも見逃してるんだから、そこは俺も何も言わねえよ」

「……そうか。では、これから言う情報を一係に共有してくれ。人員を割いて証拠固めに動いてくれるだろう。まずは久山の――」

答案に書かれた答えを暗唱するみたいに必要な情報を言い連ねる桐生の表情は飄々としているけれど、ハッキングを怒られなかったことにどこかホッとした様子だ。素直なのか捻くれているのかわからない。

「――なるほどな。一係に伝えておく。ちなみに動機はやっぱりＳｕｂへのヘイトか？　社交的な被害者なら、特別親しくはない友達でも家に訪ねて来ればお茶くらいは出すよな。そこで一服盛られてドロップさせられた可能性が高そうだが……」

「動機？　悪いが人間の分析は専門外だ。そういうのは警察側で調べてくれ」

「お、おぉ……まあ、そうだな」

苦笑する武岡に、桐生はフンと鼻を鳴らす。

「それと武岡さんは勘違いしているようだが、僕の最も優れた点はこの嗅覚ではなく、《追跡》の命令を手段問わず遂行する能力そのものだよ。匂いが辿れなくても、頭脳を駆使して絶対に犯人を見つけ出す。大体、鼻がいいだけなら警察犬で事足りるだろう。というわけで、一係に連絡を。僕の仕事はおしまいだ」

立て板に水の如く言った彼は、喋り終えるなり「ふわぁ」とあくびをした。勝手にＳｕｂスペースに入ろうとするな。

「お前、すごいな。Ｎｏｒｍａｌの犯行は残留香が残らないから追跡できないと思って、俺一人でめちゃくちゃ焦っちまったよ」

「たしかに君は妙に必死な顔をしていた。なぜ武岡さんがそんなに焦るのか不可解極まりない。まあ事件の解決は早いに越したことはないだろうけど……」

「そうじゃなくて、お前が調子を崩すんじゃないかと思って心配で。Ｓｕｂって命令を守れないと、結構心身に負荷がかかるだろ」

「……僕のことが心配であんな顔を？」

またしてもフレーメン反応のような顔をした彼の頭をポンポンと叩き、武岡は少しだけ屈んで視線を合わせる。

「それと、毎回こういうときに総当たりでハッキングするのも疲れるだろうし、俺にできることがあったら協力させてくれよ。いや、まあハッキングを手伝えって言われても無理だけどさ、鑑捜査に地取捜査、張り込みに戦闘あたりならお任せあれ」

彼の場合は自分で犯人を特定することが欲求解消になるので、あまり手を出し過ぎるのも無粋だが、一人で頑張ることを当たり前とは思ってほしくない。そんな気持ちも込めて言ってみると、彼は戸惑ったように瞳を揺らし、口を開こうとして途中でやめて、結局ぷいっとそっぽを向いてしまった。

余計なお世話だったか、と肩を竦めた武岡はスマホで一係に連絡し、情報を共有する。あとは桐生の情報をもとに容疑者を久山に絞って証拠を固めればいい。裏付けは必要だが、解答を見ながら問題を解くようなものなので、そう時間はかからないはずだ。

「さてと。俺たちの役目は終わったみたいだな。桐生、帰るぞ」

「あぁ、そうだな。早く車で休みたい」

一係とやりとりしているあいだに自動的にスペース状態に片足を突っ込んでしまったらしい桐生が、ふわふわした足取りでついて来る。

とりあえず自分で歩ける様子だったので、一緒にマンションを出て少し離れた駐車場に向かう。帰ってから書く報告書の内容を頭の中で整理しながら歩いていると、途中ですれ違った何人かが、隣を歩く桐生をちらちら見ていることに気付いた。武岡は彼を見て、慌ててその細い腕を引く。

「お前なぁ、歩行中に無言でどっぷりスペースに入るんじゃねえよ。危ないだろうが」

「んー」

普段は愛想のない彼だが、犯人特定後にスペースに入っているときだけは、こたつで眠る猫のように目を細めていて可愛い。人形並みに整った顔は高揚で朱が差し、纏う雰囲気もぽやぽやしている。

「……なあ桐生、駐車場までお前をおんぶして行ってもいいか？」

「なんで」

「危なっかしい……じゃなくて、俺が運んだ方が早いし合理的だろ」

「合理的か……んー」

桐生が好みそうな単語を入れてみたら、彼は少し悩んだ素振りをしたあと、こくんと頷いた。普段なら拒否されるであろう提案も、スペースに入って判断力が鈍った状態なら受け入れてくれるのでは、という武岡の読みは当たったらしい。早速屈んだ武岡の背中に、軽すぎる身体が乗ってくる。

――待てよ。このリラックスした状態なら、飯もたくさん食べてくれるんじゃないか？

そのとき、ふとそんな考えが武岡の頭を過った。ちょうど向かいの通りには、完全個室の居酒屋がある。今日は犯人特定や一係への連携に時間がかかったので、もう夕飯の時間も近い。

――でも、あとで絶対怒るよなぁ。すげえ文句言われるよなぁ。

頭ではそう考えつつ、武岡は桐生を背負ったまま居酒屋に足を踏み入れた。

完全個室の掘りごたつの席に案内され、適当にメニューを注文し、料理が揃ったところで桐生の方に移動して、彼を膝に乗せる。トリップ中の彼はふにゃふにゃしており、無抵抗に抱っこさせてくれた。まるでマタタビを与えられた気位の高い猫だ。ごろごろと喉を鳴らす桐生を想像して、ふっと笑いそうになる。

「んー……今日はなんだか暖かいな……」

「そりゃ俺が抱えてるからな。ほら、ちょっと口開けられるか？」

スプーンでポテトサラダを掬って口元に持って行くと、彼は素直にそれを食べた。

「ちゃんと食べられて《いい子だ》」

「いい子……？」

武岡との通常のプレイでは絶対に見せてくれない、無防備な表情だ。

犯人を特定した達成感から、緊張や警戒が解けているのだろう。とろんとした瞳で聞き返してくる桐生は子どもみたいにあどけない。

普段の桐生は上から目線がデフォルトだからたまに忘れかけるけれど、彼は武岡よりも干支《えと》一周分以上、年下なのだ。隙だらけの姿が妙に愛らしくて、武岡は思わず彼の頬を撫でて「桐生は《いい子だなぁ》」と本気で甘やかしにかかる。

「これも食べられるか？」

「ん……」

「よしよし、えらいぞ」

褒めちぎりモードで半熟煮玉子を形のいい唇に近付けてやると、彼はそれも口に含んで咀嚼した。

先日《舐めろ》と命じて強制的に食事を摂らせたときは不満げな顔をしていた彼だが、今はおとなしくもぐもぐしている。本能が満たされた状態で褒められたことでさらに酩酊状態になったのか、武岡に手ずから食事を与えられた桐生は気持ちよさそうに頬を染めており、なんというか、可愛い。

――スペースの力ってすごいな……！

感動のあまりテーブルにある料理をあれもこれもと与えてしまったが、小食な彼にしてはたくさん食べてくれた。

しかし逆に言えば、リラックスしていれば、桐生はこのくらいの量を食べられるということではないだろうか。彼が普段あの味気ない栄養補助クッキー一つで済ませようとするのは、日常的にリラックスとは対極の状態にあるからなのでは、と心配になる。

「……お前がこうして自分を解放できるのが犯人を特定したとき限定ってのはなんだか悲しいし、一

緒にいるＤｏｍとしてもちょっと寂しいよな」

せめて武岡との普段のプレイや、捜査以外でも一緒に過ごす時間は、もう少し彼が自然体でいられるようにしてやりたい。

だって、気を張っていない彼はこんなにも可愛い。この懐かない猫が自分にだけ甘えてきてくれたら、どんな気分だろう。自分にだけ全幅の信頼を寄せて、すべてを見せてくれたら。

――い、いや、それはなんか違うだろ。あくまでこいつの健康のため……だよな？

今、なんだか変な考えが頭を過った気がする。いやいやいや、と視線を移した先では、桐生が恍惚とした表情で、唇についたマヨネーズを舌でぺろりと舐めとっている。膝の上の彼の温もりが、やけに気になる。

なぜか身体の中心が熱くなりかけて、武岡は気を取り直すように頭を振った。ちょうどそのとき桐生が「けふっ」と小さく満腹の息を吐いた。色気のない音声に、武岡はふっと脱力する。

「たくさん食べたな。えらいえらい」

「僕、えらい……？」

「あぁ、お前は最高に《いい子だなぁ》」

上目遣いで尋ねられて思わずべた褒めしてやると、彼は恥ずかしそうに口をきゅっと結んで武岡の膝から降りた。褒めすぎると逆効果なのか……と落胆しかけたものの、彼は離れていくことなく武岡の隣に座り、ピトッとくっついてくる。

――もしかして、桐生に食べさせてばかりの俺が自分の分を食えるように、退《ど》いてくれたのか……！

腹が満たされて眠くなったのか、桐生はうとうとしている。うとうとしながら、おそらく一番彼が気に入ったのであろうサーモンの生春巻きの載った皿を武岡の前に寄せて「これおいしい、きみもたべろ」という顔を向けてくる。こうして無意識に武岡を気遣うような動きをしてくれたあたりが、いじらしくてたまらない気持ちになる。

――やっぱり悪いやつじゃないというか、変な方向に健気なんだよな……。

思えば彼は今回スペースに入っても「最高の気分だ」などとは言わなかった。ハッキングの言い訳しかり、前に武岡が注意したことをちゃんと守ろうとしてくれる。

彼の髪をひと撫でした武岡は、肩に凭れてくる彼の重みを感じながら、料理を自分の口に運ぶ。特に好きでも嫌いでもなかった生春巻きが、妙に美味しく感じられた。

「なんてやつだ、君は。信じられない。僕がスペースに入っているのをいいことに……っ」

店を出る頃には桐生のスペース状態は終わっており、彼は珍しく顔を真っ赤にしてぷるぷる震えて憤っていた。しかし先程フニャフニャしている彼を可愛いと思ってしまったせいか、はたまた彼のいじらしい振る舞いを見てしまったせいか、怒った顔も猫のシャーッにしか見えなくて和んでしまう。

「何を笑っている」

「いや、なんだかお前が可愛くて」

「……意味がわからない」

つい思ったまま口に出したら、彼は完全に拗ねた顔になってしまった。悪い悪い、と武岡が笑って彼の頭を撫でた瞬間、ぞくりとするような不穏な視線を感じた。反射的に桐生を抱き寄せて、周囲を見回す。

「うわ、どうした？」

「今、誰かがこっちを見ていた。なんだか嫌な感じだった」

「嫌な感じ、とは？　グレアで喧嘩でも売られたか？」

「いや、グレアかどうかまではわからなかったけど」

刑事の勘みたいな？　と言ったら「宝くじより当たらないやつか」と鼻で嗤われた。

通りすがりの女性にわざと体当たりする「ぶつかり男」のように、通りすがりのＳｕｂにグレアを放つ悪質なＤｏｍも近年増加傾向にあるから、その手の輩が近くにいるのかもしれない。

警戒してＤｏｍの気配を探るが、周辺にはのほほんとした老夫婦が歩いているだけだ。近くのカフェの窓際の席にも、仲睦まじいカップルや参考書を広げる女性など、思い思いの時間を過ごす人がいるだけで、視線の主は発見できなかった。

「相手が仕掛けてきたら俺が現行犯逮捕するけど――ざっと確認した感じではそれらしき野郎もいないし、とりあえず車に戻るか」

念のため彼の肩を抱いて、駐車場に向かって足を進める。ふと思いついて「あ、おんぶしようか？」と言ってみたら、猫パンチみたいなビンタがペチッと飛んできた。

【4】

「川田から聞いたけど、久山つつじの動機はやはり怨恨だったらしいぞ。Ｓｕｂの妹ばかりを可愛がる家庭で育ったせいでＳｕｂへのヘイトを募らせていたうえに、被害者の恋人のＤｏｍ男性は久山の初恋の人で、遠くから見ているうちに西福と付き合い始めてしまい、逆恨みしたんだと。被害者も気の毒だな……」

ある日の夕方、桐生がデスクに向かっていると、武岡が勝手に語り出して勝手に被害者に同情し始めた。この男は相変わらず、聞いてもいないことを話してくるし、放っておけと言っても構ってくる。

「愛憎劇というやつか？　僕には無縁だし、一生理解できそうもないな」

桐生が素っ気なく返すと、彼は「たしかにお前は愛憎劇とは無縁だろうけど」と苦笑してデスクを離れ、部屋の奥のソファに腰かけた。

「さて、そろそろ今日の仕事も終わりだな。《おいで》」

穏やかな声にぴくりと反応し、桐生はムスッとした顔のまま、のそのそと彼のいるソファに近付く。

半月以上一緒に働いて、彼がただの良心的で世話好きな常識人だということは十分すぎるほど理解したので、桐生も多少のお節介には目を瞑ることにした——というのは建前で、最近なんとなく絆《ほだ》されているような気がする。

ソファの傍まで来たところで、続けて《おすわり》と命じられ、桐生は彼の足元にぺたんと座る。

じわりと熱くなった身体で彼を見上げると、にこっと微笑んだ彼が頭を撫でてきた。

「《いい子だなぁ》。食事も少量ながら自分で食うようになったし」

「そうしないと武岡さんは、変なコマンドを使ったり、スペース中に食べさせようとしたりするだろう……」


毎日餌付けされたら敵わないし、あそこまで世話を焼かれるのも気が引けるからやむを得ず、と不貞腐《ふてくさ》れつつ、大きな手に撫でられる心地よさを享受する。やがて彼の手が桐生の髪を整えるように梳いて離れた。本日のプレイは終わったらしい。

「明日と明後日は休みだから、緊急の連絡がない限り俺はここへは来ないけど――お前、一日一食でもいいからまともなものを食えよ」

そう言って身支度を整えた武岡は、玄関先でふと閃《ひらめ》いたような顔でこちらを見た。

「そうだ、暇になったらうちに来いよ。住所はこの前教えたところな」

「僕は暇ではない……じゃなくて、どうして僕が武岡さんの家に行く必要が？」

予想外の誘いに心底怪訝な視線を向けると、彼は「無理に来なくてもいいけど」と肩を竦める。

「俺たちは仕事上とはいえ一応ペアの首輪とブレスレットを持った、いわゆる疑似パートナー的な関係だし、ただの同僚よりはもう少し特別な存在だろ？　もちろん恋人ではないけど――しいて言えば友達、みたいな。だからちょっと言ってみただけだよ。強制ではないからな」

「友達……？　武岡さんと僕が？」

「なんだよ。今までに見たことがないほど複雑な表情をしてるけど、そんなに不満か？」

そういうわけではない、と返そうとしたがうまく返せず、桐生は口をぱくぱくと開閉して彼を見つめた。ＤｏｍとＳｕｂはどうしても支配・被支配の関係という前提があるし、それより何より、まさか自分に対してそんなことを言ってくる人間がいるとは――。

「じゃ、気が向いたら来いよ。夕飯くらいは作ってやるから」

片手を上げて帰って行く彼の背中に、桐生はなんとも言えない気持ちで「気が向いたら」と返した。

――僕は暇ではないし、気が向いたりもしない。武岡さんだって深く考えての発言ではなかったようだし、むしろ休日にまで僕の顔なんて見たくないだろう。わざわざ行ったところで、誰も得をしないのは明らかだ。つまり、無意味だ。

頭の中で行かない理由を冷静に並べ立てたはずなのに、翌日の夕方になると桐生は自ら車を運転し、一目見て記憶済みの彼の住所に向かっていた。

信号で停車するたびに「僕はなぜ無意味な行動を？」と我に返って引き返そうとしたものの、急にＵターンしたら道交法違反だし、この道は一方通行だし、などと脳内で言い訳を繰り返し、結局スムーズに武岡の家まで辿りついてしまった。

武岡の自宅は都内にある、大きくも小さくもない二階建ての一軒家だ。元妻との結婚を機にマイホームを購入し、離婚後はここで一人寂しく暮らしているらしい。

家の前の駐車スペースには彼自身の車が停まっているが、来客用にもう一台入れる程度の隙間がある。彼の陽気な声で「さあここへどうぞ」と言われているような気がして、桐生は渋々車を停める。

――……出てこなかったら、帰ればいいか。

彼の家の玄関先に立った桐生はインターホンに指を置き、鳴るか鳴らないかくらいの控えめなタッチで一回ちょんと押す。幸か不幸かインターホンはすぐに繋がり、スピーカーから「おぉっ」と驚きの声が上がったかと思うと、ドタバタと武岡が出てきた。

「たまたまドライブしたい気分になって、近くまで来たから寄っただけだ」

「なんだよ、土産《みやげ》まで持ってきてくれたのか。ありがとな」

即日配送で届いたばかりのおつまみセットを、彼が桐生の手から嬉しそうに受け取る。

顔を綻ばせて出迎えてくれた彼にうっかり手土産を渡してしまったせいで、自分の台詞との整合性が取れなくなったことに気付いて、桐生は気まずげに顔を逸らす。スマホの検索履歴が「友人宅　訪問　手土産」の類で埋まっていることだけは死んでも知られたくない。

「あとちょっとで夕飯ができるから、そこのソファで待っとけよ。来るって連絡してくれたら、もっと気合い入れたメニューにしたのに」

武岡の嬉しそうな笑顔を見ていたら居たたまれなくなってきて、桐生は案内されたリビングで脱いだ上着をハンガーに掛け、ソファで膝を抱えて丸くなる。桐生のつれない態度に慣れている武岡は特に気にした様子もなく、こちょこちょと桐生のつむじを撫でてキッチンへ戻っていく。

リビングは適度に散らかっており、すっかり中年男の一人暮らし感が出ているが、薄桃色のカーテンに結婚生活の名残を感じてなんだか鼻につく。

あのカーテンを選んだのは、どんな女性だったのか。武岡のスマホのデータをハッキングしたときに得たデータでしか、桐生は彼の元妻を知らない。

新婚の武岡は、彼女と一緒にカーテンを買いに行ったのだろうか。きっと彼がカーテンを取り付けたのだろう。どんな表情で、新しいカーテンの揺れる窓を眺めたのか。そんな情報は知ったところで何の役にも立たないし、どうでもいいことだけれど、なんとなく不愉快だ。

――別にカーテンがピンクだろうが極彩色だろうが、僕には関係ない。

桐生が理由なきモヤモヤに戸惑っているうちに、大きめのどんぶりと普通の茶碗を左右の手に持った武岡がキッチンから出て来て、ダイニングのテーブルに置いた。

「あなた、ご飯の時間ですよ～」

ふざけた口調で呼ぶ彼に、桐生の肩の力が抜ける。ふっと息と吐いて彼のもとへ歩いて行くと、席につくよう促された。今日の夕飯のメインは親子丼で、脇に味噌汁と漬物が並んでいる。

――どうして普通に二人前出てくるんだ……？　そういえば駐車スペースも空けてあったし……。

まさか桐生が来ることを見越していたのだろうか。気遣いはありがたいが、それはそれでお見通しだと言われているみたいで、屈辱を感じなくもない。

「そんな何とも言えない目で見るなよ。別にお前が来ることはお見通しだ、なんて思ってないって。具材だけ多めに作って冷蔵保存して、明日の朝飯にしようと思ってたんだ。駐車スペースは、来てくれたらいいなって期待も込めて空けてたけど」

「そ、そうか――って、どうして僕の考えてることが？」

「だってお前、頭脳と嗅覚は超人的だけど、それ以外のことになると……人間一年生だし。いや、それが悪いって言ってるんじゃないぞ。最初はわけわかんねえって思ったけど意外と可愛いところもあるし、もはや人間二年生への進級を微笑ましく見守りたくもあるというか」

「馬鹿にしている……？」

「どうどう、毛を逆立てるなって」

「僕は猫ではない！」

「あ、飲み物はビールでいい？」

まるで暖簾《のれん》に腕押しだ。手土産のベーコンを小皿に出した彼が飄々と尋ねてくるので、桐生はムッと口を尖らせて首を横に振る。

「僕はアルコールは飲まない」

別に拗ねているわけではなく、もともと飲酒を好まないのだ。そう告げると、彼はきょとんと目を丸くする。

「え？　おつまみセット持ってきてくれたのに？」

「それは検索したら——いや、なんでもない。武岡さんは勝手に飲めばいいだろう」

言われてみれば、こういう場合の手土産は一緒に楽しめるものを持ってくるべきだったのかもしれない。犯罪捜査中なら矛盾に気付けるのだが、自分のことになるとこのていたらく。早速人間一年生にふさわしい振る舞いをしてしまい、桐生は歯噛みする。

「ふっ……じゃあ俺は少しだけ飲もうかな」

何かを察したらしい武岡は上機嫌で冷蔵庫を漁り、コップにビールとお茶を注いで持ってくる。

「ほら、温かいうちに食おうぜ。俺、結構料理は手慣れてるし、この親子丼も絶対美味いから。茶碗サイズならお前もぺろっと食べきれると思うぞ」

自信満々に勧めてくるだけあって、味は悪くない。半熟の卵と柔らかな鶏肉、濃いめの出汁は、嫌いではないと思った。

「な？　美味いだろ」

「……武岡さん、自炊をするんだね」

「そこは美味いって返せよ。まあ副菜は出来合いを買うことも多いけど、メイン料理はわりと作るようにしてる。外食ばっかだと腹回りが気になるお年頃に差し掛かってるしな」

「お気の毒に」

「うるせえわ」

意味のないやりとりをしながら、一口、また一口、と親子丼を口に運ぶ。いまだに食欲というものに疎い桐生だが、この食卓はどこかホッとする。彼の料理の腕が相当優れているということだろうか。

「それにしても、来てくれてよかった。一緒に仕事してるわけだし、お前のことをちょっとは労わってやらないとなって思ってたからさ」

夕飯を食べ終わり、食後に出された湯呑みで温かいお茶を飲んでいると、彼が朗らかに笑んだ。親切な言葉に、桐生は微妙な気持ちで返す。

「あぁ……そういう気遣いは不要だ。僕は《追跡しろ》とさえ言ってもらえれば、自分の能力で事件を解決して勝手にスペースに入るから、わざわざ労わってもらう必要はない」

「いや、それはそうだけど、それだけじゃなくて……お前に『今週もお疲れ様』的なことを言いたかっただけというか」

意図を汲み取れなくて、桐生は怪訝な顔で彼を見返す。「なんて言えば伝わるかな……」と首を捻った武岡が、少し悩んでから口を開く。

「だってお前は人間だろ。機械みたいにアプリをインストールすればすぐ使えますってわけじゃない。たしかにASGの能力はすごいけど、その能力を使いこなすためにお前がやっていることは、努力だ」

真剣な眼差しでまっすぐ見つめられ、言葉が出なくなる。何を言っているんだ、彼は。

「お前は捜査依頼がない日も、俺が採取した残留香のデータのインプットはもちろん、国内外の犯罪や科学、医学の最新情報を常に収集しまくって、《追跡》実行時に最短ルートで犯人にたどり着けるよう備えてるだろ。このあいだの事件で『犯人は抑制剤を悪用したNormalだ』って前提をすぐに考えついたのだって、お前の努力の結果だよ。俺としては正直、もうちょっと休んでほしくはあるけどな」

《追跡》を遂行するためには日々の下準備が大切なのだ。いざというときに情報を頭から引っ張り出せるように。

もちろん警察に任せるべきところは任せるし、わからないことはインターネットや書籍、専門家に頼ればいい。でも土台となる知識や思考力がなければ、自分が何を見落としていて、何を調べるべきなのかもわからない。それでは困る。

高い知能の代わりに共感能力に乏しく、普通のコマンドでは満たされない——そんな機能不全のS

ｕｂの桐生が、ようやく得た居場所がＡＳＧ構想というプロジェクトなのだ。そこで必要としてもらうために、役に立つために、準備をするのは当たり前のことだ。

「コマンドでフロー状態になれるとしても、その下地をこつこつ作ってるのはお前自身だ。そうやって頑張ってるお前は褒められるべきだし、労わってやりたいと思う」

桐生にそんなことを言う人は、今までいなかった。だって自分は天才だから。普通ではないから。

予想外な彼の言葉に驚いたせいか、なぜか鼻の奥がつんと痛んだ。桐生は誤魔化すように手元の湯呑みを口元に持って行く。お茶を一口飲んでも喉が震えそうだったので、小さく息を吐いてから顔を上げた。

「僕は単に普通のコマンドでは満たされないから、自分を安定させるために捜査に使えそうな情報を集めているだけだよ」

「なんでそう捻くれた考え方になるかなぁ。普通に頑張ってますお疲れさまです、以上、でいいんだよ。おとなしく労わられとけ」

「何だそれ……武岡さんは変わり者だね」

「お前にだけは言われたくねえな」

「このあいだは僕のことを心配だと言ったりもしたし……心配すべきは自分のクビだろうに」

「おい、怒るぞ」

目の前の彼の、瞳が優しい。いつも通りの不愛想な表情を作ったつもりだけれど、うまくできていないかもしれない。

「今だって、この僕を労わろうとしている。本来労わられるべきは、仕事上とはいえ僕なんかのパートナー役を務める羽目になった武岡さんなのにね」

「本当に怒るぞ」

今度は声に少しだけ怒気がこもった。なのになぜか嬉しくて、口角がじわじわと上がってしまう。

今日、自分がここに来ない理由を並べながらも、どうして来てしまったのかが、なんとなくわかった。

彼は桐生のことを、特別な能力を持つ天才でも、支配対象のＳｕｂでもなく、ただの一人の人間として心配したり、叱ったり、労わったりしてくれる。桐生自身を見て、わかろうとしてくれる。そんな彼の傍にいたいと、心のどこかで思っていたのかもしれない。

「ったく、人が真面目に話してるのに、何をにやにやしてるんだよ」

「なんでもない。僕はそろそろ帰るよ」

「え、泊まっていけば？　客用の布団ならあるぞ」

お茶を飲み干した桐生が立ち上がると、彼は二階を指した。桐生は首を横に振り、帰り支度を始める。

「泊まる用意はしていないし、僕は武岡さんと違って暇ではないからね」

「じゃあ家まで送る——って駄目だ、酒飲んじまった。せめて見送りするわ」

桐生は上着を羽織って、部屋着のままの彼とともに玄関を出る。夜風は冷えるけれど、親子丼を完食したおかげか身体の内側からほかほかしている。

「……武岡さん。食事、美味しかった。ありがとう」

玄関の目の前に停めていた車に乗り込む直前、桐生が明後日の方向を見ながらぼそっと呟くと、彼が「えっ」と小さく声を上げた。らしくないことを言ってしまった、とそそくさと運転席に座って扉を閉めようとしたところで、屈んだ武岡の手が桐生の頭に伸びてくる。

「こちらこそ、夕飯残さず食べてくれてありがとな。嬉しかったぞ。《やっぱり桐生はいい子だなぁ》」

出会った当初から彼の《いい子だ》は優しい響きではあったけれど、最近は《いい子だなぁ》と甘さの滲んだ声で言ってくるので、Ｓｕｂの本能とは何か別の理由で落ち着かない気分になってしまう。

「なあ桐生。お前はあの部屋にいるとどうしても働き続けちゃうんだろうし、たまにうちに来て息抜きしろよ。仕事終わりなら俺の運転で一緒に来ればいいし、泊まってくれても構わないから」

「……気が向いたら」

「もちろん休日に来てくれても大丈夫なように、駐車スペースは常に空けておくからな」

「お人好しがすぎるよ、武岡さん」

ふっと笑った桐生の髪を整えるように梳いた彼は、いかつい顔に人懐こい笑みを浮かべる。

「じゃあ、気を付けて帰れよ」

運転席の扉をそっと閉めて窓越しに手を振る彼に目で頷いて、桐生は車を発進させた。

もう少しくらい、ゆっくりして行ってもよかったかもしれない。泊まらせてもらっても、よかったかもしれない。……なんて、決して思ったりはしない。多分。

＊＊＊

桐生にしては雑な言い訳で、彼が初めて武岡の家を訪れた日から半月ほどが経過した。

今やすっかり慣れた様子で、桐生はハンガーにコートを掛けてソファの定位置に座った。彼がクッションを手に取るのを見た武岡は、腕まくりをしてキッチンに向かいながらひそかに頬を緩める。

比較的時間に余裕のありそうな平日の帰りに武岡から彼を誘ったり、休日に「気が向いた」という彼が手土産片手に訪ねて来たりを何度か繰り返すうちに、桐生はこの家に慣れてくれたらしい。初訪問時は気まずそうな顔をしていた彼も、今では結構リラックスした表情で、リビングで寛いでいる。

桐生のために購入したふかふかのクッションも気に入ってくれたらしく、武岡が夕飯の支度をしているあいだ、必ずそれを膝に抱いておとなしく待機する彼の姿は微笑ましい。

武岡の家に泊まるときも、彼はソファでクッションに顔を埋めて寝ている。一応、客用布団を用意しているのだが、やはり布団で眠るのは苦手なのか断固としてソファから動こうとしないので、毛布をリビングに運んでやったのは記憶に新しい。

――警戒心の強い野良猫の餌付けに成功したみたいな感慨深さがあるな……。

つい先日、毎度律義に手土産を持参する彼に気を遣わなくていいという意味で「そういうのはもういらない」と言ったら、何を勘違いしたのか風に攫《さら》われそうな儚い表情で「そうか……今まですまなかった」と微笑まれ、全力で釈明する羽目になったのも悪くない思い出だ。

以前はどこか寂しげな顔で「無理に僕とコミュニケーションを取ろうとしなくていい」と言ってい

た桐生が、身構えることなく武岡の家に来てくれるようになったことが、なんだかとても嬉しい。

最初は離婚して以降、この家に人がいる光景が久々だからだと思っていたが、ソファでごろごろしながら夕飯ができるのを待ってくれている彼の姿を見ると、何とも言えない幸福感が湧いてくる。自分は自覚している以上に、世話焼きな性分だったのだろうか。

「今日も腕によりをかけて作るとするか」

武岡は鼻歌交じりにざくざくと野菜をカットする。

《追跡》完遂後のスペース状態ではなくても、最近の彼は武岡が作る料理だけはわりと食べてくれるようになった。食事を促すためのコマンドも必要ない。フンフンと匂いを嗅いで、自ら箸をつけてくれる。武岡は特に料理好きというわけではなかったのだが、彼の反応が嬉しくてつい張りきってしまう。

今夜の夕飯のメインは鮭のちゃんちゃん焼きだ。彼は自覚してはいないようだけれど、居酒屋でもサーモンの生春巻きを好んでいたし、鮭料理を出すと微妙に食いつきがいい。

塩コショウした鮭をフライパンで焼き、野菜とタレを投入して蓋をして蒸し焼きにする。もう片方のコンロで味噌汁もパパッと作り終えた頃、炊飯器が軽快な音で米が炊けたことを知らせてきた。

「よし、完成――お、どうした？」

食器棚から平皿を二枚取り出した武岡が鮭と野菜を盛り付けていると、桐生がおずおずとキッチンに顔を覗かせた。大抵彼は武岡が呼びかけるまでソファでおとなしく待っているので、こんなふうに近付いてくるのは珍しい。不思議に思って振り向いた先で、彼は居心地悪そうに口を開いた。

「……その皿を運べばいいのか？」

彼の細い指は、平皿を指している。整った顔は不愛想だが、目は泳いでいてどこか自信がなさそうだ。

——ま、まさかこいつ、手伝おうとしている……!?

つい驚愕と感動で目と口を全開にしかけた武岡だが、ここで露骨に反応したら彼は間違いなくへそを曲げてしまう。ぐっと顔面に力を入れて動揺を最小限に抑え、「頼んでもいいか？」と返すと、彼は皿を両手で大事そうに持ってトテトテとテーブルに運んでいく。

——あんまり凝視するのも変に思われそうだけど、なぜか目に焼き付けたい……。

ちゃんちゃん焼きを運ぶ雄姿を武岡に見守られながら、彼は無事に二往復して二人分の皿をテーブルに並べて戻って来た。

野良猫みたいで、他人と馴れ合う気のなさそうな桐生が、自らお手伝いをしてくれるようになるとは。そして武岡自身、彼と少なからず信頼関係が築けてきていることが、こんなに嬉しいとは。

もともとＤｏｍの支配欲や庇護欲は、Ｓｕｂから信頼されることで満たされる性質があるが、桐生の場合はスタート地点がマイナスだったせいか、ちょっと懐いてくれただけで感激してしまう。

一人で感動に打ち震えていた武岡は、ふと視線を感じた。皿を運び終えた桐生がキッチンの隅で腕を組み、こちらをじっと見つめている。武岡と目が合った瞬間、ぷいっと顔を逸らされてしまったが、彼は定位置のソファにも食卓の席にも戻ろうとしない。

そこでようやく、武岡は彼の真意に気付いた。気付いた瞬間、膝から崩れ落ちそうになる。

——あの桐生が、褒められ待ちしてる……！

君は《追跡》の命令と捜査のサポートさえしてくれればいいんだ、という雰囲気だった彼が、不器用ながらも武岡に歩み寄り、褒められたいと思う程度には心を開いてくれている。にやけそうになる顔を引き締めてなんとか原形を留め、武岡は彼に駆け寄る。

「桐生、お前、《いい子だなぁ》。ありがとな。手伝ってくれて、すごく嬉しいぞ」

少し屈んで小柄な桐生と視線を合わせ、左手で彼の頬を包み、右手で柔らかな髪を何度も撫でてやる。

「……この程度のことで、いちいち大げさだ」

フンッと鼻を鳴らした桐生だが、武岡が「いい子だ」「えらいぞ」と繰り返していたら、怜悧《れいり》な瞳がとろんとしてきた。次第に無意識なのか桐生が頬を包んでいる左手にすりすりし始める。

——くっ……早くしないと飯が冷めちまう。こいつに温かい食事を摂らせたいのに、撫でるのをやめられねえ……！

そろそろ夕飯にしなくてはという使命感と、桐生をまだ可愛がっていたい欲求の落としどころを見つけるのに苦労した武岡は、このあと結局三分ほど彼の頭や顔を撫で回したのだった。

【5】

「今日は来なかったな……」

休日の夜、武岡は一人で夕飯を食べながら時計を眺めて独り言《ご》ちた。

昨日の帰り際、彼は「興味深い法医学の論文が……」などと言っていたので、もともと今日は来る予定はないと思っていたが、実際に来ないと地味にがっかりする。

武岡の大雑把な性格上、料理は常に多めに作って適当に冷凍や冷蔵で保存するタイプだから、彼が来ても来なくても困りはしないのだが、夕飯が美味しくできたときに彼がいないとなぜか残念な気持ちになってしまう。

決して愛想がいいとは言えない桐生だけれど、武岡と向かい合って食事をするときは少しだけ柔らかな表情を見せてくれるようになったし、食後にソファで一緒に寛ぐ時間も増えた。しかも最近は食事の準備や後片付けを手伝ったり、ソファで武岡がうとうとしていると彼のお気に入りのクッションを渡してくれたりと、なんだかんだ武岡に懐いて、拙いながらもこちらが喜ぶことを考えて実行してくれているのがわかるので、そのたびに温かな気持ちになる。

大盛の鮭チャーハンを完食して洗い物をしていると、武岡のスマホが鳴った。彼だろうか、とうっすら期待しながら手に取ると、表示された着信画面には元妻——莉紗の名前が表示されている。

「……もしもし?」

『英輔くん、久しぶり。あのね、ちょっとお願いがあるんだけど……』

離婚して以降聞いていなかった朗らかな声に懐かしさを覚えつつ、武岡は先を促す。多少の気まずさはあれど、話し合いの末、双方納得のいく形で別れたおかげか、疎遠な友人くらいの感覚で会話が進む。

『あなたの家のキッチンの上のところに吊戸棚があるでしょ？　その一番右の小さいスペースの一番上の段に、料理雑誌って入ってたりする？』

「え？　ちょっと待ってろよ……ええと、古い雑誌が何冊かあるぞ」

自分は凝った料理は作らないし、いつも使うものを置いてある段しか見ないので気付かなかった。

『捨てないでいてくれてよかった。私が学生時代に買った雑誌なんだけど、好きなアイドルが料理してるコーナーがあってね。台所の神様的な感じでそこに置いてたのに、離婚前バタバタしていたから荷物に入れるのを忘れちゃったみたい』

離婚後、彼女は新しいマンションで荷解きをしているときにそのことに気付いたものの、わざわざ送らせるのも申し訳ないと思って諦めることにしたらしい。思い返せば彼女の部屋には男性アイドルのグッズがちらほら飾られていた気がする。趣味を謳歌しているようで何よりだと微笑ましく思った記憶がある。

『でも今、アイドルオタクの友達の家でいろいろと語ってたら、どうしても惜しくなっちゃって。そのグループはもう解散してるし、雑誌はもう廃刊だし、電子化もされてないレア本なの……』

別れ話のときより切ない声で言われて若干複雑な気分だが、大切なものならすぐに郵送してやるべきだ。彼女の新しい住所は一応知っているし、今夜早速コンビニに行って発送してもいい。武岡がそう伝えると、莉紗は「いや、大丈夫、大丈夫」と慌てて返してくる。

『帰り道にあなたの家の前を通るから、寄って行ってもいい？　玄関先で受け取ったら速攻で帰るから』

莉紗は明日も仕事があるため飲酒もしておらず、車で帰宅途中に寄るという。

そういえば彼女は結構遠慮がちなところがあるくせに、一度決めたらすぐに動き出してしまうタイプだった……と武岡が苦笑して承諾するなり、電話が切れた。

——とりあえず、元気でやってるみたいでよかった。

頼まれた雑誌を紙袋に入れて玄関に向かいながら、安堵と罪悪感の混じった溜息を吐く。

彼女との結婚生活も、決して悪いものではなかった。ちゃんと好意もあったし、武岡は彼女を庇護すべきパートナーだと思っていた。

ただいつしか仕事の忙しさもあって一緒にいる時間が少なくなり、気持ちにすれ違いが生まれ、それをきっかけにお互いの感情を見直した結果、彼女から別れを告げられた。そして武岡も彼女を引き留めることなく、わりとスムーズに離婚が成立した。

大切にしてくれるのは嬉しかったけど、私が欲しい愛とは違った——困ったように笑う彼女の言葉の意味は、おぼろげながら理解はできた。別れを告げられても怒らず、それどころか彼女の未来を応援し、少しでもいいリスタートが切れるように条件を整え平和に離婚を成立させてしまうところが、彼女の求める愛とは違ったのだろう。

ここだけ切り取って考えると単に引き留めてほしかったという彼女のわがままのようだが、もちろんそんなことはない。武岡が見逃していただけで、というか深く気に留めていなかっただけで、結婚生活におけるたくさんの擦れ違いが蓄積された結果、離婚という結論に至ったのだ。そして武岡も、その結論を後悔してはいない。

——桐生からパートナーの解消を言い渡されたら、俺はどんな反応をするんだろう。

そんなことをふと考えたら、一瞬胸に黒い靄《もや》のようなものが生まれたけれど、武岡はすぐに「比べるものじゃねえな」と苦笑して打ち消す。

自分たちは恋愛関係ではない。桐生のことを気にかけるのも、野良猫みたいに極端に手がかかって世話の焼き甲斐があるからだ。あんなに危なっかしくて放っておけないSubは初めてなので、目が離せないだけだ。多分。

そもそも桐生からのパートナー解消＝実質クビ宣告なので、恋の終わりとは意味合いが全然違うし

——などと考えているうちに、家の前に車が停まる音がした。莉紗が到着したらしい。

武岡は玄関を出て、駐車スペースに停められた彼女の車の方に歩いて行く。莉紗も長居をする気はまったくないようで、エンジンをかけたまま運転席の扉を開けて出てきた。紙袋を渡してやると、彼女は中をちらりと確認して雑誌たちとの再会を喜び、晴れやかな表情で「ありがとう」と武岡を見上げた。

「急にごめんね。英輔くんにわざわざ郵送させるのも申し訳ないと思って来たんだけど、よく考えたらこんな用事で押しかけられる方が迷惑だったよね。ドルオタ仲間と話してたら盛り上がっちゃって、

つい」

「びっくりしたけど、別に構わねえよ」

「相変わらず大らかだねぇ。ほんと英輔くん、ずっとそんな感じだからうっかり友達みたいな感覚で電話しちゃったのよ……。まあでも、これからは気を付ける。新しいパートナーがいたりしたら、その人にあらぬ誤解をされかねないし――」

その瞬間、家の前が車のライトで照らされた。見覚えのある車体がこちらに入ろうとして、莉紗の車とその横で話す二人の姿を見るなり、Uターンして去って行く。「あ」と声を発する武岡を見た莉紗の顔から、サーッと血の気が引いた。

「今の車、もしかして……」

「……一応、俺のパートナーだな」

「あああごめん、本当にごめん」

頭を抱える莉紗に「大丈夫」と言いつつ、どうしたものかと首を捻る。

桐生は最初、武岡に「プライベートは好きにすればいい」と言っていたし、自分と桐生は恋愛関係ではない。でも、彼は最近ここを安心できる場所だと認識して、武岡に懐き始めてくれていたのも事実だ。

一体、彼はこの状況を見てどう思っただろう。さっきのUターンが、追い払われる野良猫みたいに見えたのは、気のせいだろうか。

悪事を働いたわけでもないのに、変な冷や汗が背中を伝う。

「あー、とりあえず俺、あいつの家に行ってくるわ。あれ、俺の車のドアが開かねえ」

「英輔くん、落ち着いて。車のキーを持って来ないと」

自覚している以上に焦っていたらしい。ばつが悪い気持ちになりながら、武岡は部屋からキーを持ってきた。すでに駐車スペースから自分の車を出した莉紗が、窓を開けて顔を覗かせる。

「これ以上事態を悪化させないためにも、私はもう帰るね。……あと私が言うのもなんだけど、誤解されてそんなに焦っちゃうほど好きな子が英輔くんにできてよかった」

「いや、好きな子とかでは……」

「そういう子は、離しちゃ駄目だよ」

少しだけ寂しそうな、でもどこか嬉しそうな顔で笑んで、彼女は車を発進させた。武岡は遠ざかるテールランプを、複雑な気持ちで見送る。

——好きな子、とかではないよな？

自分の心に問いかけたものの、返事はない。

どうしてこんなに焦っているのか、自分でも正直よくわからない。

武岡が慌てて弁解に駆けつけたところで、案外けろっとした顔で「こんな時間にどうしたんだ？」とか言われるのがオチかもしれない。そもそも桐生が取り乱す姿なんて想像がつかない。

この家は彼にとって居心地のいい場所で、ナワバリの一つくらいには思ってくれているだろうけれど、桐生が自分の元妻に嫉妬するかというと、それもやはり想像がつかない。明日出勤してから事情を説明すれば、彼は「そうだったのか」と頷いて、普通に今まで通りの関係が続くような気もする。

むしろ男同士で、付き合っているわけでもないのに、こんな時間に追いかけて行って必死に弁解する方が変なのではないだろうか——。

『そういう子は、離しちゃ駄目だよ』

車のキーを握り締めたままぐるぐる悩む武岡の耳の奥で、莉紗の声がリフレインする。

——あぁ、もう、考えてもわからねえし、とにかく桐生の家に行くか。

髪の毛をぐしゃぐしゃと掻き乱した武岡は車に飛び乗った。自分の感情もはっきりしないまま、放っておけない彼のもとへ、アクセルを踏み込む。


「桐生、いるか？」

桐生の自宅兼仕事場のマンションに入ると、彼はソファに腰かけてノート型のＰＣをいじっていた。

「武岡さん？　こんな時間にどうしたんだ」

拍子抜けするほどいつも通りの表情で、彼はこちらを見た。さっき武岡が想像した通り、実に普通だ。

——まあ、そりゃそうか。

武岡は首の後ろを掻く。それならさらっと事情を説明して帰ろう、と口を開いたものの、なんとなくもごもごしてしまう。

「あー、ええと……さっき、家に来たよな？　駐車場にいたのは、俺の元嫁だ。たまたま近くに来ていて、どうしても俺の家から回収したい雑誌があるって言うから、彼女の車の前まで渡しに行っただけだからな」

いや、だからどうして、弁解するだけで自分はこんなにしどろもどろになっているんだ。浮気の言い訳じゃあるまいし。

「……それを言うためにわざわざうちに？　プライベートでは別のパートナーを作っても構わないと最初に伝えたはずだが、君の頭では覚えておくのは難しかったか？」

桐生は桐生で、武岡の言い分を全然信じていないうえに相変わらず一言多い。とはいえ、桐生は一言多いのが通常運転だし、涼しい顔で煽ってくる姿は傷付いているようには見えない。

そんな彼に、武岡はほっと安堵し、なぜか少しだけがっかりして、少しだけムッとする。

「覚えてるっつうの。俺もあのとき、しばらくはそういう相手を作る気はないって言っただろ。今夜だって、お前が考えているようなことは一切ないし、家にも入れてない」

「それならそれで結構。今日は読みたい論文があるんだ。気が済んだなら帰ってくれ」

飄々とした口調で言った彼は、ＰＣの画面を見ながら「お帰りはあちら」と片手で玄関を指す。なんだかいまいち武岡の弁解自体は信じてもらえていないような気がするが、このまま粘っても迷惑がられそうだし、帰った方がいいのだろうか。

「あー、じゃあ、邪魔したな」

武岡は肩を竦め、踵《きびす》を返そうとしたところで、何か嫌な感じがした。

――……いや、ここで帰ったら駄目だ。多分、こいつはもう二度と俺の家で寛いでくれなくなる。刑事の勘とでもいうべきか。根拠はないけれど、そんな気がした。

最低でも、武岡の言葉を信じさせて、誤解だけは解いて帰らなければならない。武岡の直感がそう言っている。しかし自分の説明で彼を納得させられるとは思えない。

悩んだ末に、武岡は桐生の近くまでずんずんと歩いて行き、彼が掛けているソファの前のローテーブルに自分のスマホを置いた。彼を納得させるには、彼自身の秀でたスキルで調べてもらうのが一番だ。

「そのスマホ、お前のＰＣに繋いで中身をざっと見てみろ」

「……は？」

「今日、ついさっき一分くらい通話した以外、莉紗とのやりとりはないはずだ。俺にそういうのを隠す技術がないのは知ってるだろ」

「……」

彼は武岡のスマホを見ようともしない。

はあ、と小さく溜息を吐いて、武岡は口を開く。《見ろ》とか《調べろ》と命令して、強制的に確認させてしまおう。そうすれば今すぐ信じてもらえるはずだ。

しかし、そこでふと疑問が湧いた。武岡の話の真偽を確かめることなんて桐生には朝飯前なのに、彼は一体何を躊躇《ためら》っているのか——と。

「桐生？」

不思議に思って呼びかけると、彼は俯いてしまった。華奢な彼の身体は、どこか強張っているように見える。そのとき、武岡の脳内に一つの可能性が浮上した。この野良猫は、気が強くて偏屈だけど、存外脆いのだ。

「あー……怖がらなくていいから」

コマンドの代わりに一言告げると、彼がぴくりと震えた。武岡は自分の勘が当たっていると確信する。

彼は、怖かったのだ。曖昧な言葉ではなく、データを見ればはっきりと、真実がわかってしまうから。

「桐生は最初、仕事上だけのドライな関係にしたがってたけど、俺はお前のことを一人の人間として好ましいと思ってるし、プライベートでもお前以外の世話を焼く気はないよ」

彼の隣に座って背中を撫でてやりながら、なるべく優しい声で語りかける。

「莉紗が訪ねてきたのは本当に偶然で、お互いに悪意も下心もなかったけど、雑誌は郵送すればよかったな。俺が無神経だった」

ゆっくりと、気持ちが伝わるように祈りながら言い聞かせると、彼がようやくこちらを向いた。長い睫毛に囲まれた瞳はやはりどこか不安げに揺れている。

——こいつにこういう顔をされると、なんでこんなに胸がぎゅっとなるんだ。

そんな自分に内心戸惑いつつも、今はとにかく彼を安心させてやりたくて、武岡は「桐生」と呼びかけて彼にスマホを手渡す。

スマホをおそるおそるＰＣに繋いだ桐生はそれをパパッと解析したあと、小さく安堵の息を吐いた。何か納得できる結果を得られたらしい。

「……こんな回りくどいことをしなくても、一言命令すればよかったのに」

「それだと意味ないだろ。お前の意思で動いてほしかったんだよ」

「………そうか」

「で、誤解は解けたか？」

素直に頷いた彼は、気まずそうに口元をもぞもぞさせた。

「他に気になったことはないか？」

「不自然な点は特になかった。……しいて言えば鮭料理の検索回数が異様に多いのが気になった」

「それは今回あんまり関係ないかな」

お前の好物だからだよ、と笑いそうになりながら、小さな頭をよしよしと撫でてやると、彼はＰＣを脇に置いて無抵抗に受け入れた。

——危なかった、帰っちまわなくてよかった……。

コマンドも出していないし褒めているわけでもないのに、ただおとなしく撫でられている桐生を見て、武岡はほっと胸を撫で下ろす。

彼が武岡に向ける感情がどんな種類のものかはわからないけれど、真実を知るのが怖くてスマホを解析できないくらいには、武岡の存在は彼の中で大きくなっていたらしい。それはとても嬉しいことだと思ったが、同時に、こういうときに泣くことも怒ることもできない彼を不憫《ふびん》に思う。

「不安にさせてごめんな」

「僕はこんなことで不安になったりしない」

顔を上げた彼の口調は相変わらず素っ気ない。華奢な肩がまだわずかに強張っていることに気付かなければ、先程の不安げな瞳は幻だったのかと思ってしまっただろう。

「武岡さんに大切な人ができるのはいいことだろう。もし元の部署に戻る前にそういう人ができてしまって、僕の補助担当を続けるのが難しくなったら言ってくれ。免職コースになっても大丈夫なように、転職先を探してあげよう」

飄々と縁起でもないことを言う彼の表情は、やはりどこか寂しそうで。

――ほんと、こういうところがあるから放っておけないんだよな。

今回の件は誤解だったし、一応は丸く収まった。けれど、もし武岡が本気で誰かに恋をして、それを彼が人知れず悟ったなら。

彼は一晩、独りで自覚もないまま少しだけ傷付いて、次の日あたりに素っ気ない顔で「クビだ」と言ってきそうで、想像するだけで胸が苦しくなる。それはなんだか、とてつもなく嫌だった。そのとき自分はどうするだろう、なんて考えたくもない。

「あ……もしかして」

不意に、武岡の頭に顔も見たことがない前任者のシルエットが思い浮かぶ。

「あの引き継ぎ書を作ってくれた二人目の補助担当――水上さんだっけ、彼女をクビにしたのもそういう事情？」

「どうしてそう思う？」

目を丸くして見上げてくる桐生がなんだか可愛くて、武岡は口元が緩みそうになる。

「いや、一人目は殉職だから事情も何もないけど、水上さんは丁寧な引き継ぎ書まで作ってくれていたから、大怪我や仲違いではないと思って。それにお前、前に『今頃はどこか遠くの地でのんびり暮らしてるんじゃないかな』とか言ってただろ。あのときは嫌味かと思ったけど、お前の性格を知った今となってはそうとも思えないし、遠くの地でのんびりってのも、シンプルに寿《ことぶき》退社かなんかで引っ越したんじゃないか――と推理しました」

「ふうん、悪くない推理だね。腐っても刑事ということか」

「腐ってねえわ。いつだって新鮮だわ」

くすっと笑った桐生は、思い出すように目を閉じる。

「……彼女は生真面目で若干頑固で融通が利かないけれど、仕事熱心な人でね。僕の扱いには戸惑いつつも対応は丁寧だったし、刑事の仕事には責任と誇りを持って働いていた」

黒髪を後ろで一つに束ね、ノーフレームの眼鏡をかけ、常にペンとメモ帳を携帯している。「真面目」が服を着て歩いているようなタイプだったらしい。

「そんな彼女があるときから、何やら悩みごとを抱え始めた。人間全般に疎い僕でもわかるくらい上の空だったんだ」

「それでお前は、彼女の悩みを解決してやろうと思ったんだな」

桐生は自分の感情がよくわかっていないだけで、やはり心根が優しいのだ。武岡が促してやると、彼はこくんと頷く。

「その通り。だから僕はまず、彼女の私用スマホをハッキングして――」

「ちょっといい話だったのに、ナチュラルにサイバー犯罪をぶっこむんじゃねえ。台無しじゃねえか」

「これが一番効率的だったんだ。……で、その結果、彼女が初恋のSｕｂ男性と十数年ぶりの再会を果たし、交際を申し込まれていたことがメッセージアプリの文面から把握できた。しかも相手は近いうちに海外へ行ってしまうらしく、彼女について来てほしいと言っていた。ドラマチックだね」

海外転勤についていくならば、二係どころか警察自体を辞めなくてはいけないだろう。

もちろん桐生とて、女性側が仕事を諦めて男について行かなくてはいけないと思ったわけではない。むしろ補助担当がいなくなるのは桐生にとってマイナスでしかないし、代わりが来るとしても、また一から関係を始めるのは非効率的だ。見なかったことにしようか、と一瞬考えたという。

「でも以前、彼女は街で小さな子ども数人とその両親が賑やかに話しているのを見て、『自分は家族を早くに亡くしたから羨ましい』と発言していた。これは家庭を持つことへの憧れが示唆されていると考えられる。そうだろう？」

水上はそのとき三十代後半。世の中にはいろんな家族の形があって、彼女が望む形が何かまではわからないけれど、もしも彼女が自分で子どもを産みたいと考えているのなら、きっとチャンスは限られている。

「とはいえ僕には彼女の心の中なんてわからないからね。毎日の健康管理のプレイでいつも通り《おすわり》と言われたときに、セーフワード《クビだ》を発してみたんだ」

平坦な口調で言う彼が、それを平坦な気持ちでやったとは思えない。

きっとその前段階で、桐生は感受性迷子なりに水上に探りを入れようとしたり、彼女の様々な発言なども考慮したりしたうえで行動したはずだ。

「で、彼女はなんて？」

いつもやっている《おすわり》だけで、いきなり《クビだ》と言われたら——合理的に考えて、補助担当を続けようと思っているのであれば、まず「なぜですか」と理由を問い、問題を解決しようとするはずだ。

「いまだに意図が摑めないんだが、『ごめんなさい、ありがとう』と」

「……お前はどう返したんだ？」

「さあ？　よく覚えていないけれど、『まあ頑張れば』とか言ったんじゃないかな」

なんでもないことのように言う彼に、たまらない気持ちになった。

桐生に引導を渡された彼女は五分ほど離席したあと、いつも通りの生真面目な顔で「退職日までに残っている仕事を済ませ、引き継ぎ書を作成いたします」と言ったらしい。きっと桐生も、彼女の退職日まで何事もなかったように過ごしたのだろう。

「お前はほんと……バカだなぁ」

恋愛関係ではなくても、ＤｏｍとＳｕｂのパートナーというのはどこか特別な繋がりがある。もちろん中には欲求を満たすためだけにコスパ重視のパートナーを作る者もおり、最初は桐生もそういうタイプなのだと思っていた。

でも、彼は違う。一緒にいて、武岡にはそれがわかった。桐生はものすごく不器用に、相手に情をかけるタイプだ。

一年弱とはいえ、一緒にいて変化に気付くくらいには水上を見てきたのだ。彼女の返事を聞いたとき、桐生は心のどこかで寂しさを感じたのではないだろうか。そして彼自身は、自分が寂しさを感じていることにも気付かないまま、ツンとした顔で彼女を見送ったのだろう。想像すると胸が締め付けられる。

「武岡さんにバカと言われたくはない」

武岡の考えていることなどつゆ知らず、彼はムッとした顔で抗議してくる。

「悪い悪い、そういう意味じゃねえって」

膨れっ面の彼が、妙に愛おしかった。なぜかわからないけれど、この偏屈な青年を力いっぱい抱きしめてやりたくなる。いや、急に抱きしめたら怒られるだろうから、せめて傍にいてやりたい。

「なあ、桐生。今夜はここに泊まってもいいか？　俺、ソファで寝るから」

「いや、緊急時に泊まれる来客用の部屋があるから、武岡さんはそこを使うといい。僕はソファがいいし」

桐生はまだ若干むくれながら端にある白い扉を指す。

「そうだった……お前、ベッドで寝るのが苦手なんだったな。でもたった一晩のために部屋を使わせてもらうのも悪いから、二人でソファで寝よう」

名案、といった顔をした武岡は、桐生の仮眠用のブランケットを手に取る。

「は？　それは狭いだろう」

嫌そうな顔を作る桐生に構わず、武岡は彼の身体を抱いて横になり、ぐいぐいとソファの面積を侵略する。

「細かいことは気にするなって。ほら、詰めて詰めて」

「ぐぅ、なんて圧迫感だ……」

「頭は俺の腕に乗っけとけ。よしよし、暖かいし、一石二鳥じゃねえか」

「『暖かい』だけでは一鳥足りていないだろう……」

結局抱きしめているし、傍にもいるし、暖かいので、実質一石三鳥なのだが。それは口には出さずに、不満気な声を上げる彼の背中をぽんぽんと叩く。

「俺、お前のこと、もっと知りたい」

出会ったときは上から目線で冷たげで、正直ちょっと嫌なやつだと思ったが、少し話してみたら悪い人間ではないとわかった。生意気な天才だと思っていたけれど、蓋を開けてみたら自分の能力を活かすために寸暇を惜しんで頭に情報を叩き込む努力家だった。……まあ、生意気ではあるけれど。

今日、いつも通りの愛想のなさで平気な振りをされたとき、一瞬信じかけたけれど、ちゃんと向き合ってみたら彼の不安を感じ取ることができた。桐生自身は偽悪的な言い方をしていた前任者の末路だって、人間一年生なりの思いやりに溢れた激励だった。

知れば知るほど、武岡は思いもよらない彼のいじらしさを発見している。

しかし逆に言えば——武岡が知らないままだったら、彼はなんでもないような顔で、自らの心についた傷にも気付かず一人で頑張り続け、一人で不安な夜を過ごしてしまう。そんなことは、させたくない。

世話焼き気質な武岡だが、やはりこんなに目が離せないというか、目を離してはいけない相手は初めてだ。彼のどんな感情も、知らないままにはしておきたくない。他の誰よりも、彼自身よりも、彼のことを知っておいてやりたい。

そんな思いは、お節介の延長線上にあるのだろうか。

「俺たち、お互いのことなんも知らないだろ。相互理解が足りねえんだよ」

「……別に知りたくないし知られたくない」

「会話のキャッチボールをしろ、人間一年生」

頬をむぎゅっと抓んでやると、ぺしっと手を払われる。

「だったら武岡さんは僕の何が知りたいんだ」

「え？　ええと、そうだな。ご両親は健在か？」

具体的に何を、と言われると案外思いつかず、適当に言ってみたら彼は「さあ」と首を傾げた。

「両親とも、実家が裕福だったから苦労はしていないんじゃないか？　僕が十二歳の頃に離婚したから、詳しい現状は知らないけど」

「そうか……それは寂しかったな」

「まあ離婚の原因は、僕が父のＰＣの隠しフォルダに入っている不倫の証拠を白日の下に晒したからなんだが」

またとんでもないことを……と思ったが、武岡はついさっきも桐生の「冷たく見えて蓋を開けてみたら実は」な展開を痛感したところなので、どうしてそんなことをしたのかと問いかけてみる。

「母が、父の不倫を疑っていて、本当のことが知りたいと言っていたんだ。真実を提示したところ、父母両方から腫れ物扱いになって、生活費をもらって家政婦さんをつけての一人暮らし状態になってしまったけどね。まあもともと二人ともあまり家にいなかったし、特に不自由はしなかったからいいけど」

「……もしかしなくても、お母さんを喜ばせようとしたんだよな？」

桐生は微妙な顔で頷いて、「どうやらあれも失敗だったらしい」と付け加えた。あれも、ということは、他にも親を喜ばせようと思って何かやらかしているのだろう。健気なのにポンコツすぎて気の毒になってくる。

「お前からは俺に何か質問ないのか？」

「特にない」

「そこを何とか。どんなことでもいいぞ、最近のことでも昔のことでも」

特に今夜は自分の誤解を招く行動で不安にさせてしまったし、もう少しコミュニケーションを取っておきたいと思って粘ってみると、彼は躊躇いがちに口を開いた。

「じゃあ……武岡さんはどうして奥さんと離婚したんだ？　DVなどの悪質な理由ではないことはわかっているが、君が離婚されるほど問題のある人間だとは思えない」

「へ？」

予想外の角度からの質問と、思いのほか嬉しい評価に間抜けな声を出した武岡に、彼は「いや、なんでもない」となかったことにしようとしてくる。

桐生がその手の話題を興味本位で聞いてくるとは思えないから、やはりつれない態度を取っていても、まだ今夜の誤解による動揺が地味に尾を引いているのかもしれない。

「いや、別にいいよ。たいした話じゃないけど、ざっくり言うと俺が恋愛音痴だったからだな」

「恋愛音痴？」と桐生が大きな瞳を瞬かせる。

「そう。俺、支配欲はほとんどなくて、庇護欲の方が強いから、パートナーを服従させるより、俺が相手の世話を焼いて、それで満たされた相手が安心して俺に信頼を預けてくれるような関係性が理想的なんだよ」

「それはまあ、その通りなんだろう。……庇護してもらう気のない僕にまで、めげずにお節介を焼こうとしているし。でも、それは一般的に悪いことではないんじゃないか？」

不思議そうに尋ねてくる桐生に、武岡は「悪いことではないけど」と苦笑する。実際、最初は「優しい」という長所として捉えてもらえる。

「でも仲が深まれば深まるほど、『いつも私の気持ちを優先してくれるけど、私に対して何かを求めてくれることはないのね』って言われちまうんだな、これが」

いまいち理解できていない様子で、桐生が首を捻る。

「彼女には『私はあなたの大らかなところに惹かれたけど、あなたは庇護下にあるＳｕｂの世話を焼きたいだけで、その相手が私じゃなくて他の子でも……むしろ犬や猫や亀やカブトムシでもいいんでしょう！』って言われた」

「武岡さん、何て返したんだ？」

『カブトムシは違うだろ』って返したらビンタされた」

「さすがにその返しがまずいっていうのは人間一年生の僕にもわかる」

別れ話が出始めた頃だったので、彼女は話し合いの最中にヒートアップしていた。一瞬どういう意味だと呆気にとられたものの、彼女の言わんとすることは理解できた。

本能的に支配を望む性質を持つＳｕｂの莉紗からしたら、庇護されるのは嫌いではなかったようだけれど、ほんの少しくらい「譲れない唯一無二の存在」として束縛してほしい気持ちもあったのだろう。

お互いにもっと根本的な原因に気付いて話し合っていれば、何かしらの形で折り合いをつけられたかもしれないし、もし子どもがいたら別の視点から関係を考えることができた可能性はあった。でも、結局二人は別の道を歩むことに決めた。

「思い当たる節がないわけではなかったというか、あいつの考え方も否定はできなかったからなぁ。俺は大事な人には優しくしたいだけなんだけど、まあ、価値観の違いってやつだな」

Ｄｏｍはいざとなればグレアで威圧して我を押し通せてしまうとわかっているからこそ、武岡は他人に無闇に何かを強制するのは苦手だ。パートナーを傷つけるようなことも絶対にしたくないので、何事も極力平和的に解決したいと思ってしまう。

「そういうものなのか。僕にはよくわからない話だった」

本当によくわかっていないようで、彼の背景にちょっと宇宙が見えた。きょとんとしていて、なんだか可愛い。

「そういえば、桐生はＡＳＧ構想に関わる前にパートナーがいたこととか、なかったのか？　たしかにお前は感受性が迷子だし、人間全般に疎いって言ってたけど──賢いから、普通の人っぽく擬態することはできるだろ？　むしろ本気で人間心理の勉強をすれば、共感することはできなくても他人の行動を操ったりはできそうだし」

「……高校の頃は一応、無口でおとなしくしていた時期もあった。僕からＳｕｂの欲求不満のフェロモンが出ていることに気付いて、親切にしてくれた同級生も……いた。同性だったから性的なプレイはしなかったし、当然恋愛関係ではなかったけど、武岡さんみたいに世話を焼いてくれた」

「……ふうん」

なんだか複雑な気分になり、武岡は彼の首元の支給品の首輪を無言でつつく。どうして自分で聞いたくせに、こんなにモヤモヤしているんだ、俺は。

「まあすぐに距離を置かれてしまったけどね。プレイをしたり世話を焼いたりしても欲求が満たされずに自律神経を乱す僕を見て、彼は落胆して離れて行ったよ。当時は僕も自分が特殊な体質だなんて知らなかったから、対処のしようもなかったし。まったくもって互いに非効率的な、無駄な時間だった」

言葉選びは冷たいのに、「互いに」というところに、彼の後悔が滲んでいるように感じた。相手にとって、無駄なことをさせてしまったとでも考えているのだろう。

思えば彼は最初の頃、「無駄なスキンシップは不要だ」と言っていた。あのときも武岡は「心を込めてプレイをしてもらったところで応えられないから気にかけてくれなくていい」という意図をなんとなく感じ取っていたが、あれは高校時代に親切にしてくれた友人に応えられなかった経験からくる言葉だったのかもしれない。

そして根本的に優しい彼は、普通のＳｕｂに擬態してＤｏｍと空虚な関係を築こうとするのはやめたのだ。他人の心を操るためだけに人間心理を勉強するなんてこともしなかっただろう。わかり合えるわけでもないのに、わかったふりをするのは、自分にとっても相手にとっても虚しいだけだ。冷たい顔をした合理主義者のくせに、彼は冷酷にはなりきれない。

本当にこいつは、と言い知れぬ感情がこみ上げてきて、武岡はぐっと奥歯を嚙みしめる。

「俺はお前に《追跡》の命令をして一緒に捜査するのも、それ以外の時間に世話を焼くのも、どっちも好きだからな。間違っても、無駄だとか思うなよ」

「……っ、武岡さんは変わり者だね」

「お前にだけは変わり者とか言われたくねえな」

前に彼を労わろうとしたときも「変わり者だね」と言われたが、いい加減それが彼の照れ隠しだということはわかっている。片手を伸ばして照明用のリモコンで部屋の明かりをオフにして、暗くなった部屋で彼の背中をとんとんと叩いて撫でる。

「おやすみ、桐生」

もぞもぞ身じろぐ桐生の耳に囁くと、彼は武岡の胸に顔を埋めておとなしくなり、小さな声で「おやすみ」と返してくれた。

視界に入るつむじが妙に愛らしく見えて、武岡はなぜかそわそわしながら眠りについた。

翌日は二人で武岡の家に向かった。

家の前の駐車スペースを見るとぴくりと反応した桐生は、玄関に入るなりおそるおそる各部屋を巡回し始める。

おそらく莉紗の痕跡がないことを確認するまで安心できなかったのだろう。そんなふうに不安にさせてしまったことには本当に申し訳ない気持ちになったが、彼の後ろ姿が尻尾をゆらゆらさせながら自分のナワバリをパトロールする猫みたいで、不謹慎にも顔が緩んでしまう。

そんなことを口に出したら、きっと彼は「猫と一緒にしないでくれ」と怒るのだろう。シャーッとなる彼を想像した武岡は、にやけながらリビングのソファに腰かける。しばらくすると彼が武岡のもとに戻って来て、何も言わずに隣に座り、ピトッとくっついてきた。

ちらりと横目で盗み見た桐生は、どこかホッとしたように自分の首輪をいじっている。

――まずいな、桐生がやけに可愛く見える。

たしかに前々から目が離せないやつだと思っていたが、今、武岡の隣で安堵する彼の無防備な顔は違う意味で目が離せなくて、わけもわからずどぎまぎしてしまう。

彼の細い首に装着されたシンプルな黒い首輪を見て、自分の手首に嵌められた揃いのブレスレットに無意識に触れる。これらがただの支給品だということが、なぜか惜しい気がする。彼の首にはもっと明るい色が似合うのではないか、なんて考え始めたら、自ら選んだ首輪を彼につけたくなってくる。

――首輪、買ったらつけてくれるかな。

うっかりじっと見つめてしまったせいか、武岡の視線に気付いた彼がこちらを向いた。武岡を見上げる彼はいつもの澄まし顔に戻っていたけれど、それすら妙に愛らしく感じてしまって、思わず武岡は彼の頭をぐりぐり撫でる。

ぷいっとそっぽを向いた桐生は相変わらずつれない態度だけれど、武岡の手を振り払うことはなかった。

【6】

「はぁ――……」

夕暮れ時の繁華街――メインの通りからは外れたところに停めた車の中で、武岡のスーツの上着を抱きしめながら、桐生は渋い顔で溜息を吐いた。

このところ都内では、ひと気の少ない道でＳｕｂにグレアを浴びせて動きを封じ、殴りつけるなどの暴力行為をするという通り魔事件が続いており、桐生に捜査依頼が来ていた。

いつも通り桐生は武岡からの《追跡》のコマンドで捜査を開始し、いつも通り自分の能力と、少しばかり手段を問わない反則技で犯人の特定を完了した。

あとは一係に情報を渡して、逮捕に向けて動いてもらえばいい――という状況だったのだが、タイミングがいいのか悪いのか、二人はその帰り道で、まるで獲物を探しているような不審な行動をとる容疑者を発見してしまった。

桐生は戦闘においては役に立たないし、なまじ容疑者に接近すると武岡の弱点になりかねないので早々に戦線離脱をして、現在は車の中で待機中だ。

――犯人の特定は完遂したのに、いまいちスペースに入れない……。

犯行手口から考えて、容疑者は武器を所持するタイプではない。相手は恰幅のいい男性ではあるが、警察官として身体を鍛え、そのうえ強いグレアを持つ武岡が危害を加えられることはないと予測できたので、心配はほとんどしていない。

それなのに桐生は車の中から、武岡の姿をそわそわと目で追ってしまう。自分の仕事である犯人の特定は終えたのだから、さっさとスペースに入って束の間の解放感を味わいたいのだが、外にいる彼のことが気になって落ち着かない。

「はぁー……」ともう一度、桐生の口から溜息が漏れる。

桐生の視線の先では、武岡に声をかけられた容疑者が振り向きざまに殴りかかろうとして躱《かわ》され、逆ギレ気味にグレアを放ち、しかし一瞬で武岡に競り負けて戦意を喪失し、おとなしくお縄につく姿が、四コマ漫画のような簡潔さで繰り広げられ、収束した。

「ほら、やはり僕が見守る必要もなかったじゃないか」

自分で自分に呆れてみせても、一人きりの車内で返事をする者はいない。代わりに、車が近付いてくる音が外から聞こえた。容疑者を発見した段階で一係に連絡をしていたため、武岡が男に手錠をかけて間もなく、川田たちが引き継ぎにやってきてくれたのだ。スムーズに、容疑者が一係に引き渡されていく。

これで完全に一件落着——と思いかけた瞬間、容疑者は武岡に無抵抗に捕まってしまったことが悔しかったのか、Ｎｏｒｍａｌの川田に向かって最後っ屁のようにグレアを浴びせて体当たりをかますという暴挙に出ようとした。

「あっ」

桐生が思わず車の窓に張り付くようにしてそちらを見たときには、すでに武岡が容疑者を地面に押さえつけていた。少し離れたところにいるのに、犯人に対しては鋭く野性的になる瞳や低くて男らしい声を見聞きしたような感覚になり、桐生の胸からきゅんと変な音がする。なんだこれは、と首を傾げる。

Ｎｏｒｍａｌであれば通常グレアを浴びせられても多少怯むくらいで、Ｓｕｂみたいな深刻なダメージは食らわないのだが、武岡の身のこなしは川田の琴線に触れたらしい。遠目にも、彼が「かっけぇ〜」という視線を武岡に送っているのが見える。

――いや、別に川田さんの顔がうるさいのはどうでもいいんだけど。

溜息の原因は他でもない、武岡のことだ。

つい先日、自宅のソファで一緒に眠った夜のことを思い出して、桐生は頭を抱える。頭を抱えたあと、先程武岡が「スペースに入っているあいだに冷えるとよくないから」と言って桐生の胸元に掛けていったスーツの上着を、もう一度抱きしめ直す。スペースに入れないいんだが、とぼやきながら。

――最近、僕は何かおかしい。

彼と元妻が会っている姿を見たら胃のあたりがざわざわしたし、不安な自覚はなかったのに追いかけてきてくれた彼の言葉になぜか安堵したし、「お前のことを知りたい」と言われて自分の中の、心のようなものが揺れるのを感じた。

「この先ずっと一緒にいるわけでもないのに」

武岡が元の部署に戻るまでに二、三年は要するだろう。でもいずれ彼は支給品のブレスレットを返却して二係を去り、桐生にも新しい補助担当がつく。この未来は桐生の想像ではなく、業務上確定的なものなのに、なんとなく目を逸らしたい気持ちになる。

はぁ、と本日何度目かの溜息を吐いて窓の外を眺めたら、川田に無理矢理グータッチをさせられた武岡が、疲れ切った顔でこちらに向かってくるのが見える。

ガチャ、と運転席の扉が開き、彼が乗りこむ。

「お疲れさま。川田さんに随分懐かれていたね」

借り物の上着を抱きしめていた手を、桐生はしれっと離す。そのまま上着を返そうとしたら、彼は「家に着くまで預ける」と言ってドリンクホルダーの缶コーヒーに口をつけた。

「あいつのテンション、なんなんだよ。『借りができちゃったっすね、タケピは俺のマブダチっす』って言われた」

「まあ彼は宇宙人みたいなものだから……武岡さん、ダチからマブダチに昇格おめでとう」

「おめでたくねえー」

「借りができたという言質《げんち》がとれたんだから、必要に応じてゆすったりたかったりして利用すればいい」

「言い方が怖いわ。っていうか犯人を押さえつけただけで貸しを作ったと思うほど、俺は図々しくもあくどくもねえよ」

くだらないやりとりをしていたら、桐生の意識がふわふわと浮遊し始めた。このタイミングでスペースがやってくるなんて、まるで武岡のことを待っていたみたいじゃないか。

「あれ、お前までスペース入ってなかったのか。いつも勝手に酩酊するのに、どうした？」

振り向いた武岡に不思議そうな顔をされ、桐生はばつが悪くなって彼の上着で顔を隠す。

「……もしかして、俺が戻ってくるのを待ってた？」

「……放っておいてくれ」

上着の隙間からちらりと武岡を窺うと、彼は小さく呻《うめ》いたあと、目元を緩ませた。

「今回もお前のおかげで容疑者を確保できたぞ。よくやったな、桐生は《いい子だなぁ》」

「ん……」

運転席から手を伸ばした武岡が、桐生の頭をぐりぐり撫でてくる。大きくて温かな手の感触が心地よくて、思わずフニャフニャと力が抜けてしまう。

犯人特定の達成感と彼に褒められた満足感で、心地よい波がぶわっと押し寄せてきて、桐生は完全にトリップした。半ば無意識に、手元の彼の上着に頬擦りする。

「お疲れ。マンションに戻るから、そのまま寝とけ」

優しい声色に安心した桐生は、うっすらと目を開けて彼の笑みを見てから、再び瞼を閉じた。

【7】


その日、死体発見場所を聞いたときから、桐生は嫌な予感がしていた。

「今回の被害者の身元は不明。女性のＳｕｂで、おそらく年齢は二十代後半。死因はドロップで、着衣の乱れはなし。現場はここ――東京都宇印《ういん》市西町の空き地で、昨日発見された。鑑識の写真の通り、敷地から這い出そうとするみたいなポーズで横たえられていたが、遺体は動かされた形跡があるから殺害場所はここではないらしい。遺棄したときにこのポーズになったのか、それとも何か意味のある作為的なものか、そのあたりも不明だ」

武岡がタブレットに表示してくれた写真には、うつ伏せに倒れた被害者が両手を胸の下に入れた体勢で身を捩《よじ》って這おうとしているような、不自然な遺体が写っている。くらりと眩暈《めまい》がした。

『《死ね、死ぬんだ》。俺が死ねと言っているのに、どうして生きているんだい？　言うことを聞けないなんて悪い子だ』

『人は忘れられたときに死ぬって、よく言うだろう？　君が生きていて、俺のことを忘れない限り、俺も、俺の命令も、君の中で生き続ける』

あの恐ろしい声が、頭の中でぐわんぐわんとこだまする。

桐生は一年前にもここに来たことがある。当時、ここは古い空き家の解体現場だった。そしてちょうどこの被害者のような体勢の――両手を胸の前で縛られたまま敷地から這い出そうとする女性を助けようとして……。

「桐生？　どうした、顔が真っ青だぞ」

「……いや、なんでもない。少し嫌なことを思い出しただけだ。さあ、命令をくれ」

「わかった。けど、具合が悪いならちゃんと言えよ」

視線を合わせて見つめてくる彼に、桐生はこくんと頷く。呼吸が浅くなり、冷や汗が背中を伝い、心臓が嫌な音を立てている。具合が悪い自覚はあったが、だからこそ早くコマンドをもらって残留香を確認して、安心したかった。

「じゃあ……《追跡しろ》」

瞬間、頭から爪先まで痺れるような感覚に襲われる。嗅覚が覚醒し、脳が熱くなっていく。

「屋外だから、さすがに匂いが霧散しているな……鑑識課がつけてくれた人型の白線を中心に嗅いでいくか――」

過去の記憶をほじくり返してくるような形の白線に近付いた桐生は、頭に浮かぶ映像を振り払いながら鼻から息を吸い込む。瞬間、桐生の背中にぞわっと冷たいものが走った。この匂い。そんなはずは。だってあのとき。

「桐生？　どうした？　やっぱり外だと匂いは判別しにくいんだな。鑑識課に寄って採取してきた残留香の試験紙もあるぞ。ほら、こっちの方が役に立つだろ。これは被害者の衣服の――」

武岡が取り出した試験紙をひったくるように受け取り、鼻を近付ける。

「どうして彼の匂いが――」

頭を殴られたような強いストレスを感じ、目の前が真っ暗になって、膝から力が抜ける。咄嗟に支えてくれた武岡が何か叫ぶのを遠くで聞きながら、桐生は意識を手放した。

「……ここは」

「よかった。目を覚ましたか。お前、現場で倒れたんだよ。で、病院に連れて行こうとしたら譫言《うわごと》みたいに『病気ではない、原因はわかっている』って言って聞かないから、一旦お前の家に戻ってきた。空き地に着いたときから調子が悪そうだったけど、本当にどうしたんだ？　俺には言いたくない？」

本気で心配してくれる彼の眼差しに、桐生は口を開きかけては閉じるのを繰り返す。桐生の嗅覚と頭脳は、犯罪歴を持つ、とあるＤｏｍの男を導き出した。でも、ありえないのだ。

――だって、あいつは死んでいる。……ということは、僕の嗅覚に異常が発生したということだろう。たしかにコマンドをもらう直前、すでに呼吸や心拍にストレス症状が出ていた。原因は十中八九、僕のトラウマだな。

何も言えずに口を噤《つぐ》んだ桐生に、武岡は小さく溜息を吐いて離れた。桐生はそのあいだに、なんとか呼吸を整えるよう努める。

捜査するにあたり、桐生の嗅覚が使えなくなっている可能性があることを、彼には伝えておくべきだ。そうすれば別の観点から捜査する方向に持って行ける。

しかしその理由を説明するには、一年前のあの事件のことを話す必要がある。思い出そうとしたら、またあの恐ろしい声が頭に響いて、息が苦しくなった。

「ほら、とりあえずココア作ったから飲め――」

「ひ……っ」

ぐるぐるとおぞましい記憶に呑み込まれかけていた桐生の肩に、突然背後から手が置かれた。

ぞくりとする悪寒とともに、桐生はその手を振り払った。そしてすぐにハッとして振り向くと、虚を突かれた表情の武岡がバランスを崩してよろけるのが見えた。彼がもう片方の手で持っていたマグカップが傾き、中のココアが桐生の肩から背中にかけて零れる。

武岡は桐生が飲みやすいようにココアを軽く冷ましてくれたのか、着ていたセーターから染みてきた液体は熱湯というほどではなかった。大丈夫だ、と返さなくてはと思ったけれど、言葉がうまく出てこない。過去の事件を回想していたことによる混乱と、武岡が自分のために淹れてくれたのにという申し訳なさで、一瞬身体が動かなくなる。

「悪い、零した！　火傷《やけど》になってないか、念のため確認――」

「っ、やだ！」

抵抗しようとしたときにはすでに遅く、服の背中部分をまとめて捲《まく》り上げた彼がひゅっと息を呑む音が聞こえた。

「この傷痕は一体……」

彼の声は、まるで自分が怪我をしたみたいに頼りなく震えていた。見てしまったのだろう。桐生の背中、ちょうど心臓の裏のあたりに残る、手のひら大のバツ印を。

「誰がこんなことを……もしかして、今回の事件と関係があるのか？」

桐生は俯いて唇を噛み締めることしかできない。代わりに静かに深呼吸をした武岡が、桐生の正面にやってきて、床に片膝をついた。

「服をそのままにしておくわけにもいかないし、自分で脱げるか？」

彼の優しい眼差しと声色に、桐生は少しだけ平常心を取り戻した。セーターを脱いで彼に手渡すと、武岡はゆっくりと立ち上がり、自らのスーツの上着を桐生の裸の肩に掛けてくれる。

「ココアがかかったところ、痛くない？」

「……うん、そこまで熱くはなかったから」

「まあ念のため冷やしておくか。冷たいおしぼり持ってくる」

彼は桐生をソファに残してキッチンに戻り、氷水にでも浸したのか、よく冷えたタオルを持ってきてくれた。

「あとはお前の着替えを取ってくるわ。あ、勝手にクローゼット開けるけどいい？」

そうだった、と桐生は正面にいる彼のワイシャツをきゅっと摑む。武岡はこういう人だった。桐生の背中の傷痕のことを聞き出そうと思えば、《言え》のコマンド一つで聞き出せるのに、そういうことは決してしない。桐生の意思を尊重してくれる人だ。

急に無言で引き留められた武岡は、低く穏やかな声で「ん？」と返し、桐生の隣に静かに腰を下ろした。彼は桐生を叱り、心配し、桐生という個人を見て大切に想ってくれる。

「——武岡さん。さっき僕の鼻は、過去に死亡した男の残留香を嗅ぎ取ってしまった。それは科学的に考えてありえないから、嗅覚に異常が出ているかもしれない」

「……そうか。原因はわかってるのか？」

「おそらく僕のトラウマだろう——武岡さんは一年前に起きた、連続Ｓｕｂドロップ致死事件を知っているか？」

震える唇を叱咤《しった》して口を開いた桐生にハッと目を瞠《みは》った武岡は、顎に手を当てて真剣な顔で下を向いた。記憶を掘り返しているのだろう。

「俺のいた署では関与がなかったから詳しくは知らないが、そういう事件があったことは覚えている。たしか三ヵ月で八名の死傷者を出したダイナミクス犯罪だったような。犯人の男の名前は、ええと、日暮《ひぐらし》……」

「日暮千景《ちかげ》。被害者の数は正確には、死者六名、重傷者二名。死者のうち一名は田橋さん——僕の最初の補助担当だった」

あまり相性はよくなかった、かつて相棒だったＤｏｍ男性——田橋の姿が脳裏に浮かぶ。キャリアで入っておきながら、大事な局面で中途半端なお人好しを発揮して判断を大きく誤り、二十六歳にして桐生のお守り係に転落してきた不幸な男だった。

彼とはあくまでビジネスライクで、互いのことを踏み台にしか思っていないような関係ではあったけれど、桐生は彼の「どんな手を使っても必ずエリート街道に返り咲くのだ」というちょっとズレた向上心が嫌いではなかった。

「そして重傷者のうち一名は……僕だよ」

あぁ、と武岡が悲痛な声で呻いた。桐生の背中の傷痕から薄々気付いてはいたのだろう。彼はいろんな感情を押し殺した顔で桐生の手を握り、どんな真実も受け止める覚悟を決めたように一度頷いて、目で先を促す。

「被害に遭ったSubは全員が綺麗な黒髪の女性で、ぎりぎりで救出された最後のターゲットと僕を除いて全員死亡している」

被害者は手を身体の前で祈るようなポーズで組んだ状態で縛られていた。死体に性的暴行の痕はなく着衣も整っていたが、衣服の背中の部分を一度捲られた痕跡があり、服には血が滲んでいた。そして血が滲んだ服の下――被害者たちの背中には、手のひら大のバツ印がナイフで刻まれていた。傷口は気絶したり死んだりはしない程度の、決して深くはない、しかし確実に相手に恐怖を与える切りつけ方だった。

桐生の背中に、じくじくとした痛みが走る。もう乗り越えたはずなのに。呼吸がだんだん浅くなり、眩暈で視界がぐらついて吐きそうになるのを必死にこらえる。

「犯人はSub専門医院やプレイクラブのようなSubが集まる施設付近でターゲットを選定して声をかけ、巧みに車に誘い込んで誘拐。近隣の廃屋や廃ビル、小さな工事現場などのひと気のない場所に連れ込んだ。そこで両手を胸の前で組ませて縛り、跪いた体勢を取らせてドロップさせて殺害するという――典型的な支配欲求異常によるダイナミクス犯罪だった」

こうした連続事件の場合、大抵最初の犯行には粗《あら》が見られるものだが、この犯人は一件目からほとんど証拠を残さなかった。そのため桐生も最初の二件は苦戦を強いられたが、三件目で犯人の行動パターンを多少は予測できるようになった。四件目と五件目は被害者救出には間に合わなかったものの、桐生と田橋は通報が入る前に犯行現場を特定し駆けつけた。

五件目のときはまだ近辺に犯人がいたのか、現場に向かって歩く桐生の鼻腔を、犯人の匂いが掠めた。屋外で匂いが霧散していることもあり、発見することはできなかったけれど、桐生たちは着実に犯人を追い詰めていた。

「六件目——最後の犯行場所は、ある程度は予測できていたんだ」

現場周辺に残留香の付着した遺留品がないか地面に這いつくばって見つけ出したり、被害者やその関係者のアカウントに不正ログインをする反則技で手あたり次第に身元を洗ったり、防犯カメラを片っ端から再確認したりした結果、犯行の法則性も明らかになってきた。

「日暮には前科前歴がなかったから、僕の頭のデータとは照合できなかった。被害者を攫う瞬間や車での移動も、彼は針の穴を通すような綿密さで人の流れや防犯カメラの死角を狙っていたし、プログラミングのスキルもあるのかセキュリティの弱い防犯カメラはハッキングされて抜け道に使われた。正直、かなり苦戦を強いられたんだ」

事件が長引けば長引くほど、桐生はコマンドによるフロー状態が続いてしまう。それでも彼は当時、脳がオーバーヒートして高熱を出しながら、頭を回転させ続けた。

そして地理的プロファイリングと、都内の廃屋や工事現場の情報、人の流れと防犯カメラの死角——それらの条件をもとに、次の犯行現場を三つまで絞り込んだ。

「候補となる場所は一係にも知らせていたんだが、当時の一係の班長と田橋さんは折り合いが悪かったというか、連携があまりうまくいっていなくて……犯行のペース的にもう当日になっていたこともあって、僕と田橋さんは急いで第一候補の宇印市西町の解体現場——今は空き地になっている、あの場所に向かった」

ごうごうと強い風が吹きつける夜だった。薄暗い道路を突き進み、二人は目的の場所——メインの通りからは外れたところにある解体現場に辿り着いた。小さな家屋には足場が組まれ、養生シートで囲われている。

「裏口付近には、車が一台停まっていた。田橋さんは所轄に応援要請の連絡をしてから、僕に車に戻って待つよう言って、一人で建物の周りを確認しに行った。僕は……承諾して彼を見送った」

本来なら、応援が来るまで田橋も待機すべきだった。桐生は戦力にはならないし、凶悪事件の捜査中ということで田橋は拳銃を所持してはいるものの、建物の中にはその凶悪犯が潜んでいる可能性が高い。一人で立ち向かうにはリスクが大きすぎる。

しかし、慎重でいられない要素がいくつも重なってしまった。

四件目と五件目の場所を特定できていながらも犯行を阻止できなかったことへの後悔、日に日に増える被害者の数、警察に苦言を呈するマスコミと市民の怒り、一係との度重なる連携ミス、田橋の中に生まれた「ここで手柄を挙げたらエリート街道に戻れるのでは」という期待、《追跡》のコマンドを長期間遂行できない桐生の精神的疲弊。

そんな状況で、シートの陰で何かが蠢《うごめ》いた。目を凝らすと、手を胸の前で組む形で縛られた長い黒髪の女性が、身を捩って這い出そうとしているのが見える。

あっと思ったときには、田橋が駆け出していた。ブラウンカラーのタイトなスーツを身にまとったその女性は、まだ生きている。田橋は一目散に女性のもとに向かう。

口を開けば役職の話ばかりで、あの手この手でなんとかエリート街道に返り咲こうとしていたくせに、肝心なところで中途半端にお人好しを発揮する彼は、きっとこのとき女性を救出することしか頭になかったのだろう。でも、被害者がまだ生きているということは――犯人もすぐ近くにいる。

「田橋さん、待つんだ――」

桐生が叫びながら田橋に駆け寄る。しかしぐったりした女性を抱えようとする彼の背後から長身の男が現れ、鉄パイプを振りかぶった。男が田橋の脳天に鉄パイプを振りかざすのと、銃の発砲音が響くのはほぼ同時だった。暗闇の中で田橋の身体が崩れ落ちるのが、スローモーションのように映る。目の前で倒れた田橋の頭から血がどくどくと流れていく。

「いやあああぁぁっ」

闇を切り裂くように、女性が悲痛な叫び声をあげた。ただでさえ犯人に縛られて、恐慌状態だったのだろう。そのうえ今の惨劇を目の当たりにしたせいで、完全に錯乱してしまっている。大きな二重瞼の瞳は黒目が濁り、明らかなドロップ状態だった。

桐生は唇を嚙み締めて犯人の男を見た。

清潔感のある黒髪に、柔和で誠実そうな顔立ちの三十代後半くらいの長身の男――この連続Ｓｕｂドロップ致死事件の犯人である日暮千景は、鉄パイプをからんと落とし、血が溢れ出す自らの腹部を手で押さえていた。田橋は頭を割られながらも男の腹部に一発、銃弾を命中させていたらしい。

一瞬痛みに顔を歪めた日暮は、己の血に濡れた手を見るとふっと口端を吊り上げ、漆黒の瞳で桐生を捉えた。あの異常な支配欲に満ちた彼の瞳を思い出すだけで、激しい動悸に襲われる。

日暮の強いグレアに捉えられた桐生は、逃げようとしたけれど身動きが取れなかった。彼からは、他の現場に残されていた残留香とまったく同じ匂いがした。支配欲求異常のＤｏｍ特有の人工甘味料みたいなフェロモンの匂いに、桐生はえずきそうになる。

『俺もここでおしまいか。もう少しこの遊びを続けたかったんだけど、やはり欲を出しすぎると駄目だね……今回の獲物は躾のしがいがあるし、できればゆっくりと楽しみたかったのにな。まあ、仕方ない。《建物の中へ来い》』

Ｓｕｂの本能は命令に逆らうことができない。静かに命じられた桐生は、悪寒と恐怖に震えながら解体中の建物の中に足を踏み入れる。

ドロップで真っ青になっていた女性も這うように桐生の隣にやってきて、ぐったりと倒れ伏した。もう精神的にも限界なのだろう。「ごめんなさい、ごめんなさい」と声にならない声で浅い呼吸を繰り返している。このままでは一時間と持たず、彼女は重度のドロップで死んでしまう。しかし桐生にはどうしてやることもできない。

『《跪いて、手を前に》』

彼女の躾を途中で邪魔された腹いせなのか、日暮は桐生が床に膝をつくなり、その両手首を胸の前で縛り上げた。腹に銃弾を撃ち込まれたとは思えない、どこか余裕すら感じさせる表情で、彼がこちらを見下ろしてくる。

『せっかくだし、この機会に気になっていたことを聞かせてもらおう。五件目のときかな――まだ俺が現場付近にいるときに、通報もされていないはずなのに君とさっきの男がやって来て、ニアミスしたことがあったね。そのとき俺はもう車に乗り込む直前だったけど、強い風が吹いた瞬間に君が振り向いて何かを必死に捜すような素振りをしていた。あれは俺を捜していたんだよね？　どうやって俺の気配に気付いた？《言え》』

逆らおうとしても、彼は何度も《言え》と命じ続ける。桐生はとうとう耐え切れなくなり、最低限の言葉を選びながら、特殊なコマンドで犯人を特定するために動いていることと、気配ではなく匂いに反応したことを話した。

日暮が『君はそういう命令が好きなんだね。犬みたいだ』と嘲笑う。

『そうそう、犬といえば。犬に首輪をつけて、しっかりとリードを握っていても、ふとした瞬間に逃げ出してしまうことってあるよね。それって、飼い主としてはすごく悲しいことだと思わないか？』

楽しそうな日暮の声が頭上で歪《いびつ》に舞う。

『そんな悩みを解決するにはどうしたらいいと思う？』

この仕事をしている以上、支配欲求異常の究極形が「Ｓｕｂの命を支配すること」であることは知っている。だからこそ、絶望した。

『犬に死ねと命令して、犬を殺すんだ。そうすれば犬は僕の「死ね」という命令を、死んでいる限りずっと守ってくれることになる。僕のために、ずっと死んでいてくれる。だから――死ね』

覚悟はしていたものの、Ｓｕｂにとって最も聞きたくない言葉が、強いＤｏｍ性を持つ日暮の口から放たれる。桐生はぎゅっと唇を噛み、理不尽な暴言に耐える。殺意のこもったグレアだけでもつらいのに、死を教唆する言葉まで投げつけられるのは、かなりまずい。Ｓｕｂからしたら自律神経を直接殴られているようなものだ。

『《死ね、死ぬんだ》。俺が死ねと言っているのに、どうして生きているんだい？　言うことを聞けないなんて悪い子だ。悪い子の君がいなくなっても誰も悲しまないけれど、死んでくれたら俺が愛してあげられるよ。俺の言うことを聞いて、ずっと死んでいてくれる限りね。さあ、早く死ねよ』

日暮は狂っている。理屈で説得できる相手ではない。

桐生をいたぶる日暮から香るＤｏｍのフェロモンは噎《む》せ返るほど邪悪な甘さで、鼻腔にこびりついて吐きそうになる。

『悪い子にはお仕置きが必要だね』

ナイフを片手に背後に回った日暮が桐生のシャツの後ろをたくし上げ、背中に「悪い子」の象徴のバツ印を刻んだ。彼がシャツから手を離すと、布は重力に従って下がり、再び桐生の背中を隠した。シャツが血に濡れて傷に張り付いた。冷や汗が滲んで沁みる。

痛みと恐怖に耐える桐生に、日暮は悪意に満ちた命令を繰り返す。自分の命の灯《ともしび》が徐々に消えていくのを感じ、意識は徐々に霞んで——。

「桐生、もういい、もういいから」

不意に、優しい匂いが桐生を包んだ。暗くなりかけていた視界に光が戻る。目を開けても、日暮の姿はない。瀕死の女性も見当たらない。邪悪な匂いもせず、罵倒の声も聞こえない。

「……武岡さん？」

目の前の精悍な顔立ちの男を見て、彼の名前を呼んで、ようやくここがあの解体現場ではなく、安全な自宅マンションだと気付く。

「つらい話をさせて悪かった。一旦休もう。このままじゃ、お前、ドロップしちまうぞ」

いつの間にか彼は桐生をぎゅっと抱きしめ、背中を擦ってくれていた。温かな手の感触のおかげで、桐生は次第に落ち着きを取り戻していく。

「すまない。当時の記憶に引っ張られてしまったみたいだ。でも大丈夫。ここまで来たら、最後まで話すよ」

「でも――」

「……あと少しだから心配ない。でも、そうだな。できれば、このままの体勢で聞いてくれるか？」

武岡の背中に腕を回して言うと、彼が了承の意味を込めて桐生の肩をポンポンと叩く。

「そのあと――現場に踏み込む前に田橋さんが呼んでいた所轄の応援と、発砲音を聞いた交番の警官がようやく駆けつけて、日暮を包囲した」

そのときにはもう、日暮は田橋に負わされた腹部の傷からかなり出血しており、本人も死を悟って辞世の句でも詠むかのような恍惚とした表情で虚空を眺めていた。

『……人は忘れられたときに死ぬって、よく言うだろう？　君が生きていて、俺のことを忘れない限り、俺も、俺の命令も、君の中で生き続ける。俺の「死ね」という命令を守って死んでくれた子たちも愛おしいけれど、こういう関係性も悪くない』

日暮の瞳に、歪な愛情のようなものが浮かんで消えた。直後、捜査官に取り押さえられた彼は、病院へ搬送中に死亡したらしい。

一連の犯行を裏付けるために通り一遍の捜査はされたようで、桐生も被害者の一人として入院してすぐに朦朧としながら聴取を受けたり、事件時に身に着けていたものを提出したりしたが、最終的に容疑者死亡で書類送検、不起訴で事件は終了した。

最後の被害者は税理士事務所に勤める当時二十七歳の女性で、重度のドロップによりしばらくは心神喪失状態だったが一命は取り留めたという。これが唯一の明るい知らせだったように思う。

「僕も瀕死だったし、事件後も心身が回復せず二ヵ月ほど入院していたから、最後の方は少し記憶が曖昧なんだけどね」

退院後に警察の捜査資料に目を通してわかったことだが、日暮はプログラマー出身のIT企業の社長だった。順風満帆な生活を送っているように見えた彼だが、両親は母親の不倫が原因で彼の幼少期に離婚をしており、日暮は日本で父親に育てられ、双子の弟は母親に引き取られて合衆国に帰化している。

シリアルキラーの中には、性的にふしだらだった母親を連想して見ず知らずの娼婦を何人も虐殺するなど、幼少期の経験から家族に対して抱いた愛憎入り混じった感情を、その面影のある赤の他人に投影して手にかけるというパターンが多々ある。

出張の多かった父親からも十分な愛情を得られなかった彼は、家庭崩壊の原因を作った母親への憎悪と歪んだ支配欲を募らせて成長し——さらに、事件の半年前に、二年間交際を続けた女性に浮気をされて婚約破棄になっていた。

それがトリガーだったのか、婚約破棄以降、彼はマッチングアプリからプレイクラブ、乱交パーティー、風俗など、あらゆるところで女性のＳｕｂ複数名と同時並行で関係を持った。そして、それでも支配欲求を解消できずに、一連の犯行に至ったようだった。

被害者たちと日暮との接点も調べられたようだが、やりとりをしていた痕跡は一切なく、典型的な行きずりの犯行だった。「自分を裏切ろうとする犬を躾けなくては」という思いから、究極の支配である生殺与奪に行きつき、一度味わったその感覚を繰り返し求めずにはいられなくなったのだろう。

そんな日暮から死を教唆するコマンドを受け続けた桐生が負ったダメージも、決して小さくはなかった。実は桐生がまともに外に出られるようになったのは、ここ半年ほどのことだ。

退院後すぐに水上が補助担当に着任したが、しばらくのあいだ桐生は現場に出ることなく自宅で療養しながら捜査を行っていた。生真面目な水上がマメに動いて残留香の回収や情報収集をしてくれたため、その期間は依頼を受ける件数を減らしてはいたものの、一応は現場に出ずに事件を解決することができた。

「以上が、連続Ｓｕｂドロップ致死事件の顚末だ。ここまでで何か質問や意見は？」

可能な限り冷静な声で尋ねると、彼は桐生を抱く腕に力を込めた。

「お前が生きててくれてよかった」

「……武岡さんの方が死にそうな顔じゃないか」

抱きしめられた体勢から見上げた彼の顔は蒼白で、怒りと悲しみに歪んでいた。

「そりゃ、この仕事をしていれば凄惨な現場だって何度も経験してるけど、慣れるようなものじゃねえし、何よりお前がそんな目に遭ったって考えたら死にそうな顔にもなるだろ」

日暮の邪悪な支配を思い出して真っ黒に塗り潰されそうになった桐生の心に、武岡の言葉は綺麗な滴《しずく》となって、ぽつぽつと落ちた。漆黒の中に安らぎの色が広がり、染みていく。

「……僕の身に起きたことは、もう過去のことだよ。もう、平気なんだ」

日暮はもうこの世にいないし、桐生の背中の怪我もとっくに完治している。自分に言い聞かせるように、桐生は冷静な声で彼に伝える。

「俺、お前のその顔、駄目なんだよ。お前がそうやって何事もなかったように平気そうな顔をしているときは、蓋を開けると大抵は全然平気じゃないいんだ。だから放っておけないいし、目が離せないし
——好きになっちまった」

「……は？」

切なげに言う武岡から、桐生は軽く身を離す。見上げた先で、彼が真剣な瞳でこちらをまっすぐに見つめてくる。

「桐生、俺がお前を守るから、ちゃんとしたパートナーになってくれないか？」

嬉しいのか悲しいのか自分自身でも理解できないような、不思議な感覚が胸の奥に湧き上がり、桐生はどんな顔をしていいのかわからないまま首を横に振る。

「そんな、急に……何を言っているんだ。僕は恋愛感情とか、好きとか、わからない」

「好きってのは、一番大事で、一番幸せになってほしいって思うことだよ」

「…………それだと僕の好きな人は武岡さん以外あり得なくなってしまうよ」

「いいじゃねえか。何も問題ないだろ」

きっぱりと言いきられて、心臓のあたりがくすぐったくなる。早足で歩いたときみたいに、胸が少し苦しい。

「なあ、桐生。俺とちょっとだけ、恋人同士のプレイ、してみないか？　怖いことはしないから」

かさついた武骨な指が、桐生の頬を撫でる。

「こうして心に負荷をかけてまで過去の話をしてくれたお前のことを、今はただ愛して、癒してやりたい。《追跡》を遂行したみたいに本能を満たしてやることはできなくても、触れ合うことで少しはお前に安らぎを与えてやれるんじゃないかって。……俺のこと、信じてくれるか？」

「……うん」

真摯《しんし》な眼差しをくれる彼に、桐生がこくんと頷くと、額にちゅっとキスをされた。

この人なら大丈夫だ、と思った。武岡は恐怖で支配したりはしない。もともと桐生は他人と深い関係になる気はなく、性的なコマンドも避けてきたが、武岡ならばどんな命令も優しく包み込むように口にしてくれると思えた。

「桐生、《おすわり》」

ソファから降りた桐生は、正座を崩したような姿勢でぺたんとカーペットに尻を落とし、手を両膝に添えた。彼の足元に跪いただけで、冷え切っていた身体に熱が戻ってくる。

「最初に見たときから思ってたんだけど、お前のおすわりの姿勢って、こぢんまりとして可愛いよな。《もっと近づいて》」

すでに足元にいるのに？　と思いつつ座った姿勢のまままさらに近付いて、彼の膝から下に身体を擦り寄せる。武岡は桐生の髪を撫でて、ふっと目を細めた。

「……っ」

慈しむような眼差しに、桐生の胸に甘えたいという衝動が湧いた。もしかしたら自分で思っていた以上に、日暮の事件のことを話すのは精神的につらい作業だったのかもしれない。

ほとんど無意識に、桐生は首を傾けて武岡の膝に頬をこてんと乗せる。こんな甘ったれた気持ちになったのは初めてで、不安と期待が半々の眼差しでおずおずと彼を見上げる。

「……やばい、可愛い」

一瞬眉間に皺を寄せて呻いた武岡は、桐生の頭をひと撫でして《こっちにおいで》と手を広げた。

桐生が彼の膝に跨《また》がり前から抱きつくと、彼もぎゅっと抱き返してくれる。しばらくそうしていると、武岡は少し身体を離して真面目な顔で桐生を見つめた。

「桐生、怖かったらセーフワードを言えよ」

「ん……？」

「上だけ《脱いで》。できるか？」

反射的にびくっと身を竦ませた桐生は、彼の表情を窺い、おそるおそる肩に掛けてもらったジャケットを脱いだ。武岡が自分に害をなすとは思っていないけれど、白くうっすらと盛り上がった背中の傷跡が外気に晒されるのは、やはり不安が残る。

ぱさっとジャケットを床に落とした桐生が顔を上げられずにいると、不意に身体を持ち上げられて、後ろ向きで彼の膝に座る体勢にされた。

「な、何」

「最初の頃、衣服を脱がそうとしたら免職に追い込むって言ってたのは、俺に変な気を起こさせないための警告だけじゃなくて、この傷を見せないためでもあったんだな」

今、彼の目の前には桐生の後頭部とうなじ、そして背中が見えているはずだ。さすがにそんなに間近で見て気分のいいものではないだろう、と向きを変えようとしたところで、腹と胸に手を回されてぎゅっと抱きしめられた。

「……あっ」

背中に、ぬるりと湿った感触がする。彼の舌が、桐生の傷跡をなぞるように、ゆっくりと肌を舐めていく。

「んんっ」

「綺麗だよ、お前は。傷を負っても生きててくれて、一人で立ち上がって、前に進んで」

吐息が背中にかかるたびに、桐生は身体の中心が熱くなるのを感じる。男らしい手で腹の辺りをぐっと押さえられ、その奥がじわりと疼いた。

「たくさん事件を解決して、人の気持ちがわからないなりに相手のことをちゃんと見ようとしていて、えらいよ」

肩に、うなじに、彼は優しく口付けながら、桐生の今までを肯定してくれる。彼に褒められるたびに、身体から力が抜けていく。

「もう一回こっち向けるか？」

「ん……」

「いい子だ。じゃあ、俺の指を《舐めて》」

再び向かい合った体勢で彼の膝に座ると、桐生の唇に武岡の右手の指先がちょんと触れた。そっと口を開けて彼の指を招き入れ、舌を絡ませて夢中で舐めあげる。人間の皮膚なんて美味しいはずがないのに、なぜか彼の指は甘く感じた。

「一生懸命舐めてくれて、《いい子だなぁ》」

桐生の口から唾液まみれの指を引き抜いた武岡が、左手で髪を撫でてくれる。

「ん……あっ」

褒められてとろんとしているうちに、いつの間にかベルトが外されていたらしく、彼の濡れた指が桐生の腰のあたりから下着の中に侵入してきた。双丘の奥の蕾《つぼみ》に、彼のぬるついた指が触れる。

「桐生、ここに触られるのは怖い？」

「……いや。変な感じだけど、痛いことはされていないし、武岡さんが僕にひどいことをするとは思えないから、怖くはない」

正直な感想を述べたら、彼は「んぐっ」と妙な声を出し、すぐに嬉しそうな笑みを浮かべて左腕で桐生の腰を抱き寄せた。

「俺のパートナーは世界で一番いい子だ」

僕のパートナーも世界で一番優しい人だ、という気持ちを込めて武岡の首筋にすりすりすると、彼はくすぐったかったのか、くくっと笑った。顔を上げた桐生の視線は、口角の上がった彼の唇に吸い寄せられる。触れたい、と思った。

「……お前、ほんとに可愛いな。《キス》できるか？」

優しく命令されて、ほろ酔い状態の頭で頷く。

あんな話をしたあとだからか、武岡は過剰なくらい甘やかしてくる。彼は異性愛者だったはずだけど、いくら好意を持ってくれているとはいえ男の身体や唇に触れることに抵抗はないだろうか。そんな考えが頭を掠めてわずかに罪悪感が湧いたものの、桐生は軽く首を傾けた彼の唇に、ちゅっと自分の唇を当てた。

ずっとずっと、僕だけのパートナーでいて。

口に出して言えない代わりに、唇に気持ちを乗せて、拙いキスを贈る。彼の唇を舐めたり甘嚙みしたりするのは少し恥ずかしいけれど幸せで、もう胸がいっぱいなのに、もっと欲しいとねだりたくなってしまう。

ふにふにと唇の感触を楽しんでいると、桐生の蕾につぷりと彼の指先が埋まった。互いの唇の薄い皮を擦り合わせながら、後孔の中の浅い位置を撫でられると、鼻に掛かった甘え鳴きのような声を抑えられなくなる。

「桐生、気持ちよくなった？」

気付けば桐生のズボンの前はすっかり張りつめており、無意識のうちに腰をゆらゆらと揺らしていた。いつもの武岡とは違う、低く掠れた声で問われて、桐生は顔をかぁっと赤らめる。

「……あの、これは……っ」

思わず顔を逸らそうとしたところで、後頭部に手を添えられて深く口付けられた。歯列を割って入ってきた肉厚な舌が、桐生の舌を絡めとり、じゅっと強く吸い上げる。後孔に挿入された指も、桐生の中でぐにぐにと動いている。やがて彼の指先は敏感なしこりのような部分を探り当てて、そこを優しくとんとんと叩いた。

「——っ」

瞬間、びくんと桐生の身体が跳ねた。次いで、下着にじわりと染みができるのを感じる。

——イっちゃった……。

唇を解放された桐生は、上気した顔でぼんやりと武岡を見上げる。武岡は一瞬視線を揺らしたように見えたものの、すぐに桐生の中から指を引き抜いて、両腕でぎゅっと抱きしめてきた。

「すげえ可愛かった。桐生は《いい子だなぁ》」

桐生の髪に鼻先を埋めて、彼は何度も「いい子だなぁ」と繰り返してくれる。背中を優しく撫でてくれる彼の手は、大きくて温かい。逞しい腕の中で彼の匂いを胸いっぱいに吸い込んだら、甘酸っぱい感情がぶわっと湧き上がってきた。

——僕は武岡さんのことが好きなのか……。

恋愛とは無縁の人生だったから、桐生にはその感覚がわからない。

でも「一番大事で、一番幸せになってほしい人」と聞いて、そんな相手はいないとは一瞬たりとも思わなかった。桐生の優秀な頭の中には、彼の顔がはっきりと映し出されていた。

愛情や信頼なんて、自分には到底理解できないものだと——むしろそんなものに浸る人間は愚かだとさえ思っていたけれど。

——それでも悪くないと思ってる自分が、嫌いじゃない、なんて。

鼻に続いて頭まで誤作動を起こしていたらどうしよう、と冗談半分本気半分で考えながら、桐生は心地よい彼の体温に包まれてひとときの安らぎに身を任せるのだった。

【8】

結局昨日は一年前の事件の情報と今回の情報を整理しているうちに夜になってしまったため、武岡たちが本格的に捜査を始めるのは本日からとなった。

「荷物はこっちの部屋に置いていいか？」

「うん、その部屋は好きに使ってくれて構わない」

桐生の指した扉を開けた武岡は、持参した荷物を部屋へと運ぶ。

今回の宇印市空き地死体遺棄事件が解決するまでのあいだ、武岡は桐生の部屋に泊まり込むことにしたので、明け方に一度帰宅して荷物をまとめて戻ってきたのだ。

桐生の嗅覚異常については、他の匂いで試したところ、鼻が利かなくなったわけではなかった。一年前の事件が強烈すぎて、今回の事件現場の残留香のみ、脳内で勝手に日暮の匂いにすり替わってしまうのではないか――桐生は自身の症状をそのように見立てていた。

武岡としては嗅覚に異常が出るほどのストレスがあるなら彼を休ませたかったし、大島への日報で桐生の症状を報告しようとしたのだが、彼が「嗅覚異常が知られたら捜査を外される。まだもう少し頑張りたい。《追跡》の命令をちゃんと完遂したい」と強く訴えてきたので、武岡は一旦は報告を見送る代わりに、自分が常時傍で彼を見守り、サポートすることにしたのだ。

――トラウマってのは、ちょっとしたきっかけでフラッシュバックするものだろうしな……。

当時、最後の被害者が助けを求めて這い出してきたのと同じ土地に、似たような体勢の死体が遺棄されてしまったため、桐生は今回の事件と過去のつらい記憶をどうしても結び付けてしまうのだろう。思えば昨日、現場に到着したときから彼の様子はかなりおかしかった。

もちろん日暮千景は確実に死亡が確認されており、生き返ったなんてことはない。

事件自体、場所が同じだっただけで、手口はまるで異なっている。日暮は廃屋や解体現場の中など部屋を彷彿とさせる場所での殺害にこだわっていたが、今回は空き地に捨てられていたし、当然日暮の犯行の特徴である祈りのポーズや背中の傷もない。

捜査本部も、日暮の事件との関連性は特に考えていないらしい。

そもそも当時の被害者が這い出そうとしていたのを目撃したのは田橋と桐生だけなので、そんなポーズを模倣しても意味がないし、今回は遺棄した際にたまたまその形になったと考えるのが自然だろう。

「あ、ちょっとキッチン借りるわ」

「……そんなものまで持ってきたのか」

荷物からフライパンや鍋を取り出した武岡は、殺風景なキッチンに調理器具を並べる。さすがに毎食自炊はできないが、彼は武岡の手料理だけはあまり残さないので、一日一食くらいは好物の鮭料理を作って食べさせてやるつもりだ。

桐生はただでさえトラウマを想起して疲れているうえに、自慢の嗅覚が役に立たなくて若干落ち込んでいるようだから、少しでも元気になってくれるといい。

「それと——桐生、これ、もらってくれるか？」

シンプルな箱を渡すと、彼は首を傾げながらそれを開けた。箱の中の赤い首輪を映した彼の大きな目が、さらに大きく見開かれる。

「少し前に、お前のことを『本当に目が離せないやつだ』とか考えていたときに、つい買っちまったんだよ。支給品の黒い首輪より、もっと明るい色の方が似合うんじゃないか、とか考え始めたら、無性に俺が選んだ首輪をお前につけてほしくなって……。そのときはお前のことが好きかどうかよくわかってなかったけど、誰より寄り添いたいって気持ちはあって、気付いたらその赤い首輪を通販でポチッとしてた。で、渡すに渡せないまま自宅で保管してました」

元妻とのことで誤解をされかけたときのことだ。あのあと自分が選んだ首輪をつける彼を想像したら、武岡の指は勝手に通販サイトの購入ボタンを押していた。

「ほぁ……？」

「いや、ちゃんと本当のパートナーになったんだから、うっかりポチッた通販商品じゃなくて、一緒に店に行って選んだりしたいんだけど、事件が解決するまではのんびり買い物もできないだろ？　とはいえ、このままじゃお前も嗅覚がバグッたりしていて不安だろうし、一段落するまでの繋ぎの安心材料としてこれを身につけていてくれよ。支給品よりは、俺たち専用の首輪の方が被支配欲求も安定するだろ」

「ほぁ……」

優秀な脳でも理解が追い付かないのか、彼は不思議な声を出しながら手元の首輪と武岡の顔を交互に見た。

「…………そうか。もらっておく。ありがとう」

動作不良を起こしたＰＣのごとくカクカクした動きで立ち上がった彼は、首輪を付け替えてやろうとする武岡をスルーして自室へ向かう。気に入ってくれなかったのか……と残念に思いながら目で追っていると、彼は部屋の一番奥にある金庫らしきものの前に立ち、新品の首輪をラッピングごとそこに突っ込んだ。

「待て待て、しまうところおかしくないか⁉」

思わず彼に駆け寄って新品の首輪を金庫から救出すると、彼はきょとんとした顔でこちらを見る。

「よ、汚れたり、盗まれたり、しないように」

僕は何か間違っただろうか……？　みたいな顔でおずおずと見上げられ、武岡は崩れ落ちる。

「めちゃくちゃ気に入ってくれてるじゃねえか……！　このポンコツ健気め……！」

しばらく床に転がって身悶えた武岡は、なんとか正気を取り戻し、桐生の首元に優しく触れる。

「通販で買った安物なんだから汚れてもいいいんだって。そもそも首につけておけば盗まれないだろ」

「……たしかに金庫に入れておいて金庫ごと盗まれたら後悔するけど、首ごと切断されて盗られた場合、僕は即死するから後悔のしようもないし、身に着けておいた方が合理的か」

「だから言葉選びが怖いんだよ……俺があげた首輪を命と同じくらい大事って言ってくれるのは嬉しいけど」

人間の情緒にも自分自身の感情にも疎すぎるあまり珍妙な論理を展開している桐生だが、蓋を開けるとやはりいじらしさのオンパレードではないか。

愛おしさを全開にしながら、武岡は彼の細い首から支給品の首輪を外し、新しい赤い首輪を装着してやる。

最後に自分の手首のブレスレットも赤いレザーバンドに交換して見せてやると、桐生は嬉しそうに微笑んだあと、キャパオーバーになったらしく五分ほど動かなくなった。目を開けたまま死んだのかと思って焦った。

＊＊＊

あれから桐生は武岡とともに再び宇印市の空き地を訪れ、今度こそ現場に手掛かりがないか冷静に調べ直した。彼が首輪をくれたおかげか、現場写真や人型の白線を見ても眩暈のようなフラッシュバックには襲われなくなった。

ただし依然として桐生の鼻は、今回の犯人の残留香を日暮の匂いと誤認識してしまっており、脳内で前科前歴があるＤｏｍに結びつけることも、現場付近の匂いと照らし合わせることもできていない。付近にはもともと人通りも防犯カメラも少ないため、現段階で桐生にできることには限界があった。

捜査本部が人海戦術で何かヒントを見つけてくれることを期待したものの、捜査に進展がないまま早五日が経過した。

今回の被害者の身元は依然として不明で、桐生も犯人特定の取っ掛かりを摑めずにいる。今日は部屋でPCを睨みつけて、SNSや掲示板に情報が転がっていないか探しているが収穫はない。

——あらゆる角度から考えてはみたが、空振りばかりだ。この事件に関しては、僕の嗅覚も頼りにならないし。

念のため、本当にあれが日暮の残留香だった場合——つまり何者かが日暮の遺品を利用した可能性も考えて、当時の彼の交友関係も洗ってみたのだが、予想通りと言うべきか、その線は現実的ではなかった。

父親は病死。母親は離婚と同時に渡米後、現地の男性と再婚し、合衆国に帰化している。双子の弟・一翔《かずと》も母親同様、帰化してからは日本を訪れていない。しかも彼は去年、友人との登山中に滑落死しており、すでにこの世にすらいなかった。

日暮の死後にマンションの整理をしたのは業者で、自宅にあった遺品はすべて処分され、業者に依頼した遠縁の親戚は高齢で田舎暮らしをしており、犯行は不可能だ。

——まあ、当然か。遺品を手に入れた者が後を継いで殺人を犯す……なんて、呪いみたいなことがあるはずがない。

つい不安を感じて、桐生は首元に触れる。

この首輪は、武岡が桐生のために買ってくれたものだ。支給品ではない、彼の気持ちがこもった首輪。彼は桐生のことを、一番大事で、一番幸せになってほしい相手だと思ってくれている。これは、本物のパートナーの証なのだ。それならば自分は、この首輪に見合うだけの働きをしなくては。

桐生が冷静な顔の裏で自分を奮い立たせていると、武岡がスマホを片手に立ち上がった。

「昨夜、羽花市《はばな》南池町《みなみいけ》でＳｕｂドロップした身元不明死体が発見された。死体は別の場所で殺害されてから、現場に運ばれている。身元を示すものを奪って屋外に放置する手口から、先日の宇印市空き地死体遺棄事件との関連性が疑われている」

一係から送られてきたデータに視線を走らせる武岡の説明を聞きながら、桐生は早々に出かける支度をした。二人は玄関を出るなりマンションの敷地内にある駐車場まで駆けて行き、車に飛び乗って新たな現場へと向かう。

「ここは――」

羽花市の裏路地――そこは一年前、現場に向かって走る桐生と田橋が、犯行を終えて立ち去る日暮とニアミスした一角だった。昨夜、雑居ビルの立ち並ぶ通りの路肩に遺棄されていたという死体はすでに搬出されており、人型の白線だけが残されている。

びゅん、と突風が吹いた。今日は朝から風が強い。目ぼしい証拠も残留香も飛んで行ってしまっているかもしれないと思いつつ、桐生はアスファルトにおそるおそる鼻を近付ける。

「どうして……」

やはりうっすらとそこに残る日暮の匂いに、桐生はくらりとよろめいて後退る。

「おい、大丈夫か」

「あ、あぁ、少しふらついただけだ」

一週間前に宇印市の空き地で、生きているはずのない日暮の残留香を感知してからというもの、桐生は自らの能力に対する自信が正直かなりぐらついている。今もまた、日暮の匂いを感じてしまった。このまま自分の頭脳と嗅覚が狂っていくのではないかという不安が頭を過る。ただでさえ《追跡》の命令をなかなか遂行できないことでフラストレーションが溜まっているのだ。犯人を特定するまでフロー状態が続いてしまうのも地味につらい。

「――っと、待ってろよ。川田から電話だ」

捜査本部の方で進展があったのか、彼はスマホを耳に当てて真剣な顔でやりとりをしている。

「桐生、新情報だ」

不意に力強い声が耳に入ってきて顔を上げると、武岡が「この近くに落ちていたコンビニのレシートから、今回の被害者の指紋が検出された」と説明してくれた。

レシートの情報と死亡推定時刻を照らし合わせて考えると、被害者は玻璃《はり》区北三丁目にあるコンビニ近辺にいたところを犯人に攫われて、この羽花市まで連れて来られて殺害されたようだ。なぜそんな面倒なことをしたのかは不明だけれど、進展はあった。

「武岡さん、僕たちも被害者が攫われたエリアに向かおう」

捜査本部はこの情報をもとに被害者の身元を割り出すことに全力を注ぐ方針らしい。身元さえわかれば、桐生が推理の道筋を立てるための材料も増えるはずだ。

「了解。場所は頭に入ってるから、運転は任せろ。ってことで、到着するまでお前は後部座席でちょっと休んでおけよ」

ぽん、と頭に手を置いて優しく笑う彼に、桐生は首を横に振る。

「いや、休まない。コンビニ周辺にＳｕｂが行きそうな施設がないか、手持ちのＰＣで調べておく」

Ｓｕｂが被害に遭いやすい場所は、Ｓｕｂが集まる施設の近くが多い。かつて日暮も、Ｓｕｂ用の専門医院やプレイクラブの近くでターゲットを選定していた。

「あーもう、わかったよ。ただし、くれぐれも無理をするんじゃねえぞ。お前は俺の大事なパートナーなんだからな」

車の前まで来た桐生は武岡の顔をじっと見つめ、後部座席の扉を開けようとしていた手を止めて、助手席の方に無言で乗り込む。武岡は運転席に座り、不思議そうに首を傾げていたが、やがて横でＰＣを操作し始めた桐生を見て相好《そうごう》を崩した。

「なあ桐生。どうして今日は助手席なんだ？」

「……邪魔だったか？」

「そうじゃなくて、お前はどうして後ろよりもこっちに座りたいと思ったんだ？」

「それは……こっちの方が落ち着く、と思ったから……？」

相変わらず自分の感情について尋ねられると、自分のことなのに半信半疑になってしまう。それでもなぜか武岡は顔を綻ばせて、桐生の頭を撫でた。

「そうかそうか、俺の隣は落ち着くのか。俺もお前の隣は落ち着くぞー」

優しく笑って車のエンジンをかける武岡に、桐生は胸がきゅんとなる。武岡の言う通り、彼の隣は落ち着く。……正確には少しドキドキして落ち着かないところはあるけれど、不安な気持ちは鎮静化される。

ハンドルを握る彼の右手首のスーツの袖から、桐生の首輪とペアのレザーのブレスレットが覗いている。桐生のことを大切なパートナーだと言ってくれた彼に落胆されないように、もっと頑張らなくては。

ひそかに気合いを入れ直した桐生は、モニターに視線を落とした。

＊＊＊

武岡たちはその日は結局、目ぼしい情報を得ることはできなかった。

捜査本部も被害者の身元特定には至らず、桐生も玻璃市のコンビニ周辺をくまなく調べていたが、Ｓｕｂが集まるような店舗や施設を見つけられていない。

夜になり、風呂から出た武岡が部屋着のジャージに着替えてリビングに戻ると、桐生はデスク上のＰＣモニターを睨みつけてキーボードで何やら打ち込んでいた。情報を集めているのだろう。先にシャワーを済ませた彼はゆったりしたルームウェアを身に着けているが、眉間にくっきりと皺を寄せたその表情はまったくゆったりしていない。

小さく溜息を吐いた武岡は、彼の頬を両手で包んで上を向かせた。顔を上げさせても彼の指は夢中でキーボードを叩き続ける。タッチタイピングにも程がある。集中しているのか、暗い場所にいる猫みたいに瞳孔が開いている。

視線を彼の瞳から、彼の細い首に移す。そこには赤い首輪がしっかりと存在を主張している。シャワーの際には一度首輪を外し、髪を乾かしたあと律義にもう一度つけ直しているらしい。

入浴で濡れてしまうとき以外は絶対に首輪を外してなるものか、という強い意志を感じる。そういう健気なところは大変可愛いのだが、この首輪をプレゼントして以降、たまに切羽詰まった表情で首元に触れる仕草をするようになったのが少し気になる。

――いや、今はそれよりも。

腰を屈めて彼の額に自分の額をくっつけて、武岡は嘆息する。

桐生は捜査が長引くとフロー状態も続くため、脳が熱を持ちオーバーヒート状態になる。今日も集中しすぎるくらい集中していた彼の額は、やや熱い。微熱が出ているのだろう。

武岡と恋人同士になったところで、彼の体質は変わらない。日暮の事件を思い出して倒れたことを考えれば、自分といることで確実にマシな状態にはなっているはずだが、犯人を特定するまでは本当の意味で彼の本能が満たされることはない。

そういえば出会って間もない頃に彼は、爆発的にアドレナリンが湧く《追跡》以外の一般的なコマンドは、アルコールみたいなものだと――酔っぱらって空腹を誤魔化すことはできるけど、栄養にはならないと言っていた。

武岡が愛情を注いだプレイをしても、彼の気を紛らわしてやることくらいしかできないのは、恋人としてはやはり歯痒い。

でも、だからこそ、自分は彼を今まで以上に気にかけてやりたいと思う。こうしてオーバーヒートしたら休ませて、明日になったらまた彼がちゃんと捜査できるように、コンディションを整えてやるのだ。

「――桐生、桐生。シャワーを浴びたなら、もう寝ろ」

「何か見落としてるような気がするんだ。僕はもう少し調べたいことがあるから、武岡さんは先に休んでいて――」

「だーめ。お前、根を詰めすぎだ。オーバーヒートしてる。ソファのとこ行くぞ」

桐生はデスクに齧《かじ》りついて抵抗を試みていたが、武岡がひょいっと抱き上げるとおとなしくなったので、ソファまで運んでそっと降ろしてやる。

「《おいで》」

隣に腰かけた武岡が自分の膝をぽんぽんと叩くと、彼は戸惑いながらも対面する形で跨ってきた。

相変わらず素直ではないけれど、こうして命令に従う姿は従順で、どこまでも甘やかしたくなる。

「ほら、神経も昂《たかぶ》ってるだろうし、寝る前に簡単なプレイでもしよう。それとも歩き回って疲れたなら、足のマッサージにするか？」

まだどこか思い詰めたような表情をしている桐生は、苦しそうに顔を歪めて俯く。

「……ありがとう。でも大丈夫だ。そこまで優しくしてもらう価値は、今の僕にはないだろう。仮眠はちゃんととるから、たまには武岡さんも部屋のベッドで眠るといい」

「は……？」

強張った顔で問い返すと、桐生はハッとしたように口を噤んだ。

「おい、今のお前に価値がないなんて、誰が言った？　大島さんへの報告書に嗅覚異常のことを書こうとしたときも、お前は妙に必死に止めてきたけど、あのときもそういうふうに考えてたのか？　俺、結構お前のこと大切にしてるつもりなんだけど、まったく伝わってないってことか？」

ひりひりした空気を滲ませつつ、グレアで威圧してしまわないように自分を制御しながら問いただすと、彼は首を横に振った。

「すまない。今のは言い方がよくなかった。早く犯人を特定しなくてはと焦ってしまっただけだ」

「そうじゃねえだろ。何をそんなに焦ってる？　何が不安なんだ？　謝ってほしいんじゃなくて、お前が感じていることを教えてほしい」

ずっと孤独を抱えて生きてきて、人間の心というものをうまく理解できない桐生は、すぐに自らの感情を不要なものとして切り捨ててしまう。だけど武岡は、桐生本人がなかったことにしようとした感情も全部受け止めたいのだ。

誤魔化しは利かないぞ、と射貫くように見つめたら、彼は少しの沈黙のあと口を開く。

「……武岡さんは僕のことを一番大事で一番幸せになってほしいと言ってくれたけれど、僕は何も応えられていないから」

ぽつりと静かに呟く彼に、武岡は小さく目を瞠る。

「何言って――」

「ダイナミクスを持つ者は、互いの本能を満たし合うことで関係を深めていく――これは、科学的にも証明されている。そして僕は普通のコマンドでは満たされることがない、いわばＤｏｍと正常な支配関係を築けないＳｕｂだ。つまり、こんな機能不全のＳｕｂを欲しいと思うＤｏｍはいない」

桐生が淡々と「簡単な三段論法だ」と言うので、胸が苦しくなる。彼が何でもないことのように話すときは、大体心の深層部分が傷付いていることを、武岡は知っている。

「普通ではないからこそ、僕はこの能力で自分の価値を示さないといけないのに、肝心の《追跡》のコマンドも遂行できないなんて、Ｓｕｂとして本当に何の価値もないじゃないか。せっかく首輪を贈ってもらったにも拘わらず、僕はそれに見合う働きが何もできていないんだ」

感傷的になって泣き出すわけでもなく、彼はただ残念な事実を伝えるような声のトーンで、自分のことを「本当に何の価値もない」などと言う。しかし心は不安を感じているようで、彼の指は無意識に自らの首輪に触れている。

「だから早く成果を挙げたいと考えていたんだが、なんだかどんどん胸の奥がざわざわしてきて、変なことを口走ってしまった。……むしろ今も引き続き変なことを口走っている気がする。忘れてくれ」

ムッと眉間に皺を寄せて難しい顔をする桐生を見て、武岡は「あぁ……」と低く呻いた。

以前、ＡＳＧの難儀な体質について聞かされた際、武岡は一瞬彼を心配したものの、あのときは彼が飄々と「たぐいまれな頭脳の代償だよ」などと言うものだから、そういうものなのかと半ば納得してしまった。

でもそんなわけがないのだ。高校時代に親切にしてくれた友人のＤｏｍに応えられなかったことを、彼はずっと気にしていた。桐生は「ＡＳＧの能力も持っている」のではない。「それしかない」のだ。

だから武岡に「一番大事だ」と言われて、その気持ちに応えようとした。一番大事にされるに値する存在であるために、焦って頑張ろうとしているのだ。

「お前……本当にバカだなぁ。情緒ポンコツなのに健気すぎるんだよ」

「……すまない」

「あーもう、ほら。憎まれ口が出てこないってことは、相当消耗してるだろ」

「……憎まれ口を僕の健康バロメーターにしないでくれ」

ぼそっと力ない反論が聞こえたけれど、武岡は構わず彼の頬を撫でる。

「でも不安定になってる自覚はあるよな？」

「うん……ごめん」

抱きしめてやると、彼はじんわりと安心したように身を任せてきた。自覚していた以上に弱っていたことに、彼自身ようやく気付いたのだろう。

「好きだよ、桐生。《キスして》」

耳元で囁く武岡に、びくっと肩を震わせた桐生は、ふるふると首を横に振る。

「や、やだ」

「なんで。怖い？」

「怖いとかじゃなくて……」

どう言うべきか躊躇っているのか、彼は口を開いたり閉じたりしている。武岡はほんの少しグレアを滲ませながら《言って》と命令した。桐生が怖がっているときには絶対に使わないコマンドだが、今はそうではないということはわかるので、遠慮なく使わせてもらう。

「だって僕は武岡さんとキスをすると、どうしようもなく気持ちよくなってしまうから……このあいだもキスをされながら中に指を入れられたらたまらなくなって、武岡さんに何もしてあげられなかった。それはなんだか、嫌だ。……なぜだろう、不均衡を感じるのかな」

「お前……っ、お前、バカだなぁ」

「また僕のことをバカって言ったな」

むくれた桐生にポカッと胸を叩かれた武岡は、よりいっそう相好を崩す。

「お前が気持ちよさそうだと、俺も幸せな気分になるからいいんだよ」

「一体どういう原理なんだ？　んっ、耳を噛むな……っ」

耳たぶに歯を立ててやると、桐生が小さく喘いで身を捩った。

「でも、ちょうどいいかもな」

「な、何が」

「犯人を特定できなくて自罰的な思考に陥ってるなら、お仕置きをすればちょっとは持ち直すんじゃないかと思ってたんだよ。でも俺、お前を死ぬほど甘やかしたいとは思うけど、お仕置きなんてしたくないし、痛い思いや怖い思いなんて絶対させたくないし、どうしたもんかな、と」

そう言いながら、武岡はかさついた指で彼の唇をなぞる。

「桐生は自分だけイっちゃうのが嫌なんだよな？　だったらお仕置きは、《射精禁止》にしよう。それなら痛くも怖くもないだろうし」

「…………はっ？」

「さらに、それがちゃんとできたら次に進もう。ここに俺のを挿れて、一緒に気持ちよくなれば、お前の言う『不均衡』とやらも解消するだろ？」

ズボン越しに彼の尻のあわいを撫でてやると、彼は「ひゃっ」と可愛い声を上げて頬を赤らめた。

「俺はお前を死ぬほど甘やかせるし、お前の可愛い姿を満喫できる。お前は自分だけイかずに済むし、お仕置きされることで犯人を特定できないフラストレーションを緩和できる。さらに二人の仲も進展する。どの角度から見てもＷｉｎ‐Ｗｉｎだ。合理的だろ」

「合理的……そうかもしれない……」

「……お前のそういうところ、たまに心配になるんだよなぁ」

武岡の言うことをあまり疑わずに、頬を上気させながらも真剣な顔で合理性を検討し始める彼は、賢いのにチョロくて可愛い。思わずにやけていたら、「何だその反応は」と彼が唇を尖らせたので、己の唇で塞ぐ。

「んっ」

「ほら、お前からも《キスして》」

つん、と唇を舌で突くと、桐生は口を薄く開けた。舌を入れたらカプッと甘噛みしてきたので、仕返しするみたいにきつく吸い返す。両手で耳の辺りをがっちり固定してやると、口内を犯される淫《みだ》らな水音が頭に響いているのか、彼の腰がもどかしげに揺れた。

「キス、気持ちよかったか？」

唇を解放して問いかけると、彼は息も整わないままこくんと頷いた。艶めかしく唾液で濡れた彼の唇に、武岡は指を差し入れる。

「《舐めて》」

「ん、ん……っ」

武岡が命令すると、人差し指、中指、薬指、と彼は丹念に舐めてくれる。途中で上顎をくすぐるように撫でたら、彼は「んやぁっ」と猫みたいな声で鳴いて、武岡の膝の上でぴくんと跳ねた。可愛い。

十分に濡れた指を小さな口から引き抜くと、彼は涙目でじっと見上げてくる。《いい子だ》と褒めてもらうのを期待しているのだろうか。桐生の屹立は、すっかり彼のズボンの前を押し上げている。

「じゃあ、もうちょっと我慢な」

「……っ」

唇を噛んで目を伏せた彼の下着の腰の辺りから、武岡は唾液でぬるついた指を侵入させる。先日も武岡の指を受け入れてくれた彼の蕾を優しく抉《こ》じ開け、敏感なしこりは避けて一本の指でゆっくりと解していく。

そこが柔らかくなってきたところで、もう片方の手で桐生のトップスをたくし上げて薄い胸に吸いつく。胸の飾りを刺激してやると後孔がひくひくと反応を返してくるので、収縮から弛緩に切り替わるタイミングで挿れる指を増やしていく。

「んん……っ、武岡さん、待って、ひゃっ」

胸の飾りを口に含んで舌先でころころと転がしながら、中で指をバラバラと動かしてやると、彼は遠慮がちな嬌声を上げた。

「怖かったらちゃんとセーフワードを言えよ」

「っ、そこで喋るな……！」

唾液で濡れた突起に吐息がかかるだけでも十分な刺激になるのか、彼は身を捩って快楽を逃そうとする。射精してしまわないように頑張る姿が可愛くて、ズボン越しに屹立をやわやわ揉んだら、桐生は「あぁっ」とあられもない声を出した。

こっちは必死にこらえているのになんてことをするんだ、という批難の表情で睨まれたが、涙目で美しい顔を上気させていては、武岡を煽るだけだ。

「……まだ《我慢だぞ》」

舌なめずりをした武岡が桐生をソファに仰向けに押し倒し、そのまま彼のズボンを下着ごと取り去ると、脱がした拍子に完全に勃起した性器がぷるんと飛び出した。羞恥のあまり脚を閉じようと藻掻く彼を制した武岡は、綺麗な色の屹立を握り込み、先走りで濡れた先端を指でくるくると撫でる。

敏感なところを直《じか》に触れられると一気に切羽詰まってきたのか、桐生はぎゅっと目を閉じて下腹に力を入れた。

「あ、あっ、それやだ、武岡さん、やめて……っ」

「だーめ、《我慢だ》」

「やだ、もう無理だ……」

「桐生」

甘く叱るようにグレアを出すと、桐生の性器からとろっと先走りが溢れる。こんな限界の状態でこれ以上グレアを与えたら、彼はそれだけで達してしまうだろう。はあはあと湿った吐息を荒くして、彼はぎりぎりで耐えている。

「《いい子だな》、桐生。頑張って言いつけを守ってくれて、お前は本当に可愛いよ。なぁ、ここに俺の、挿れてもいいか？」

鼻先が触れる距離で囁くように尋ねると、彼は真っ赤な顔でこくこくと頷いた。

「んっ、ほしい、いれて……っ」

小さな声でねだる彼が愛おしくて一気に貫きたくなったものの、武岡は理性と良心でなんとか踏み止まる。強引に抱いて彼が痛みや恐怖を感じたら可哀想だ。桐生の髪を優しく撫でて、後孔にぴたりと剛直を当てて何回か擦りつけてから、温かい体内にぐぷりと先端を埋め込んでいく。

「痛くないか？」

「……っ、痛くは、ない」

丁寧に解したおかげか苦痛は感じていないようだが、挿入の感覚に桐生が怯んだりしないように、すでに愛撫でびしょびしょに濡れそぼつ彼の性器を達しない程度に弄ってやる。裏筋をなぞったり鈴口を指で引っ掻いたりしながら腰を押し進めるにつれ、彼の美しい顔に浮かぶ「イきたい、出したい」という淫らな欲の色が濃くなっていく。

「桐生、《こっちを見ろ》」

武岡がゆるゆると腰を動かすたびに、白い内腿を痙攣《けいれん》させながら必死に快楽に耐えていた桐生が、官能に濡れた瞳でこちらを見上げた。あまりに色っぽい彼の痴態に、武岡は一瞬息を呑む。この青年が自分のものだという幸福に胸が震え、愛おしさがとめどなく溢れ出すのを感じる。

「俺がどんな顔でお前に触れているか、ちゃんと見て、覚えるんだ。お前のことが愛しくて仕方ないって顔、してるだろ?」

「……っ」

見下ろした先で、彼がぶるりと震えた。絶頂の気配を感じて、武岡は腰の動きをとめる。パンパンに張りつめた彼の性器は解放を求めて物欲しげに泣いている。彼はどこもかしこも、可愛い。

「桐生、えらいぞ。よく我慢したな、《いい子だ》。一緒に気持ちよくなろうな」

「あ……あっ、ん」

桐生の唇を塞ぐのと同時に、武岡は再び桐生の屹立を握って容赦なくぐしゅぐしゅと扱《しご》いた。至近距離で見つめ合いながら、腰を大きくグラインドさせて彼の中を何度も抉る。

「《イって》」

桐生の口内を蹂躙《じゅうりん》していた武岡は息継ぎのタイミングで、低く掠れた声で囁いた。待ち望んでいた命令に、桐生が身体を反らせて達する。

「んん——っ」

びゅるっと勢いよく飛んだ白濁が、桐生のトップスにいくつもの卑猥な染みを作った。痙攣する彼の内側に性器をきゅうきゅう締め付けられ、武岡も腰を打ちつけるスピードを速めていく。そのまま絶頂への階段を駆け上がり、喉の奥で呻きながら彼の最奥に精を放った。

桐生は強すぎる快楽からなかなか戻って来られないのか、武岡がずるりと剛直を引き抜いても、まだ全身をびくびくと震わせている。

後孔からどろっと白濁を垂らす彼の姿に再び劣情が鎌首をもたげそうになったが、ぶんぶんと頭を振って煩悩を追い払う。お仕置きプレイをしたことで、不安定になっていた彼の調子も整ったはずだ。武岡の性欲を解消するためだけに、彼に無理をさせるわけにはいかない。ここからはめいっぱい彼を甘やかしてケアをしてやらねば。

ソファが汚れないように急いでタオルを敷いてから、華奢な身体を抱きしめて甘い唇を食《は》んでやると、彼はぼんやりとこちらを見つめてきた。

「桐生、すげえ可愛かったよ。俺、やっぱりお前のことが愛しいなぁって思った」

「……愛しい？」

情事で掠れた声でおうむ返しする彼に、武岡はふっと顔を綻ばせて柔らかな髪を優しく撫でる。

「そう。愛しいんだよ。お前はさっき、《追跡》の能力だけが自分の価値だ、みたいに言ってたけど、お前の価値はそれだけじゃない」

他にどんな価値があるんだろう、と目で問いかける桐生を、武岡はまっすぐ見据える。

「俺は、お前がこうして傍にいてくれるだけで嬉しいよ。現状、お前を一番安定させるのは《追跡》のコマンドの遂行だし、それを否定する気はない。でもお前が役に立つとか立たないとか関係なく、俺はお前を愛おしく思ってる。それだけは忘れるなよ。人間の価値なんて、本来そんなもんなんだから」

はっきりと言ってやると、彼は唇をきゅっと結んだ。

「そんなもん、なのか」

「そうだって。……少しは、伝わってないか？」

武岡にじっと見つめられた桐生が、ハッと目を見開いた。情事の最中に武岡が言った、自分がどんな顔で桐生を見つめているかを見て覚えるように、という言葉を思い出したのだろう。

乱れる桐生を映す、熱のこもった自分の瞳には、絶対に「愛おしさ」が滲んでいるから。武岡はそれに気付いてほしかったのだ。

「……伝わってる、かも」

きっとこれは彼の苦手な、曖昧で不確かなものなんだろうけれど、彼がその感覚を否定しないでくれたことが嬉しくて、武岡は彼の額にキスをした。

「それじゃあ、シャワーしに行くか。俺は着替えを用意して来るから、そこでちょっと待ってろ――」

桐生の頭をぐしゃぐしゃと撫でて立ち上がった武岡のジャージの背中を、不意に彼が摑んだ。

「ん？　どうした？」と振り向いた先で、彼は口をもごもごさせている。

「……あの、僕も、武岡さんが傍にいてくれるだけで、嬉しいかもしれない」

しばしの沈黙のあと、彼が視線を泳がせながら精一杯の申告をしてきたので、武岡は目頭を押さえる羽目になった。

「おいおい、涙もろいお年頃になりつつあるんだから不意打ちはやめてくれ」

嬉しいやら愛しいやらで大げさなくらい感極まる武岡に、彼がぷっと吹き出した。

【9】


「桐生、二人目の被害者の身元が判明したぞ！」

翌日の昼過ぎ——二人で再び玻璃区北三丁目のコンビニ周辺を調べていると、武岡がスマホを片手に力強い声で呼びかけてきた。

「被害者の名前は大塚霞《おおつかかすみ》。二十五歳の会社員で、勤務先はこの近くの会社だ。持ち去られたスマホや鞄はまだ見つかっていないけど、捜査本部の連中が自宅を調べに向かっている」

「そうか。勤務先の住所は——なるほど。被害者の会社と最後に立ち寄ったコンビニ、そして死体発見現場から、事件当日の行動範囲を算出してみよう」

ノートPCを操作する自分の指が昨日よりスムーズに動くことに気付いて、桐生は意味もなく咳払いをする。

昨夜はソファで彼に抱かれて眠りに就いた。

せっかく一部屋貸しているのだから、ベッドで眠るのが苦手な桐生にあわせてわざわざソファで寝起きしなくてもいいと伝えても、彼は「この方が温かいし、好きな子とくっつけるし、一石二鳥だろ」と言って桐生を抱きしめてくる。

——恋愛というのは、難しいものだ。

「彼に大事にしてもらえるだけの価値を取り戻さなくては」と意気込んだら空回ってしまったけれど、

お仕置きをされてケアをしてもらって、愛おしいという感情の片鱗に触れた途端、自罰的になってい
た思考がクリアになった。一体どんなメカニズムなんだ、と自分の脳を解剖してみたくなる。

「……あ」

「どうした桐生、何か見つけたのか？」

「いや、昨日調べた通り、この周辺にＳｕｂが集まるような店舗や施設はないんだが……通りを外れたところに小さなレンタルスタジオがある。事件当日は『ドロップケア・セラピー』という、深刻なドロップを経験したことがあるＳｕｂの心の回復を目的として、数人で集まって話し合うグループセラピーが開催されていたようだ」

隔週水曜にこのレンタルスタジオで催されるらしいので、犯人が事前に情報を得ることは不可能ではない。

「算出した行動範囲と照らし合わせると、犯人が被害者を攫ったのはこのあたり――」

想定される場所を割り出し、桐生はすたすたと雑居ビルのあいだを進む。車を停められそうな小路を見つけ、コンクリートの壁やアスファルトに鼻を近付けてみる。

「桐生、どうだ？」

「……さすがに屋外では、もう匂いも証拠も残っていないいな」

「あー、だよなぁ。でもこの辺は捜査本部のメンバーもあまり調べてはいないだろうし、一係の川田に情報を共有して聞き込みも増やしてもらおう――っと思ったら、ちょうど電話が来た」

通話を始めた武岡の近くで、桐生は見落としがないか一帯に視線を走らせる。悪くない推理だと思

ったが、気付くのが少し遅かったかもしれない。普段であればレンタルスタジオくらい思い至るはずなのに、今回の事件は日暮の事件のトラウマを想起して動揺することが多いせいか、後手に回っている感が否めない。

最後にもう一度、と地面に這いつくばって何か落ちていないか探ると、人工甘味料のような匂いが、ほんのわずかながら漂ってきた。

日暮の残留香だ。ぞわっと背筋が凍るような感覚をこらえながら、おそるおそる匂いのする方向に目を凝らす。

「何、これ」

よく見ると室外機の下に、まるで恨みでも込めたかのようにくしゃくしゃに丸められた小さな紙が落ちている。指紋が残らないように手袋をつけた手を伸ばして、拾い上げたそれを広げてみる。

土と埃で薄汚れてはいるものの、シンプルなデザインの長方形の紙片は、名刺だった。硬いフォントで「庵《いおり》税理士事務所　綾瀬真里《あやせまり》」と書いてある。

日暮の最後のターゲットにして、唯一、一命を取り留めた被害者――綾瀬真里が当時勤めていた庵税理士事務所の住所も玻璃区だった。たしかここから電車で一駅ほどのところにあったはずだ。まるで桐生が名刺を見つけるのを待っていたかのような、嫌なリンクの仕方に胸がざわつく。

「今回の一人目の被害者の身元も判明したぞ」

まだ通話中なのか、スマホを軽く耳から離した武岡が、くるりとこちらを振り向いて途中経過を報告してくれる。

「名前は坂上円佳《さかがみまどか》、瑠坂市春山《はるやま》町在住の三十歳の女性のＳｕｂ。今、川田が被害者の自宅を調べている」

「春山町……」

日暮が容疑者死亡で書類送検となったとき、重度のドロップの後遺症により入院していた桐生も、捜査資料を確認して一連の情報は頭に入れていた。だから覚えている。綾瀬は春山町のマンションで一人暮らしをしていた。

「……その被害者の自宅に、Ｓｕｂ向けのセラピーや通院の記録がないか川田さんに聞いてくれ」

聞こえたか川田、と武岡が言うと、一分くらいスマホの向こうでがさごそと部屋を漁る音が聞こえ、その後、川田が何やら話す声が聞こえる。

「――ええと、川田曰く、坂上円佳は自宅最寄りのＳｕｂ専門医院に、定期的に通っていたみたいだ。ドロップ後遺症のカウンセリングのパンフレットが部屋にあって、カレンダーにも受診日がメモしてあるんだと。まあ裏付けは必要だけど」

今回の被害者は二人ともセラピーやカウンセリングに通っていた。おそらくパワハラやＤＶなどで過去に深刻なドロップを経験し、不安定になったＳｕｂ性の緩和治療をしていたのだろう。

嫌な予感が、さらに増す。一年前、被害者だった綾瀬も、手首を縛られた桐生の隣に横たわり、ドロップで危険な状態に陥っていた。だったら彼女も、職場近くのグループセラピーや、自宅近くのカウンセリングを受けていた可能性はないだろうか。

思えば今回の被害者たちは、スレンダーな体型や印象が綾瀬に似ているような気がする。「綺麗な黒髪の女性Ｓｕｂ」ばかりを狙っていた日暮のように露骨な共通点はなかったので、気のせいかもしれないけれど。

勘違いならそれでいい。でももし本当に日暮の残留香を纏った何者かが存在しているとしたら――この状況で狙われているのは、最後の被害者の綾瀬ということになる。仕留めそこなった彼女を、仕留めに来たのだ。

「武岡さん、行きたいところがある」

強張った顔で彼を見上げると、武岡は何かを察したのか真剣な顔で頷いた。


まず一駅先にある庵税理士事務所を訪ねてみたが、もうそこに綾瀬は在籍していなかった。

事件後、彼女は重度のドロップの後遺症で車椅子生活になったものの、リハビリをしたりセラピーを受けたりしてなんとか動けるようになり、一度は仕事に復帰したらしい。しかしやはり体調が芳しくなく、結局退職してしまったという。

日暮の事件のあと、桐生でさえしばらくは自律神経をやられて外に出られなかったほどだ。彼女が元通りの生活を送れなくても無理はない。

続いて二人は春山町を目指すことにした。現住所が当時と変わりないことは武岡が確認してくれたので、彼女のマンションに直行し、エントランスのインターホンを鳴らす。二回ほどトライしたが、応答はない。すでに社会復帰して仕事中なのか、もしくは夕飯の買い物にでも出かけているのか。とにかく今は留守のようだ。

「……この周辺で犯行現場になりうるポイントを算出してみる」

「綾瀬真里が狙われてるかもしれないってのは本当なのか？」

「さぁ……わからない。僕の考えすぎならそれでいい。ただ、日暮の残留香だけなら僕の能力のバグかもしれないが、嫌な偶然が重なりすぎている」

「一係にも協力を依頼しているけど、人手不足だからな……とりあえず俺らで保護しよう」

近くに停めていた車に乗り込み、助手席で武岡に指示を出す。運転は彼に任せ、桐生は集中して景色に視線を走らせる。瞬間、薄暗い小路で何かが動く気配がした。人が一人、蹲っている。

「武岡さん」

桐生が指差した方向を見た武岡もそれに気付いたようで、車を路肩に停めた。

「お前はそこで待ってろ」

彼は運転席の扉を開けるなり、そちらに向かって走り出した。遠ざかる広い背中に、田橋の最期の姿がフラッシュバックする。

――待って。

桐生はほとんど無意識に彼のあとを追っていた。冷え込んできた夜の空気が肺を刺し、たいした距離ではないのに息が切れる。数秒遅れて小路に入り、武岡の無事を確認して安堵したのも束の間、今度は地面に倒れ伏している女性を見て血の気が引いた。

嫌な予感が当たってしまった。

「おい、大丈夫か！　何があった⁉」

武岡に抱き起こされた女性は、綾瀬真里だった。青い顔で浅い呼吸を繰り返した彼女は、なんとか瞼を開けて武岡を見た。

「日課のウォーキング……してたら……グレアで威圧されて……っ」

あまり人通りが多くはない道なので、犯人は桐生たちの車の走行音に気付いて逃亡したらしい。

「……黒目が濁ってる。ドロップしてるのか」

武岡の言葉にハッとして、桐生はすぐに救急に連絡を入れる。

不幸中の幸いというべきか、今回は発見が早かったので命に別状はなさそうだが、ドロップの後遺症のあるSubはふとした刺激で意識がドボンと落ちてしまうことがあるため予断は許されない。

——そうだ、薬を……！

ダイナミクスの抑制剤にはアレルギー物質などは入っておらず、基本的には他人に飲ませても安全なので、自分の手持ちの頓服薬を彼女に飲ませれば応急処置ができる。急いで鞄から薬を取り出そうとしたところで、桐生は歯噛みした。焦って彼のあとを追いかけたので、荷物を全部車に置いて来てしまった。

「武岡さんはそこにいてくれ。僕は車に戻って薬を——」

「《いい子だ》、大丈夫。ゆっくり息を吸って、吐いて」

不意に聞こえてきた会話に、桐生の言葉は途切れた。武岡が彼女の背中を擦りながら、「いい子だ」と繰り返している。

ドロップ状態のSubに対して、Domが肯定的な言葉で簡易的なケアをするのは、最も適切な応

急処置だ。それなのに武岡の腕に抱えられる彼女を見ていると、桐生の平らな胸が軋む。なんだか苦しい。

——私情を挟んでいる場合ではないだろう。合理的に考えて、今、僕にできることをすべきだ。

桐生は一度下を向いて小さく息を吐き、胸にこみ上げた違和感をやり過ごす。顔を上げて現場全体を見回してから、武岡のケアでいくらか落ち着いてきた綾瀬の傍まで行って残留香を確認する。桐生の鼻は、やはり日暮の匂いを嗅ぎ取った。

遠くから救急車のサイレンの音が聞こえた。

＊＊＊

綾瀬が病院に搬送されたあと、武岡は一係に状況を報告して、桐生とともに自宅に戻った。綾瀬への聴取や現場検証は捜査本部組に移管したものの、こちらも捜査方針を改めなくてはならない。

「悪かった」

帰宅するなり、武岡は大真面目な顔で頭を下げた。訝しげに見つめ返す桐生に、気まずげに頭を掻く。

「応急処置とはいえ目の前で他のＳｕｂをケアされるのは、気分のいいもんじゃなかったよな」

「何を言ってるんだ？　武岡さんの判断は正しかった。海で溺れた人間が目の前にいたら、人工呼吸をするのと同じだ。君が謝る理由はない」

「でもお前、あのときちょっと傷付いてただろ。ドロップの後遺症があるって聞いてたから、重症化するかもしれないと思って咄嗟に行動しちまったけど、パートナーとしてお前への配慮が足りなかった」

「たしかに僕はあのときなんだか胸が苦しくなったけれど、それはもう整理がついている。冷静に思い返してみても、武岡さんの対応は何一つ間違っていなかった。ということは、間違っているのは僕の方だ」

単純な消去法だ、と返す彼に、武岡は頭を抱えて唸る。

胸が苦しくなったと言ってくれたことに喜んでいいのか、自分の胸の痛みを淡々と消去法で消してしまったことに嘆いたらいいのかわからない。

「……まあ、あの状況での俺の対応は正しかったよな。でも、お前の気持ちも間違ってるわけじゃない。そういうときは『正しいけど嫌だった』でいいんだ。お前の『嫌だった』って気持ちも、なかったことにはしなくていい」

「…………そういうものか」

桐生の頰を撫で、ちゅっと額にキスをしてやる。どうしようもない感覚を味わわせてしまった懺悔《ざんげ》と、やきもちも上手に焼けない不器用な彼の気持ちが少しでも軽くなるようにという祈りを込めて。

「他にも何か、思ったことがあるんだろ？　聞かせて。お前の考えていることを知りたいよ」

「だ、だからどうして武岡さんは、僕よりも僕の気持ちがわかるんだ」

目をぱちくりさせて見上げる桐生に、武岡は思わずふっと目元を緩ませて笑う。

「なんとなくわかるんだよ。愛の力ってやつかな」

またそうやって非科学的なことを……と口を尖らせた桐生だが、やや俯いて逡巡し、自分の心に引っかかっているものの言語化を試みてくれる。

「……多分、少し、後悔がある。最初に死んだはずの日暮の残留香を嗅ぎ取ったとき、僕は自分の能力のバグばかり気にしていた。僕らは本部と異なる捜査方針を執る遊撃要員とはいえ、一年前の事件と関連があるという可能性を一係に伝えていたら、綾瀬真里が今回ノーマークのまま被害に遭うことはなかったんじゃないか、という後ろめたいような気持ちもある、かもしれない」

ぼそぼそと話す桐生をひょいと抱き上げ、そのまますたすたと部屋の奥まで移動してソファにそっと降ろす。

「一件目の現場でお前のトラウマがよみがえったのは仕方ないことだし、能力がバグッたら不安になるのも当然だ。そのうえで正確な捜査をするために、ちゃんと過去の事件を洗ったり日暮の遺品の在り処《か》を調べたりもしただろ。できる限りのことはやったんだ。綾瀬真里はもっと早く保護できたらベストだったけど、お前のおかげでぎりぎりのところで助けることができた。お前風に言うなら、お前は何も間違ってねえよ」

ソファに座る桐生の頭を立ったままぽんぽんと叩いた武岡は、話しながらワイシャツの袖をまくる。

「新たな被害者を出さないために、そして綾瀬真里が今後安心して暮らせるように、犯人特定に向けてここからまた頑張ろうぜ。そのためにも飯はちゃんと食わないと。昨日の残りもので適当に作るから、お前はちょっと休んでな」

「……うん。武岡さん、ありがとう」

おずおずと感謝の気持ちを伝えてくる彼に笑んだ武岡は、キッチンにフライパンをセットして、お手軽なスモークサーモンのパスタを作り始める。

――それにしても……犯人は一体何者なんだ。犯行手口は違うのに、綾瀬真里を狙って、日暮の残留香を残す意味は……。

無心で手を動かしながら、帰りの車で桐生が聞かせてくれた情報を頭の中で整理する。

今回の犯人の手口は、相手を攫ってドロップさせるという部分以外、日暮のものとは一致していない。

日暮は捕えた獲物を工事現場や廃屋などのひと気のない場所に運び、じっくりとドロップさせて殺害していたし、死体に対しては「《死ね》という命令を守れていい子だね」と言わんばかりに髪を整えたり丁寧に横たえたりしていたらしい。

一方で、今回の犯人からは獲物に対する執着が感じられない。被害者を連れ去ったあとは、おそらく移動中の車内でドロップさせて殺害しており、死体も屋外に放置している。

このように、一見、模倣犯ですらなかったからこそ、警察は日暮の事件と関連付けては考えなかったし、桐生も日暮の残留香を感知したのはトラウマから来るバグだという前提で捜査を進めていたのだ。

「一件目の空き地が、一年前の解体現場跡ってのは偶然かと思ったけど、二件目も桐生と日暮がニアミスした場所だって言うし、綾瀬真里は狙われるし、どうなってるんだか……よし、できた」

汁気を切ったパスタに炒めた具材を交ぜて盛り付けると、ふわりとクリーミーな匂いが鼻を掠めた。付け合わせの手抜きスープをよそっていたら、リビングにも料理の匂いが届いたのか、桐生がおもむろにキッチンに入ってきた。

脳内で推理を続けているのかぶつぶつと独り言を呟いている彼は、夢遊病のように二人分の箸と飲み物を用意して、最後に武岡の前に頭を差し出した。あまりにスムーズなお手伝いからの褒めてモーションに、武岡が思わずぷっと噴き出すと、ようやく我に返った彼がこちらを見た。

「お前、すっかりお手伝いが板についたな。桐生は《いい子だなぁ》」

「……っ、これは、武岡さんのせいだろう……！」

赤くなった顔で睨まれても可愛いだけだ。武岡は桐生が差し出した頭を上機嫌にぐりぐり撫でる。

「俺がガキの頃、田舎のじいちゃんの家で飼ってた猫がさぁ。半野良だから最初は全然触らせてくれなかったんだけど、懐いてからは俺が手を近付けるだけで、目を細めて耳を伏せて撫でられ待ちしてくれてたなぁ」

「僕は猫ではない！」

少し照れくさかったけれど「猫よりお前の方が可愛いよ」と言ってみたら、彼は返す言葉が見つからなかったのか、真っ赤な顔で「シャーッ」と威嚇の鳴き声を上げた。

食事を終えてテーブルを片付けると、武岡は桐生を再び横抱きにして浴室へと向かった。

今回の事件が日暮の事件と関連している可能性が浮上した今、武岡たちもこれから捜査の方針を組み立て直さなくてはいけない。だから悠長に睦み合っている時間はないのだが、綾瀬への応急処置をする武岡の姿を目の当たりにして傷付いたであろう彼を、パートナーとしては今のうちにケアしておきたいのだ。

彼は不思議そうに首を傾げながらもおとなしく武岡の腕の中に収まっている。最初の頃は「僕を気軽に持ち運ぶな」と怒っていたのに、すっかり持ち運ばれることに慣れてしまったらしい。抱っこ慣れした飼い猫のようで微笑ましい。

——一緒にシャワーを浴びて軽く触れ合うくらいはいいよな。基本的には忙しくてもお互い風呂には入るわけだし。

二人で入れば、時間を有効活用しつつ、彼の体力も温存させつつ、精一杯甘やかしてやることもできる。一石三鳥である。

「今日は俺が頭や身体を洗ってやるからな」

「なっ、急に風呂に連れてくるから何かと思えば——別に、一人で入れる」

脱衣所に彼を下ろして耳元で囁いたら、彼の白い頬にさっと朱が差した。情事後に一緒にシャワーを浴びたことはあるのだが、最初からこうして宣言されると恥ずかしいらしい。

ここまで無抵抗に運ばれておいて何を言ってるんだと思うが、たまに隙だらけになるところも可愛いし、シャンプーを嫌がる猫みたいにじりじりと後退りしているのも可愛くて、思わずにやにやしてしまう。

「でも桐生、二人一緒に入れば時間も節約できるし合理的だろ？」

「……たしかに……合理的かもしれない……」

お前、俺のこと信用しすぎじゃないか、と突っ込みたくなるのをこらえて武岡は頷く。

「じゃあ……《脱いで》」

わざと低い声で命令すると、かぁっと顔を赤くした彼が、自らの服に手をかける。セーターとシャツを床に落とすと、華奢な肩が露わになる。薄くて真っ白な胸板には愛らしい色の乳首が二つ、すでにつんと尖って存在を主張している。

「……武岡さん、見すぎだ」

武岡の熱視線に耐えかねたのか、彼が消え入りそうな声で呟いた。

「お前が綺麗だから、じっくり眺めていたいんだよ。ほら、下も《脱いで》」

「……っ」

浮き出た鎖骨を指先でひと撫でして命じると、桐生は小さく身体を震わせてベルトを外し、おずおずと黒いジーンズと下着を下ろした。靴下も足から取り去った彼は、最後に赤い首輪を丁寧に外し、戸棚にそっと置いた。

「武岡さん……」

美しい裸体を晒した恋人が、物欲しげな瞳でこちらを見つめてくる。彼は自分がどんな顔をしているのか、わかっているのだろうか。出会った頃からは想像もつかないほど、桐生は愛しい相手を求める艶やかな表情をするようになった。

いつだったか、犯人特定後にＳｕｂスペースに入った彼を居酒屋に連れて行って、トリップ中なのをいいことにご飯を食べさせながら、考えたことがある。この懐かない猫が自分にだけ甘えてきてくれたら、自分にだけ全幅の信頼を寄せてすべてを見せてくれたら、どんな気分だろう――と。

――俺が桐生のこの表情を引き出したんだ。俺だけに甘えて、俺だけにあられもない顔を見せてくれる。

たまらない、と思った。

「桐生、《キスして》」

「ん……」

少しだけ下を向いてやると、背伸びをした彼が武岡の頬に手を添えて唇を合わせてくる。ちゅ、ちゅ、と甘い口づけに応えながら、武岡は自分の服を手早く脱ぎ去る。

「こっち」

彼の手を引いて浴室に入り、壁に設置されている縦長の鏡の前に桐生を立たせる。頬を上気させ、触れてもいない乳首は色づき、キスだけで完勃ちした性器を晒す自分の姿を直視した桐生は、咄嗟に目を閉じて横を向いた。

「こら、《ちゃんと見ろ》」

「やっ……あぁっ」

武岡が彼を背後から抱きしめて胸の飾りをつまむと、桐生は嬌声を上げて涙目になりつつ鏡に視線を戻した。鏡の左右の壁に手をついた彼の細い腿のあいだに、武岡は自らの剛直を挟む。それだけで鏡の中の彼の瞳は情欲に濡れ、屹立からとろりと先走りを零した。

「知ってたか？　俺に愛されてるとき、お前はこんなに綺麗で可愛いんだよ」

「あっ、ん、んんっ」

いわゆる素股の状態で腰を前後に打ちつけ、前に回した手で彼の屹立をぐしゅぐしゅ扱いてやる。

「風呂だと声も響くな。お前の声、色っぽくて煽られる」

「……っ、ん、んあぁ」

喘ぎ声が響いていることに気付いた彼は唇を噛んでこらえようとしたようだが、武岡が鈴口を弄ったらかえって大きな声で淫らに鳴いてくれた。

「桐生、桐生……っ」

鏡越しに見る彼の痴態と、いつも以上に湿度を帯びた嬌声に、武岡も余裕がなくなってくる。少し低い位置にある彼の首筋をきつく吸いながら夢中で腰を打ちつけ、しとどに濡れた彼の雄を手で可愛がる。

「武岡さん、僕、もう――っ」

びくんと桐生の身体が震え、彼の白濁が放たれる。それは勢いよく鏡の面に飛び散ったあと、いやらしくどろりと垂れた。はあはあと息を乱し、泣きそうな顔で羞恥に震える桐生を見て、武岡も彼の腿に精を放つ。

白くて滑らかな内腿が自分の精液で汚れる様は妙に背徳的で理性がぐらりと揺れたが、絶頂の余韻で腰砕けになった桐生がくずおれたので、武岡は我に返って彼を支える。

「すげぇ可愛かった。命令もちゃんと聞けるし、飯の支度の手伝いも板についてきたし、捜査も毎日頑張ってるし、俺のパートナーは世界で一番《いい子だなぁ》」

「……ん」

まだ呼吸の整わない彼を風呂椅子に座らせ、互いの身体をシャワーのお湯でざっと流す。シャワーの飛沫と情事の汗で湿った彼の髪をわしゃわしゃと撫でて全力で褒めてやると、彼は唇をきゅっと結んで照れくさそうに、けれど嬉しそうに武岡の言葉を聞いていた。

「じゃあ、このまま髪洗っちまうか。目を閉じておけよ」

恋人同士のプレイで適度に脱力した桐生の髪にシャワーを当ててると、彼は心地よさそうに目を瞑った。

風呂から出たら、今日の情報を二人ですり合わせて、明日からの捜査方針を話し合わなくてはいけない。被害者の無念を晴らすために事件の早期解決を目指すのはもちろんだが、《追跡》の命令を遂行できないと手放しで心を解放することができない桐生のためにも、あまり悠長にしていられない。

実際、日が経つにつれ、桐生がオーバーヒートすることが増えてきた。昨夜は抱き合って愛情を伝えたら持ち直したけれど、なかなか犯人を特定できずフラストレーションが溜まっているのだろう。

——桐生を苦しめるこの事件をさっさと解決するぞ。

日暮の事件との関連が出てきたことを考えると、桐生はきっと犯人特定に向けて今まで以上に脳を酷使しようとするはずだ。武岡だって補助担当として桐生のサポートをしつつ、一人の刑事としてももちろん能動的に動いてきたつもりだが、明日からは桐生のためにもよりいっそう全力で捜査に当たろう、と気合いを入れ直す。

……だからこそ、この浴室を出るまでは、束の間の休息を彼に与えてやりたい。

泡立てたシャンプーで彼の頭を洗い、頭皮のマッサージもしてやって、ぬるま湯のシャワーで丁寧に泡を流す。世話をして甘やかすことで、武岡の庇護欲も満たされるのでWin-Winだ。

武岡がコンディショナーを手に取ったところで、不意に彼が目を開けた。正面の鏡を見た彼は眉間に皺を寄せて、無言でくるりと身体の向きを九十度右に向ける。なんの気まぐれかと思ったが、濡れた髪から覗く彼の耳とうなじが赤く染まっている。どうやら彼は鏡を見たことで、先程の自らの痴態を思い出してしまったらしい。

ムスッとした顔で黙って照れているのが、いかにも素直じゃない彼らしい。こういうところが可愛いんだよな、とほくそ笑みながら、武岡はコンディショナーを広げた手で彼の髪を梳いた。

【10】

翌日の夕方、桐生は武岡と並んで瑠坂市総合病院の廊下を歩いていた。つい小一時間前、桐生たちが春山町――綾瀬が倒れていた現場を調べていたところ、一係の川田から泣きの電話が入ったのだ。

『綾瀬真里なんですけど、怯えきってて何も話してくれないんっすよ。俺や山田先輩が病室に入っただけで泣き出すし……。女性のＮｏｒｍａｌの捜査官を当てたらようやく口を利いてくれたけど「昨日私を助けてくれた人しか信用できない」って。だからタケピ、ちょっと今すぐ彼女の入院している病院に行って話を聞いてきてほしいっす』

もともと武岡には彼女を事情聴取してもらうつもりだったので、二人はその足で病院に向かった。受付を済ませ、病室の前にいる警備担当に挨拶をする武岡の後ろで、桐生は腕を組んで壁に凭れる。

「じゃあ、僕はここで待っているから、聴取はよろしく頼むよ」

「悪いな、こんなところで待たせて」

春山町から一度帰宅するのも手間だったため桐生も一緒にここまで来てしまったが、自分は世間的には非公式な存在なので、基本的に事件関係者と直接関わらない方がいい。とはいえ、彼は桐生を車内や受付で一人で待たせるのも心配らしく、結果、目の前に警備がいる綾瀬真里の病室前が一番安心だということになった。

「構わないよ。ここで待っていれば、終わり次第すぐに情報を聞かせてもらえるしね。有益な情報をく噴き出した。
扉に手をかけた武岡が強気なのか弱気なのかわからないことを言うものだから、桐生は思わず小さ
「任せとけ。……俺ちょっと顔怖いし、とりあえず泣かれないように頑張るわ」
引き出してきてくれ」

桐生が手持無沙汰に首に巻いたマフラーをいじいじしながら思考を巡らせ待つこと二十分。

武岡が病室から出てきた。眉間に皺を寄せた彼は、複雑な表情で軽く首を傾げている。

「お疲れ。彼女の様子は？」

「ちょっと不安定だったが、思ったより悪くはなさそうだ。明後日には退院できるらしい」

そうか、と頷いた桐生は、ふと彼の手の色が左右で違うことに気付いた。人間全般に疎い桐生だが、記憶力には自信がある。いつも優しく自分を撫でてくれる彼の手の変化を見間違えるはずがない。彼の右手の変色具合とうっすらとついた痕を、脳内で分析する。

――手の跡、か。

彼女がずっと、彼の手を握っていた――自ら出した結論に、胸がぎゅっとなった。

武岡に他意がないことはわかる。彼は被害者が思い出したくもない事件の記憶を辿り、不安になりながら話してくれている状況で縋ってきた手を振り払うような人間ではない。

そしてそれを桐生に言わない理由も、なんとなくわかる。いちいちそんなことを報告する意味もないし、昨日自分がらしくない態度を取って心配させてしまったから、彼は桐生に余計なストレスを与

えまいと気を遣い、隠そうとしているのだろう。全部、納得できる事情だ。

桐生はふっと息を吐いて気持ちを切り替える。

「それで、収穫はあったかい？」

「いや、それが……あったといえばあったんだが、ちょっとにわかに信じられないというか」

病室に背を向けて出口の方へ歩き出そうとしたところで、背後の扉がガラッとスライドした。

「あの、やはりお見送りを――」

鈴を転がすような声とともに、武岡のスーツの裾が控えめに引っ張られるのが視界の端に映った。

二人同時に振り向いて、綾瀬に視線をやる。

一年前はお互いに瀕死だったし、昨日は彼女がドロップしていたので、桐生が彼女の姿をまともに観察するのは初めてだった。

すっぴんの顔貌は華やかではないが整っており、二十八歳という年相応の落ち着きを感じさせる。身体のラインが出にくい入院着を着ているものの、少し頼りないなで肩にふっくらと膨らんだ胸元、細く脆そうな手足には女性的な魅力が滲んでいた。

武岡に向けられていた彼女のつぶらな瞳が、次いで桐生を映し、ハッと見開かれる。そのままじっと見つめられて、桐生はなんとなく目を逸らした。

不意打ちで顔を合わせることになったせいで、彼女が病室で武岡の手を握りながら話す姿を妙にリアルに想像してしまった。頭をふるふると振って、見てもいないそのシーンを脳から追い出す。

「あなたは――」

彼女の言葉はそこで途切れた。ドロップ中に桐生を見たことがあるだけなので、何者なのか測りかねているのだろう。

「……僕は桐生皐。捜査に協力している兼ね合いで、武岡さんに同行している」

「彼は捜査関係者で、怪しい者ではないのでご心配なく。病室前にもこの通り、きちんと警備が立ってますしね」

二度も事件現場で顔を合わせているので、無関係を装うわけにもいかず、桐生は最低限の説明で済ませることにした。素っ気ない桐生と、フォローの言葉を入れる武岡を交互に眺めた彼女は、寂しげに笑んだ。

「ありがとうございます。……せめてそこの角まで、お見送りさせてください。三泊四日の入院とはいえ、ずっと横になっているのも身体に悪いですし」

名残惜しそうに武岡を見上げて苦笑した彼女は、警備の目の届く範囲を指してゆっくりと歩きだす。廊下の手すりに手を添えて進む綾瀬と、彼女がふらつかないように気にして隣を歩く武岡の後ろを、桐生は複雑な気持ちでついていく。なんとなく自分が変な顔をしているような気がして、マフラーを口元まで引き上げてみた。

「じゃあ、俺たちはこの辺で――」

「ちょっと、廊下を走らないの！」

廊下の突き当たりまで来て、武岡と二人で彼女に会釈をしたのとほぼ同時に、すぐ近くで女性の鋭い声がした。

「きゃっ」

曲がり角の向こうから現れた小さな女の子が綾瀬に軽くぶつかった。走ろうとしていた女の子は母親の声でブレーキを掛けたのか、幸い衝突に勢いはない。綾瀬の腿の辺りにぽふっと顔をぶつけて、鼻を擦っている。

「いてて……あっ、ご、ごめんなさい！」

慌てて追いかけてきた母親と二人で謝る少女に、綾瀬が腰を屈めて「大丈夫ですよ。お鼻、痛くない？」と返すと、少女は大きく頷いたあと武岡の手首と綾瀬の首元を交互に見た。

「……お姉ちゃん、首輪なくしたの？　大丈夫？」

「え？」

「うちのお母さんも、お父さんのブレスレットとペアの首輪をなくしたとき、大変そうだったから。お兄ちゃん、そういうところはケチらずに、買い直してあげないと駄目だよ」

心配そうに綾瀬を労り、武岡にませた指示を出す少女の隣で、母親が「すみませんすみません」と青くなったり赤くなったりしている。

ばつが悪い表情を浮かべて言い澱む武岡から、桐生はさっと目を逸らした。また性懲りもなく胸の奥にざわざわした感情が湧き上がってきて、彼の方を見ていられなくなる。

「ふふ、残念だけど、私はこのお兄さんのパートナーじゃないから、首輪をなくしたわけではないの」

「そうなの？　じゃあ早く元気になって、かっこいい人と出会えるといいね！」

押し黙っている男二人の代わりに答えてくれた綾瀬に、少女は明るく手を振り、母親に連行されていった。

「……すまん、子ども相手にどう返すべきか迷った」

こめかみを掻きながら耳打ちで謝られ、桐生が「気にするな」という意味を込めて首を横に振ると、少女の背中を見送っていた綾瀬がいつの間にかこちらを振り向いていた。今の桐生たちのやりとりを見ていたらしく、「お二人はパートナーなんですね」と目を伏せる。

「……いいな」

ぽつりと呟いた綾瀬は、取り繕うように笑った。

「ごめんなさい。変なことを言いましたね。つい羨ましくなってしまいました。私にはそんな人いないし、普通の恋も、きっともうできないから」

切なげに言う綾瀬を見た武岡は、長身を屈めて彼女に視線を合わせる。

「大変な中、情報のご提供ありがとうございました。また何か思い出したら名刺の直通番号にご連絡を。退院後はご自宅周辺の見回りなどを増やして再被害防止策も講じていきますし、適切なケアをしてくれる被害者支援の窓口もあるので利用してみてください。警察一同、全力で捜査に当たり、一日でも早く綾瀬さんが安心して暮らせるよう尽力いたしますので」

「ありがとうございます。……お話、親身になって聞いてくださって嬉しかったです。少しだけ気持ちが楽になりました」

刑事として誠実な口調で返す武岡に、彼女は何とも言えない顔で頷いて、病室に戻っていった。

——胸の辺りがまた変な感じだ。

彼と綾瀬が並んで歩く姿はとても自然だった。あの少女も、武岡の手首のブレスレットを見て、当然のように綾瀬をパートナーだと思っていた。桐生の首輪がマフラーで隠れていたことを差し引いても、彼らはお似合いの男女で、自分は「余り1」に見えたのだろう。

二人並んだ映像が頭にこびりついて、頭の中をぐるぐるする。悲しいとか腹立たしいといった感覚はないのに、ただ漠然とした違和感が胸に渦巻き、不要な記憶として削除することもできない。マルウェアに感染したPCの画面上に、消しても消しても現れる怪しいウェブ広告のように厄介だ。

「気まずい思いをさせて悪かった」

院内の廊下を歩きながら、彼が申し訳なさそうに眉を下げて謝ってくる。そんな顔をさせてしまうのもなんだか苦しくて、桐生は「それで、さっきの話の続きは？」と無理矢理話を変える。

微妙な表情をしていた武岡だが、一階のエントランスを出る頃には頭も捜査モードに切り替わったらしく、「彼女は犯人の顔を見たらしい」と真剣な瞳で桐生を見た。

重要な証言に憂鬱な気分も吹き飛んで、駐車場の車に乗り込みながら先を促すと、武岡は言い澱んだ末に口を開いた。

「いや、それが……彼女が見たのは日暮だって言うんだ」

「は？」

桐生は武岡の言葉に耳を疑う。

「俺も聞き返したんだけど、『日暮は生きている』の一点張りで……俺たち、日暮の司法解剖の記録までしっかり確認したよな？」

「あぁ、絶対に確認した。……彼女が嘘を吐いている可能性は？」

「たしかに記憶が混乱しているのか、正直ちょっと証言が怪しい部分はあった。でも日暮生存説に関してては何度聞いても確信を持ってる感じで、繰り返し問い質《ただ》すこっちの心が痛むくらい切実に言ってくるもんだから、疑いようがないというか」

武岡は桐生よりも遥かに人間の情緒に明るく、刑事として多くの人間を見てきている。そんな彼が言うのであれば、嘘ではないのだろう。被害者の証言がすべて真実だと信じてしまうほどのんきではないが、少なくとも彼女が「『日暮は生きている』と思っている」のは間違いない。

非現実的な話に頭痛を覚えつつ、川田に電話で聴取の結果を共有すると「わけわかんねー頭いてぇー」と嘆かれた。これには同意するしかない。

『えっと、タケピの情報を要約すると――綾瀬真里は一年前の事件のあと、一度は庵税理士事務所に復帰したものの体調が安定せず退職し、現在は資格の勉強をしつつたまに気分転換に外出する程度の休養生活を送っていた。ところが日課のウォーキングをしていたら、なんとびっくり実は生きてた日暮に遭遇！　グレアで威圧されてひと気のない小路に入るよう脅され、ドロップさせられたところにタケピたちがやって来たおかげで、日暮は彼女を殺せないまま逃走した、と。「実は生きてた日暮」のくだり、記憶から削除しちゃ駄目っすかね』

バカっぽい口調で的確な要約をした川田が最後にぼそっと付け足した言葉に、武岡が「むしろ彼女の証言の中でそこが一番はっきりしてたんだよなぁ」と遠い目をしている。

『今から捜査会議なんで、この内容は報告させてもらいますけど……多分信憑性は薄いって言われるっすね。まあ俺らは不審者情報の聞き込みを中心に進めることになるだろうから、お互いに有益な情報があれば共有していく感じでよろしくっす』

あざっしたー、とやる気のないコンビニ店員のような挨拶で通話が切れた。

「……とりあえず、一旦帰るか」

苦笑した武岡に、桐生も肩を竦めて頷いた。武岡がゆっくりとアクセルを踏み、薄暗い駐車場の無機質な景色が流れていく。

＊＊＊

綾瀬の発した日暮生存説に頭を悩ませることになってから、早一週間。

桐生たちは当時の日暮の関係者を洗い直したが、進展はなかった。

元婚約者の女性も、婚約破棄したときに日暮に関係するものはすべて捨てたらしく、現在は別の男性と結婚して出産を控えており犯行は不可能。当時日暮と付き合いのあった仕事関係者や複数名いた遊び相手のＳｕｂにも、特に怪しい動きは見られない。

いっそのこと二度も生き延びている綾瀬が怪しいのでは、とも思ったが、一年前の捜査資料を見る限り彼との接点はなく、自宅にも不審なものは見当たらなかったらしい。

今回改めて桐生の方でも調べてみたが、彼女が日暮やその関係者とやりとりをしていた形跡はなく、彼の遺品を入手する機会もなかった。ドロップの症状も黒目が濁っていたから演技ではないし、そもそも彼女が事件を起こす動機もない。

――……というか、この疑いのかけ方は僕の私情が混じっているから却下だな。

武岡に恋をして、中途半端に感受性が育ってしまったせいか、推理に雑念が入っている気がする。しかし、非合理的な思考になるくらいなら恋なんかせず、感受性も迷子のままでよかったのに――とも思えないから困る。

「……あ」

日暮の関係者の捜査は空振りに終わったものの、二件目の大塚霞の死体発見現場――羽花市の防犯カメラで、セキュリティが脆弱なものが一台だけハッキングされていたことがわかった。その痕跡を辿っていた桐生は、あることに気付いてハッと顔を上げて武岡を呼ぶ。

「武岡さん、これを見てくれ」

自分の席から腰を上げて桐生の隣に立ち、真剣な顔でＰＣの画面を一瞥した彼が「なるほど、わからん」と力強く頷いた。

「このアルファベットと数字の羅列は一体何だ？　目が痛くなるな」

「……説明が足りなかったね。これはハッキングされた防犯カメラのログだ。ここと、ここ。怪しい動きがあるだろう？」

画面を指しながら見上げた顔には、はっきりと「わかるか！」と書いてあったが、構わず続ける。

「一年前の事件でも、セキュリティの緩い防犯カメラへのハッキングの痕跡はあったんだ」

「そんなところまで日暮と同じ手口ってことか」

「そう。でもログから浮かび上がってくる動きが、微妙に違っているのが気になる。わかりやすく言うと、日暮のハッキングにはプログラマーとしての慣れや余裕から来る遊び的な動きがあったけど、今回の犯人にはそれがない。ただ粛々と目的のために管理者権限を奪ってデータを削除したような印象がある」

そう説明すると、武岡は「家の漁り方で、ベテランの空き巣か新人の空き巣かがわかるのと同じか」と微妙にずれているのに間違ってはいないない感想を口にする。

「これ以上の追跡はできなかったけどね。今回の犯人は日暮ほど熟練してはいないが、知恵や技術はあるようだ」

桐生はログの解析画面を一旦閉じて、次いでメールをチェックする。

「……まだ合衆国の検視局に問い合わせた件も、詳しい回答は来ていないな」

「合衆国？　あぁ、弟の件か」

綾瀬の「日暮が生きている」という証言を鵜呑みにしたわけではないが、嘘ではないと仮定して検討した結果、幼少期に母親の方に引き取られて合衆国に帰化し、去年友人との登山中に滑落死したという双子の弟――一翔・ニコルズに白羽の矢が立った。

「なんというか、気味が悪い話だよな……双子のシンクロってやつか？」

「まるで都市伝説だが、一卵性双生児は人生において奇妙な偶然の一致を見せることが実際にあるから、否定はできない。とはいえ、さすがに滑落死したと見せかけて実は生きてました、なんて非現実的な仮説は立てたくないね」

一翔は合衆国で結婚して家庭を持ったものの、何の因果か日暮の婚約破棄と同時期に離婚しており、日暮の死の一ヵ月後に死亡している。

ただ、山岳での滑落では、死体が見つかっていない可能性がある。たとえばクレバス（雪渓などにできる深い割れ目）に転落した場合は捜索が難しいため、一緒に登山していた友人の証言や現場に残った遺留品を踏まえて現地当局が判断し、死亡宣告を出して終了となることも少なくない。

母親に引き取られて渡米して以降、一翔が来日した記録はないとのことだったが、今の時代はインターネットが発達しているので、その気になれば実の兄である日暮と交流を持つことは不可能ではなかったはずだ。直接会わずとも、オンラインでの会話ならば容易だ。

「あり得ない話なのに、そこで一翔・ニコルズが奇跡的に生き延びていたと考えると、微妙に辻褄が合い始めてしまうから困ったものだね」

「双子なら顔もほぼ同じだから、動転した綾瀬真里が見間違えたのも説明がつくんだよなぁ」

「一卵性双生児のDNAは同一ではないが一致率は高い。双子の残留香を嗅ぎ比べたことはないが、おそらく酷似しているはずだ。赤の他人がなぜか日暮の遺品を使って犯行に及んだ説よりは、一翔・ニコルズ自身の匂いが付着した説の方が、残念ながら自然ではある」

もし彼らに交流があったなら。

一翔が肉親である兄の死に対して思うところがあってもおかしくはない。同じ母親を持ち、大人になってからも兄と同時期に女性に裏切られているのだ。自身と兄を重ねた一翔は、自分が死んだことになったのをいいことに、何らかの手段を講じて日本に入国。兄がやり残した「躾」をするために、最後の被害者である綾瀬真里を探し出した——というシナリオが成り立つ。

愉快犯ではなく、兄のやり残しを始末するのが目的だと考えると、ハッキングのログに遊びがないのも納得がいく。

そして兄が仕留めそこなった獲物——つまり綾瀬真里だけを狙っているのなら、坂上円佳や大塚霞の殺害方法や遺棄の仕方が雑だったのも説明がつく。二人とも綾瀬の前の勤め先や自宅近辺が生活圏内で、さらに体型や印象も綾瀬に似ていた。彼女たちを綾瀬と間違えて捕えてしまい、別人だとわかって殺害して捨てたのだろう。

「双子の殺人なんていうのはミステリー小説の中だけにしてほしいものだね」

小さく息を吐く桐生の額に、武岡がこつんと自分の額を合わせる。

「それはそうと、お前またオーバーヒートを起こしてるぞ。ここ数日、日暮の関係者って前提で推理を組み立て直さなきゃいけなくなって、お前の脳も疲労で限界なんだろ」

後頭部に手を回してわしゃわしゃされたので、「うー……」と不満の声を上げたら「うー、じゃない」と軽く叱られ、尖らせた唇に触れるだけのキスをされた。たったそれだけで口角がむずむずと上がってしまう。自分はいつからこんなに単純な頭になってしまったんだ、と謎の敗北感を覚えたけれど、そんな自分が嫌いではないのだから始末に負えない。

「俺がガキの頃、田舎のじいちゃんの家で飼ってた猫もさぁ。機嫌が悪くなると『うー……』って低い声で鳴くんだけど、じいちゃんが鼻にちゅってすると機嫌直してたなぁ」

優しく笑った武岡が桐生を抱き上げてソファに移動させてくれる。

「だから僕は猫ではないと何度言えば……その猫は最後、どうなったんだ？　おじいさんには看取ってもらえたのか？」

自分でもどうしてそんなことを聞いたのかはわからない。

彼があまりに田舎の猫の話をするからなんとなく興味が湧いただけなのか、このところうっすらと付きまとう不安や違和感から来るものなのか。理由ははっきりしないけれど、桐生はよく自分に譬《たと》えられる猫の結末を知りたくなった。

「あー……まあ、じいちゃんは看取ってあげる気満々だったんだけど――」

彼が微妙な顔で言いかけたところで、スマホが鳴った。片手を顔の前に上げて中断を詫びた彼は、端末をタップして通話を始める。

「はい、武岡です。あぁ、どうも」

武岡に連絡が入る＝事件に関連する情報が入るということなので、桐生はおとなしく横になりつつ聞き耳を立てる。スピーカーから、聞き覚えのある女性の声が漏れ聞こえてきた。

――綾瀬真里の声だ。

五日前、彼女は無事に瑠坂市総合病院を退院した。現在は春山町の自宅で療養中らしいが、先日一度だけ武岡に電話してきた。

あんなことがあったせいで神経過敏になってしまったようで、犯人が舞い戻る可能性に備えて配置された見張りの刑事を見つけては「誰かに見張られているような気が……」と心細そうに訴える彼女を、武岡が一生懸命宥めていた。

武岡は桐生というパートナーがありながら他のＳｕｂに目移りするような男ではないが、性格が善人なので、綾瀬に対しても人として誠意ある対応をしている。

それは何も悪いことではないし、桐生の不安を察知した日はケアを手厚くしたりと、気遣ってくれている。それなのに彼女と話す武岡を見ていると胸がざわざわしてしまうのだから、感情というものは厄介だと思う。

「――えぇ。はい、はい？　わかりました。今から伺います」

えっ、と思わず身を起こすと、発熱のせいかくらりと眩暈がした。彼が先程言った通り、脳がオーバーヒートを起こして限界を訴えている。

通話を終えた武岡は上着を羽織り、桐生のもとへ戻ってくる。

「一年前の事件のことで、思い出したことがあるそうだ。今、かかりつけのＳｕｂ専門医院で診察待ちの状態らしいから、車で行けばちょうど終わる頃に着くだろう。そこで彼女をピックアップして、署の応接室で話を聞いてくる。……当たり前だけど、妙な心配はいらないからな」

彼はソファの横で膝立ちになり、桐生に視線を合わせて伝えてくれる。

「もちろんわかっている。貴重な証言は一刻も早く聞きに行ってくれ。僕はもともと被害者と関わる立場ではないし、ついて行こうにもこの体調では足手まといになる。武岡さんが対応するのが最も合理的だ」

しっかりと頷いて答えると、彼は桐生の額にキスをして立ち上がった。

「聴取が終わったら速攻で報告を入れるから、それまで休んで待ってろよ。じゃあ行ってくる。早くこの事件、解決しちまおう」

「……ん」

武岡を見送った桐生は、ソファで目を閉じて彼の言葉を反芻《はんすう》する。

——そうだ。この事件が解決すればいいんだ。

犯人を特定できれば、桐生は《追跡》のコマンドを遂行できないフラストレーションから解放される。本能が満たされて心身も安定するし、オーバーヒートもしなくなる。たった一人で桐生をサポートして働き詰めになっている彼だって、ゆっくりと休みが取れる。ついでに武岡が綾瀬とやりとりをする必要もなくなる。事件が解決すれば、すべてが解決する。

——もう少しだけ、頑張ろう。

熱でふらつきながら起き上がった桐生は再びデスクに向かい、PCを立ち上げる。

「日暮と一翔・ニコルズがオンライン上で繋がっていたなら、インターネットの海のどこかに痕跡が残っているはずだ。そうだ、それなら昨日と違う手法を試して——」

キーボードを指で叩き始めると、頭の血管がどくどくと脈動し、良くも悪くも集中力が戻ってくる。

その後、武岡からの聴取終了の連絡に簡単な返事をした桐生は、一翔について調べ続け、帰宅した武岡に肩を揺すられて我に返った。

「お前、休んでおけって言っただろ！　うわ、身体めちゃめちゃ熱くなってるじゃねえか！」

「いや、あとちょっと……」

「あとちょっとやったら頭が爆発しちまうわ、このバカ。ほら、ソファまで運ぶから摑まって」

本気で自分を心配する声に、桐生はようやく正気に戻った。視線をモニターから、彼に移す。

帰宅早々、赤い顔でキーボードを叩き続ける桐生を発見して大慌てで駆け寄ったらしく、武岡はスーツのジャケットも着たままだ。鞄に至っては床に放り投げられている。

「そうだな。すまない、少し夢中になってしまったみたいだ」

さすがに申し訳なくなって、桐生は彼の腕の中におとなしく収まる。いつも通り持ち上げられてソファに運搬されかけたそのとき、彼のスーツの肩の辺りに白っぽい粉のようなものが付着していることに気付いた。

「……彼女の様子はどうだった？」

「まあ、たまに立ち眩みでふらついたりしつつも、抑制剤を飲んでなんとかやってるって感じだな」

脳内で二人の動きをシミュレートする。彼の肩についている粉は、おそらくファンデーションだ。

武岡の台詞と、彼らの身長や体格から考えるに、署の椅子から立ち上がろうとしてふらついた綾瀬を武岡が支えた、と考えるのが自然だ。

桐生も日暮の事件後はしばらく眩暈やふらつきに襲われたので、綾瀬の健康状態も理解できるが、うっかり想像したシーンに胸が苦しくなる。

「……それで、有益な情報は得られたのか？」

「正直イマイチだな。桐生の証言や過去の捜査資料で明らかになっている内容ばかりだった」

彼女は一年前に瀕死の状態に陥っていたときに聞こえた日暮の台詞や、当時抵抗しようとしたらグレアで動きを封じられたという一部始終などを話してくれたらしい。

あのときは事件の影響で心身が衰弱していた彼女が警察の捜査の詳細を知らなくても仕方がないし、思い出したことを伝えようとしただけで悪気もないのだろう。それなのに、自分でもよくわからない苛立ちが心を掻き乱していく。

「武岡さん、一旦離してくれ。僕はやはりもう少し調べ物をしてから休憩するよ」

このままでは余計なことばかり考えてしまいそうで、そして何より彼に余計なことを言ってしまいそうで、桐生は彼の手を振り払って自分のデスクに戻ろうとする。こんなどうしようもない感情に振り回されるくらいなら、無機質なデータと向き合っている方がいい。

「はあ？　お前、何を意固地になって……いや、俺が不安にさせちまったんだな。ごめん。あっちで軽くプレイするか」

困ったような顔で宥めようとしてくれる彼から目を逸らすと、頬に手を当てて「な？」と促される。普段であれば桐生を安心させてくれる優しい表情も、今は見たくなかった。彼女が弱っていたら同じように優しくするのではないか、なんて疑心暗鬼になっている自分にもうんざりする。

「放っておいてくれ。君は彼女と楽しく過ごしてご満悦かもしれないが、そのあいだにも犯人は次の犯行の準備をしているかもしれないんだ」

あ、余計なことを言った、と内心で思った。案の定、彼はさすがに若干怒ったような顔で、眉間に皺を寄せている。

「その言い方はないだろ。俺はただ事件を早く解決させたいだけだ。役に立つ情報を手当たり次第集めるのも俺の仕事だろ」

彼は桐生の護衛をしつつ、桐生が頭脳労働に集中できるように手足となって、昼夜問わず働いてくれている。もちろんそれだけでなく、彼自身も刑事として主体的に考えながら捜査に当たってくれていることも知っている。頭ではわかっているのに、口からはつい感情に任せた言葉が出てしまう。

「奇遇だね。僕もただこの犯人を早く特定したいだけなんだ。そしてそのために必要な解析をしようとしている。さぁ、君は自分のデスクに戻って。僕の邪魔をしないでくれ。この事件さえ解決すれば——」

桐生の口は、その続きを紡ぐことなく閉じられた。唐突に、気付いてしまった事実に、さっと頭が冷えた。

この事件が解決したら——桐生は想像する。

犯人を特定したら、桐生は無事に本能が満たされてスペースに入り、心身を回復して、そしてしばらくするとまた次の事件を求める。

武岡と想いを交わし、首輪をもらい、恋人としてのプレイをするようになってからも、桐生は普通のコマンドでは満たされていない。幸せを感じていても、彼にすべてのコントロールを預けることはできない。だからこうして犯人を追うことをやめられず、愛されて宥められてもオーバーヒートを繰り返してしまう。

武岡のことは信頼しているし、一番大事な人だと思っているのに、彼の愛情のこもった《おいで》や《キス》よりも、アドレナリンの湧くスリルを、《追跡》のコマンドを、本能が求めてしまう。そしてこれからも、そんな虚しいことを繰り返すのだ。

恋をしようとしまいと、恵まれた頭脳と引き換えに課せられたＡＳＧの体質は変わらない。

「……そういうことか」

「桐生？」

瑠坂市総合病院で、武岡と並ぶ綾瀬を見たときから胸に居座っていた違和感の正体が、ようやくわかった。

――一番大事で、一番幸せになってほしい人、か。

不意に頭の中で完成したパズルに、ふっと笑ってしまった。

武岡はもともと異性愛者だ。そして綾瀬は桐生と違って、Ｄｏｍと普通のパートナー関係を築ける。むしろ綾瀬に限らずとも、桐生以外のＳｕｂとパートナーになれば、彼はもっと平和に愛情を育んでいけるはずだ。普通のコマンドでお互いを満たし合う、普通の恋ができる。その事実に気付かない振りをしていたから、桐生は自分の心に違和感を覚えたのだ。

自分が誰かの特別な存在になるべきではないということは、最初からわかっていたことだった。だからこそ業務上パートナー役になる補助担当には、田橋にも水上にも、もちろん武岡にも、他に相手を作ってよいと初日に伝えていた。

そもそも彼らはみな、不幸なミスをやらかしてクビ寸前という弱みがあり、尚且つ安全性と機密性の審査に合格したから二係にやってきただけで、元の部署に復帰する過程としてＡＳＧ構想に協力しているのだ。だから桐生だって、補助担当としてパートナーになった人間と、ずっと一緒にいるわけではないことを念頭に置いて仕事をしていた。

それなのに武岡があまりに桐生を大切にしてくれるものだから、柄にもなく浮かれて判断を誤ってしまったのかもしれない。武岡は自分を愛してくれているから大丈夫、と自分主体の考えで胸の違和感を誤魔化していた。彼の未来を見ない振りしていた。

——現実的に考えたら、「一番幸せになってほしい人」を幸せにするのに必要な相手は、僕ではない。そんなことは明白じゃないか。

急に黙り込んだ桐生を訝しげに見つめる彼に視線を返す。合理的に、と自分に言い聞かせる。

水上に引導を渡したときは、冷静に判断し実行に移すことができた。自分や他人の感情というものに疎かったから、というだけではない。よく働いてくれた彼女が退職することにぼんやりとうら寂しさを感じたものの、あの日こんな痛みは感じなかった。

理屈も何も関係なく手放したくないと駄々をこねたい気持ちにもならなかった。

——でも、離れるなら今だ。

武岡は優しいし、パートナーを大事にする男だ。Ｓｕｂとして機能不全で、情緒がポンコツで、性格まで面倒な桐生のことも、めいっぱい愛してくれる。

桐生が愛してほしいと言えば、このどこか歪な関係も、ずっと続けてくれる。情に厚い彼は、希望していた所轄の刑事課に戻るチャンスが来ても、桐生を置いていけないかもしれない。公私混同はしない男だが、自らの希望を取り下げるくらいのことはしかねない。

愛情というものを知ってしまったから、わかる。これから先、武岡は自分といたら、きっと多くのものを犠牲にする。

――それどころか危険に晒しかねない。

補助担当の仕事には桐生の護衛も含まれるが、それは「もとの部署に復帰するための職務の一環」くらいの冷静なものであるべきなのだ。武岡のように深い愛情を持ってしまっていては、今後桐生に危険が迫ったら自らの命を顧みず守ろうとする可能性が高い。

万が一目の前で死なれたりしたら、絶対に正気ではいられない。

綾瀬を発見して路地に入っていく彼の背中を見ただけで、田橋の最期と重なって血の気が引いたというのに、自分のせいで彼に何かあったら耐えられない。

――さあ、合理的に考えろ。離れるなら今だ。

誰かに大事にされたことも、誰かを大事にしようと思ったことも、幸せになってほしいなんてふわふわした願いを持ったこともない。だからどう行動するのがベストかはわからないけれど、消去法で考えたときに、一番最初に消去すべきは自分だ。プログラム上のバグを取り除くように、速やかに消してしまわなくては。

このところ蓄積していた不安や恐怖、不慣れな恋愛感情、ソファで一緒に寝てくれる彼の温もり、腹の奥で感じた彼の熱――心に渦巻くいろんなものが一気に噴出して、ぐちゃぐちゃになりながら、もとあった場所に戻っていく。

感情の波が引いたところで、桐生は武岡に嘲笑の表情を向ける。

「そんなにＳｕｂの世話を焼きたいなら、彼女の世話を焼けばいい。事件の傷も癒えない被害者だ。

さぞ庇護のしがいがあるだろう」

「は？　何言って――」

「君は僕のパートナーとして不適格だと言っているんだ」

ひゅっと息を呑む音が聞こえた。信じられないといった顔でこちらを見てくる彼を、桐生は肩を竦めてあしらう。

補助担当から外された武岡は、おそらくこのあと謹慎を言い渡され、迫りくる免職に胃を痛めることになるだろう。でも桐生が本気で大島に交渉すれば、すぐにもとの部署に復帰とはならなくても、悪いようにはされないはずだ。

「武岡さんの自己満足のために、僕の世話を焼いたり、無駄な情をかけるのはやめてくれ。そんなことは誰も頼んでいないし、余計な感情を与えられたせいで肝心の《追跡》を遂行する能力はむしろ弱まっている。捜査の邪魔だ」

本当はそんなこと、少しも思っていない。日暮の残留香を嗅ぎ取ったときも、武岡が傍にいてくれなかったら不安で潰れていた。

「僕と多少なりとも信頼関係を結べたことに優越感を抱いているのかもしれないが、君の仕事はそれではない。僕が捜査しやすい環境を整え、《追跡しろ》と命じること――それが本来、補助担当としてやるべきことだ。親近感を求めたいなら、恋人ごっこがしたいなら、他のＳｕｂとやってくれ」

そんなことはない。一人の人間として向き合ってくれて嬉しかった。彼の作った温かい食事を向かい合って食べる時間は、決して無駄などではなく、自分にはもったいないくらい幸せな時間だった。

数えきれない愛の言葉も、それを囁いてくれた彼の眼差しも、一生忘れることはないだろう。

「桐生、ちょっと落ち着けって」

「僕は落ち着いている。落ち着いて考えた結果、パートナー関係は公私ともに解消すべきだという結論に至った。わかったなら出て行ってくれないか。大島さんに連絡をして、新しい補助担当の手配をしてもらわないと」

「……あ？」

戸惑い気味だった彼の声が低くなり、ぴりぴりした空気が流れ始める。

他人の心を察することなんてできなかったのに、武岡が何に怒っているのか、どう感じているのかを、ちゃんと理解できている自分に苦笑する。理解できてしまったら、予測を立てることもできる。完全にこの関係を壊すように誘導できてしまう。

「今回は事件が事件だから、後任がすぐに見つからなくても一時的な代理のＤｏｍを寄こして捜査を続けさせてくれるだろう。コマンドなんて誰からもらっても同じだしね」

「なんだよ、それ……俺以外のＤｏｍの言うことを聞くのか」

「当たり前だろう。あぁ、武岡さんがやたらと気遣ってくれているオーバーヒートも、新しいご主人様と適度にプレイをして発散させながら捜査をするつもりだから、心配は無用だ。次は僕をうまく使いこなしてくれる人だといいな」

「黙れ！　ふざけんじゃねえぞ！」

武岡に睨まれた瞬間、ぶわっと背筋に寒気が走り、桐生は床にへたりこんだ。あまりに予想通りの展開に、笑いだしたくなる。

補助担当を外すという、彼にとっての実質クビ宣告をされようと、厚意を無駄だと理不尽に罵られようと、お人好しの武岡は困惑しながらも桐生を宥めようとしていた。

それなのに桐生に別のＤｏｍが付くと聞いた途端に怒りを滲ませ、自身を物扱いする桐生の言葉に堪忍袋の緒が切れて、ついに視線に攻撃的なグレアが混じった。

——人間一年生の僕にもわかるくらい、僕のことが大好きなんだから困ったものだ。

泣きたくなるほど狙い通りだった。

善人の彼にとって、自分のパートナーに私情で怒りのグレアを浴びせるなどあってはならないことだろう。手を出していないだけで、ダイナミクスを持つ者にとってはＤＶと同じようなものだ。

わざと煽ったので覚悟はしていたが、強いＤｏｍ性を持つ彼の本気のグレアは予想以上に強烈で、自然と身体が震えた。……でも、彼の罪悪感を煽るにはちょうどいい。

一度俯いて床を見つめた桐生は、キッと彼を睨みつける。

「……僕に向かって威圧のグレアを出したね」

「違っ、そんなつもりは……本当に悪かった。せめてケアだけでもさせてくれ」

桐生以上に蒼白になって屈んだ彼が差し出した手を、パシッと振り払う。

「《クビだ》。セーフワードを忘れたとは言わせないよ。僕に触らないでくれ。ケアもいらない。私物は後日宅配で送るから、貴重品だけ持って。さあ、お帰りはあちら」

無表情でまっすぐに玄関を指す桐生を愕然とした表情で見つめた武岡は、彼らしくない細い声で

「俺じゃ駄目なのか」と尋ねてくる。

守るべき存在の桐生を威圧してしまったことで、武岡の中のパートナーとしての自信がひどく揺らいでいる。あと一押し、と自分に言い聞かせ、桐生は無表情のまま玄関を指し続ける。

桐生の考えが変わらないことを悟った武岡は、やがてふらふらと立ち上がり、床に放り投げてあった鞄だけ持って玄関を出て行った。頼りがいのある広い背中が丸まっていたのが、やけに痛々しかった。

――幸せになってくれ。

神様なんて非科学的な存在は信じていないけれど、願わずにはいられない。

大らかで明るくて、良心的で優しい彼にふさわしい、普通の幸せが手に入りますように。

瞼を閉じて十秒ほど宛先不明の祈りを口にし、それから彼の今後をシミュレートして目を開ける。

「……さてと、独りは慣れている。効率的にいこう。――もしもし、大島さん。補助担当のことで少し相談があるんだが」

デスクに戻ってPCを操作し、視線はPCモニターの画面を追いながら、スピーカーにしたスマホで大島との話を進める。「あーもう、休めって言ってんだろ」という彼の声が幻聴で聞こえた気がした。

【11】


桐生からパートナー関係の解消を言い渡された二日後、武岡は警察庁に赴き、刑事局長の大島と面会した。

日次報告書は毎日送っていたが、一介の刑事である武岡が雲の上の存在である彼と直接顔を合わせるのは、桐生の補助担当に任命されたとき以来だった。

「処遇は追って連絡するけど、どうやら君だけの落ち度ではなさそうだし、そう悪いようにはしないよ。桐生も通常通り働いているから、彼のことも心配は無用だ」

大島は淡々とそう言って、処遇が決まるまではおとなしく謹慎しておくよう武岡に命じた。

その後、武岡は警察手帳や警棒、拳銃、貸与されていたスマホなどの返却を済ませ、とぼとぼと帰宅した。桐生のマンションから郵送された私物の段ボール箱は、まだ開封できていない。

――どうして冷静に話し合えなかったんだ……終わっちまったじゃねえか。

スーツを脱いでネクタイを緩め、自宅のソファに腰かけて頭を抱える。

あのとき、桐生は明らかに不安定な状態だった。そういうときこそ自分が包み込んでやるべきだったのに、他のＤｏｍとプレイをする彼の姿を想像したら冷静さを保てなかった。それどころか最悪なことに、怒りのままにグレアを放ってしまった。

自分のＤｏｍとしての強さを自覚しているからこそ、パートナーには優しく親切に接してきた。偽善と言われようと、善人でいたかったから。

本能的に不利な要素を持つＳｕｂには優しくすべきだと思っているし、無理強いなんて絶対にしてはいけない。過去の恋愛だってそれを念頭に置いて、相手の未来と幸せを願って最善の対応をしてきたつもりだ。

だけど桐生に対しては、自分の感情をうまく制御できなくなって、話し合いにも失敗した。

一瞬とはいえ一番大切な相手をグレアで威圧するなどという非道な行為をした自分を許せず、後悔と動揺でまともな切り返しもできないまま、武岡は茫然自失で彼の家をあとにするしかなかった。

昨日、一言謝りたくてメールや電話を試みたけれどすでに着信拒否されており、彼との接点は完全に断たれた。即日で新しい補助担当が入ったとは思えないが、大島の口ぶりから少なくとも警護や捜査のサポートのための代役くらいは派遣されているようだったから、武岡が会いに行ったところでつまみ出されるのがオチだ。

「ここまで、か……」

桐生の言葉がすべて本心だとは思わない。しかし武岡が彼をひどく不安定にさせてしまったことも、グレアで威圧して恐怖を与え、心を傷つけてしまったことも事実だ。

前任者とはよくも悪くも適度な距離感で関係を築いていたわけだし、安定という観点で考えると、彼は自分と一緒にいない方がいいのかもしれない――。

「……んなわけねえだろ」

思ったより物騒な声が出た。

武岡は思い出した。桐生がポンコツ健気だということを。

きっと彼は、綾瀬にコンプレックスを刺激されたり、武岡に目の前で死なれたらと想像したりして、離れるべきだと判断したのだろう。不安が蓄積してそんな考えに至った彼の気持ちも、たしかにわかる。

——でも、桐生が何を考えていようと関係ない。手放してたまるか。あいつは俺のＳｕｂだ。譲れない、唯一無二の存在なんだ。

ぐつぐつと煮え滾《たぎ》るような感情が、腹の底から湧き上がる。

自分といて不安定にさせてしまったのも、お互いに覚悟が足りなかったからだ。恋愛関係になって、彼を愛するあまりか弱い存在みたいに扱ってしまっていたけれど、自分たちはただの恋人同士ではない。対等な相棒でもあったはずだ。

「とはいえ無策で押しかけたところで、桐生が考えを変えるわけがないよな。……だったら、あいつが抱えてる問題を全部解決して、俺が必要だって言わせてやる。舐めんじゃねえぞ」

大らかさの欠片もない、鬼の形相で立ち上がる。

「まずは今回の事件を解決しないと話にならねえ。そんで、そのあとはあいつの首根っこ引っ摑んででも腹を割った話し合いをする」

今後の処遇のためには、謹慎しているべきだということもわかってはいる。せっかく「悪いようにはしない」と大島に言われているのに、勝手に捜査をしていることがバレたら、今度こそ間違いなく免職をくらう。

だからどうした。どうせこのままおとなしくしていたって、桐生との関係は元には戻らない。事件を解決したところで補助担当に戻れるかはわからないが、それでも諦める気はない。

最終的に、あいつ自身に、絶対に俺を選ばせてやる。

「……粘り強く靴底を擦り減らしてこそ刑事だ。一年前と今回の現場、全部洗い直してやろうじゃねえか」

不敵に笑った武岡は、ネクタイをビシッと締め直した。

＊＊＊

「ええと、桐生さん。頼まれていたデータ、今送りました。それとそろそろ薬の時間です」

「堀内《ほりうち》さん、ありがとう。そこに置いておいてくれ」

武岡とパートナー関係を解消してから、十日が経過した。

大島は臨時の補助担当として代わりのＤｏｍを寄こそうとしたが、桐生の希望で一ヵ月ほど先延ばしにしてもらった。

一時的に補助担当代理となった堀内は二十四歳のＮｏｒｍａｌ男性なので、プレイをしたりはしない。現場に出る桐生の警護をしつつ、手足となって動くのが彼の仕事だ。どこかの所轄から借りられてきたようだが、信頼できる筋からの紹介らしく、文武両道な好青年ではある。

――まあ、誰でもいいけど。

正直もう一生、誰からのコマンドも欲しくないと思った。

でも桐生がこの仕事を辞めたり、身体を壊して独りで衰弱したりしたら――それを武岡が知ってしまったら、お人好しな彼は前に進めなくなる。

そういうわけにはいかないから、これから少しずつ気持ちを整理して、元通りの生活を送るよう努めるのだ。

この優秀な脳に記憶した彼との思い出は、頭の中の一番深いところに、自分の心と一緒にしまい込もう。データを暗号化して、隠しフォルダを作って、パスワードを何重にもかけて。誰にも開けないように、上書きもされないように。

そしていつか桐生が命を終えるとき、大切な記憶をそっと取り出してゆっくりと眺め、「いい人生だったな」と笑うのだ。彼と過ごした数ヵ月には、一生分の幸せが詰まっていたから。だから桐生は、自分の人生は紛れもなくいいものだったと断言できる。

不意に、彼の祖父の猫の最期が頭に浮かんだ。おじいさんは看取る気があったようだが、あのときの彼の微妙な顔を見るに、看取ることはできなかったのだろう。たしかあの猫は半野良だったと言っていた。野良猫は自分の死期を悟ると、ふっといなくなるという。

猫も最期は一人で、おじいさんと過ごした日々の温かさを思い出したりしたのだろうか。

「あの……桐生さん。一ヵ月はＤｏｍの補助担当をつけない代わりに、抑制剤を必ず摂取いただく契約となっておりまして……」

「……あぁ、僕がきちんと飲まないと、君が怒られてしまうというわけだね。はい、飲んだよ。これで大丈夫だ」

武岡なら「そうじゃねえだろ、お前が心配だから言ってんの！」と頬を抓ってきただろうか、と未練がましく考えている自分を誤魔化すように、時計に視線を移す。

「今日はもう外に出ないから、君は帰ってくれて構わないよ」

「……あの、仮眠は」

「タイマーをセットしてあるから心配無用だ。もう少ししたら、一時間ほど眠るよ」

「わかりました。お願いですから床で寝たりしないでくださいね。あれ、かなりびっくりするので」

真面目な顔で注意されて、桐生はふっと笑う。すでに何回か、ソファに辿り着けずに床に倒れているところを堀内に発見されている。室温は自動で管理されているので風邪を引くことはないが、桐生の寝顔に生気がなさすぎるため、彼は毎回おそるおそる脈を測っているらしい。

「悪いね。どうもよくない癖がついてしまったみたいで、困ったものだ」

「床で寝る癖ですか……？」と首を捻る堀内に、桐生は苦笑する。

もともと最低限の睡眠は自分で管理できていたのに、いつの間にかソファまでひょいっと抱えて運んでもらうのが癖になっていたなんて、甘ったれもいいところだ。

「気を付けるよ。お疲れさま」

「あっ、はい。それでは失礼します。もし外出される場合はご連絡ください」

礼儀正しく一礼して玄関に向かう堀内の背中を見送り、桐生は再びＰＣモニターを眺める。このくらいの距離感がちょうどいいのだ。

補助担当の勤務形態は桐生の業務に多少は左右されるものの、本来は武岡みたいにプライベートの時間を割く必要はない。

現場に出るときは警察しか入れない場所もあるし、護衛も兼ねて堀内に同行してもらっているが、自宅にいる限りは安全なのだ。桐生のいる最上階のセキュリティシステムは外部から独立しているので、停電時も稼働を続けるし、ハッキングもできない仕組みになっている。

だから桐生のことが心配だ、などと言ってわざわざフライパンや鍋まで持参して連泊したりしなくていい――。

「……駄目だな。また武岡さんのことを考えてる」

目頭のあたりを揉み解しながら、背もたれに体重を預ける。

モニターを解析画面からマンションのセキュリティ管理画面に切り替えて、桐生は自嘲的に笑う。

彼にひどい言葉を投げつけて遠ざけて、電話もメールも着信拒否にして、マンションのＩＣカードも大島経由で返却させたくせに、この部屋の静脈認証の登録だけは削除できないなんて矛盾しているにも程がある。

しかも自分の首には、まだ彼がくれた赤い首輪がついている。きっと彼はとっくに揃いのブレスレットを外しているだろうに、桐生は入浴時に毎日一回外しても、風呂から上がるとすぐにそれを装着してしまう。馬鹿げているのに、やめられない。

「感情を整理するのは難しいものだな。……せめてこの事件が解決すれば、少しはすっきりするかもしれないけれど」

武岡と別れてからも毎日オーバーヒートするぎりぎりのところまで頭を酷使しているが、残念ながら捜査はあまり進んでいない。

一翔・ニコルズは海外国籍で、しかも一年前に亡くなっている人間なので情報の照会が難しく、時間もかかる。ＳＮＳなどもやっていなかったようで、ハッキングでどうにかしようにも取っ掛かりがなさすぎるのだ。

彼が事件に関与したことを示す証拠があれば捜査本部の協力も得られるだろうけれど、さすがに綾瀬が証言した日暮生存説と、桐生が嗅ぎ取った残留香が似ている説だけで、海外で死亡した人間を捜索してくれるほど彼らは暇ではない。

もちろん他の関係者や当時の被害者の経歴なども調べ、疑わしい要素を探しているが、今のところ成果はない。いっそのこと関係者一人一人を家宅捜索して残留香を嗅ぎ回りたい気分だが、もちろん何の根拠もないのに令状を取れるはずもない。

「……休憩するか」

ちょうどピピピと仮眠開始のタイマーが鳴ったので、また床で寝てしまわないように立ち上がってソファの方へ移動する。そのとき玄関に繋がる廊下のあたりで、パシュッと小さな音がした。次いで、扉が開く気配がする。

「堀内さん、忘れ物でもしたのか――」

ふわりと、火薬の匂いとともに、日暮の残留香がした。そこでようやく桐生は、日暮の残留香がついたものを確実に持っている人物がいることに気付く。が、一歩遅かった。

「……これは参ったね。一年前に仕留めそこねた獲物を狩りにきた、ということかな」

振り向いた先で、銃口がまっすぐに桐生に向けられる。サイレンサー付きの銃が、再びパシュッと鳴った。

＊＊＊

一方その頃、武岡は瑠坂市の中心で、髪をくしゃくしゃと掻き乱して呻いていた。

「あー、くそ。何も見つからねぇ！」

あれから毎日、朝から晩まで、武岡は事件に関連する場所に足を運んだ。今日は綾瀬が襲撃された春山町の路地を中心に、逃走経路に使えそうな道からまったく関係なさそうな通りまで這いまわり、同時に聞き込みに勤しんだ。

「そりゃ本庁と所轄が合同で人員を割いて捜査しても足取りが摑めてないいし、桐生さんだって犯人特定できてないんだから、これでタケピがいきなりツルッと証拠見つけられるほど世の中甘くないっすよ。ってか、そろそろ俺、時間やばいんっすけど」

呆れ顔で時計を気にする川田をジト目で睨みつつ、武岡は「悪かったな」と詫びる。

痕跡を探すだけなら一人でもできるが、聞き込みとなると警察手帳がないのがネックとなったので、川田を半ば無理矢理に同行させたのだ。無茶な頼みだし、川田が少しでも渋るようなら退こうと思ってダメ元で連絡したわりに、実際に渋られた瞬間「お前、『借りができちゃったっすね、タケピは俺のマブダチっす』って前に言ってたよな?」と凄んだ自分に、自分で若干引いている。立派なひとでなしである。

——俺、自分は桐生の百倍良心的で常識人だと思ってたんだけどな。

謹慎を破り、同僚を軽く脅し、ルール違反の捜査をしている武岡も、そこそこヤバイやつだったのかもしれない。しかもそんな無茶をしているにも拘わらず、ロクな情報が出てこない。焦りと歯痒さで、武岡は奥歯を噛みしめる。

「俺、自分の仕事あるんでそろそろ行きますよ。ほらもう、ぐるぐる巡回してたら、いつの間にか綾瀬真里の現場から一駅以上歩いて来ちゃったじゃないっすか……」

「何か違う視点から考えられることはないか。桐生が調べてた一翔・ニコルズはどうなったんだろう……いや、それを今の俺が知るのは不可能だ。他に何か」

「タケピ、聞いてる？」

やる気はあるのに能力が追い付かず、もどかしさと焦りが募っていく。

「今ある現場を調べても何も出ないなら、犯人の行動範囲をプロファイリングして、他に訪れた可能性のある場所を探るか」

「そんなことできるんすか？」

「……俺には無理だな」

そもそも地理的プロファイリングができるほどの手掛かりがあるなら、桐生がすでにやっているだろう。今回の犯行は、遺留品もなければ特徴的な痕跡もなく、犯人の動きがほとんど見えてこなかったのだ。

「俺の取り柄、努力・根性・忍耐だけだからなぁ……あとは刑事の勘か」

非科学的な、と鼻で嗤う桐生の姿が思い浮かぶ。ついでに、以前「その勘は、宝くじよりは当たるのか？」などと言われた記憶もよみがえった。

あれはたしかまだ出会って間もない頃──自分の勘は桐生が悪いやつではないと言っている、と伝えたときのことだ。

──やっぱりお前は悪いやつじゃなかったし、俺の勘は当たってたじゃねえか。

小生意気な彼のことを思い出して、ふと、そんな気持ちになった。少なくとも宝くじよりは当たるぞ、と妙な負けん気が湧いてくる。

「まあ、俺、帰るんで。また手が空いたら協力はしますから──」

「勘、勘……何か思い当たることはないか。直感的に怪しいとか、嫌な感じがしたとか……あっ」

考えを巡らせながら景色を眺めていたら、既視感に気付いてハッとする。

綾瀬の住む瑠坂市春山町から一駅歩いた現在地は、瑠坂市本町──西福園子がＮｏｒｍａｌの久山つつじに殺害された事件があったエリアだ。もちろんあの事件は無事に解決しており、今回の事件とは無関係だが、武岡の勘はそこではない部分に反応している。

──この先の通りに、スペースに入った桐生を連れ込んだ完全個室の居酒屋がある。

ふにゃふにゃしながらサーモンの生春巻きを勧めてくる桐生が可愛かったんだよな、と一瞬雑念が入ったが、武岡は頭を振って意識を集中させる。

――店を出て、駐車場に向かって歩いている最中、嫌な感じがした。

あのときはパッと周囲を見回したが、怪しい人物は見当たらなかったのでスルーしていた。しかしここは綾瀬の自宅から一駅しか離れていない。彼女にすでに肉薄していた犯人がうろついていたとしてもおかしくはない。

「おい、川田。あと少しだけ付き合ってくれ」

「ほんとにあと少しだけっすよ」

不承不承の川田を引っ張って駆け出した武岡は、例の居酒屋の周辺を調べて、通行人や店の店員に手あたり次第に聞き込みをしていく。しかしさすがに一ヵ月以上も前のことなので、有益な証言は得られなかった。

「防犯カメラの記録も保存期間があるから、もう上書きされちゃって確認できなそうっすね。ってことで、俺はそろそろ失礼します」

「手間を取らせたな……そこのカフェはまだ話を聞いてないから、最後に一軒だけ寄らせてくれ。お前は警察手帳だけ見せたら、俺を置いて帰っていいから」

「はいはい。それにしてもタケピ、謹慎中の身なのによく粘るっすねぇ。そんなに桐生さんが大事？　俺、あの人、宇宙人みたいで苦手っす」

カフェの扉を開けながら、川田が肩を竦めた。以前、桐生も川田のことを宇宙人だと言っていた。別の星の生命体なのだろうか、と笑いそうになる。

「そうだな、大事だよ」

そう言ってから、「いや、それだけじゃねえな」と頭を掻く。

「大事だし、あいつのことを甘やかせるのも叱れるのも俺だけだし……あいつの心を支配できるのも守れるのも俺だけになる予定だ」

「……タケピ、ちょっとメンヘラ？」

若干引き気味に後退った川田は、店に入ると店長らしき男性に警察手帳を見せつけ、「あとは先輩が」と武岡を指して速やかに出て行った。

「それで聞きたいことと言うのは」

おそらく自分と同年代の店長に、武岡は怪しい人物に心当たりがないかを確認し、次いで日暮の写真を見せる。一翔の写真は入手できなかったが、日暮とは一卵性双生児なので、見覚えがあれば何か反応をもらえるはずだ。

「ええと、人の顔を覚えるのは得意な方ですが、その方はうちの店では見たことがないですね……」

「そうですか……。ちなみにこの女性にも見覚えはないですよね？」

念のため、綾瀬真里の写真も見せてみる。わざわざ自宅から一駅以上離れたカフェに来る用事もないだろうけれど――と思いながら写真を引っ込めようとしたとき、店長が「あぁ、その方なら」と笑った。

「うちの店に来てましたよ。病気か何かで身体が弱ってしまったらしくて、リハビリがてら一駅ウォーキングしてるんですって。資格の勉強でもしているのか、参考書を持って来ていたような気がします。……そういえば一ヵ月以上見ていないですけど、彼女に何かあったんですか？」

心配そうに尋ねてくる店長を横目に、武岡は必死で頭を働かせる。

――彼女はこの店の常連だった。

武岡があの日感じた「嫌な感じ」は、犯人が彼女を発見した気配だったのだろうか。いや、何かがおかしい。

――今の俺にできることは限られている。足はもう使った。次は頭を使うんだ。桐生ならどう考える？　感情とか動機とか、一旦排除して考えろ。

あの日犯人が彼女を発見していたなら、自宅まで尾行して殺せばいい。坂上円佳や大塚霞を間違えて殺したことと矛盾する。しかし桐生にすら尻尾を摑ませなかった犯人が、ここまで来ておいて綾瀬に気付かなかったなんて、間抜けなことはないはずだ。

綾瀬を発見していたが、一度見逃すことにした？　それは非効率的だ。そもそも綾瀬を仕留めることが目的ではなかった？　だとすると、他に何の目的が？

「あ、たしか彼女、あの窓際のカウンター席によく座っていらっしゃいました」

店長が指した席まで行って、窓の外を眺める。あの日の記憶をよみがえらせ、自分たちがいた場所を脳内で合成する。

――ちょうど俺たちがいた場所が見える位置だ。

瞬間、ぞわっと背筋に冷たいものが走った。

武岡は店長に一礼して店を飛び出し、通りでタクシーを捕まえる。桐生の自宅の住所を告げ、発進する車の中で必死に頭を回転させる。

――一年前の最後のターゲットが、綾瀬真里ではなかったとしたら……？

日暮が最後に躾けようとしたのが、本当は桐生だとしたら。

桐生は日暮に名前も勤め先も明かしていない。当然彼はその辺の一般人と違って、インターネット上に個人情報を垂れ流してもいない。そんな彼の居場所を特定する最も簡単な方法は――ダイナミクス犯罪の現場を作って、彼の方から来てもらうことだ。

――犯人は日暮の遺志を継ぐために日暮の遺品を犯行に使用したわけでも、双子だから匂いが似ていたわけでもない。桐生が残留香を追えることを知っていて、わざと現場に匂いを残したんだ。

桐生が他人に残留香を辿る話をしたのは、一年前の解体現場で、日暮の《言え》のコマンドによって言わされたときだけだ。あの場にいたのは、桐生本人と日暮、そして――綾瀬真里？

様子がおかしい武岡を、タクシーの運転手がバックミラー越しに訝しげに見てくるが、取り繕う余裕はない。武岡は冷たくなった指先で川田に電話する。

『もしもしタケピ？　俺もう結構そこから離れちゃったから、さすがに戻れないっすよ』

「いや、戻らなくていいから確認だけしてくれ。綾瀬真里は今、自宅にいるか？　あと、桐生の補助担当代理みたいなやつと連絡をとってくれ」

はい？　と言いつつ承諾した川田が電話を切った。俺の推理が的外れならいい、杞憂ならいい、と願いながら川田からの連絡を待つ。数分後、スマホが鳴動した瞬間、武岡は通話ボタンをタップする。

『ええと、張り込みの刑事曰く、綾瀬真里の部屋の明かりはついてるみたいっすよ。不審な人物が彼女のマンションに入ったりもしてないって。あと補助担当代理の堀内さんはまだ連絡取れないけど、タケピと違って桐生さんの部屋に泊まり込んだりしてないから、単に帰宅中かもしれないっす』

「……綾瀬真里の部屋まで行って、インターホンを鳴らして確認するよう言ってくれ」

張り込みをしていると言っても、すべての人間を細かくチェックできるわけではない。マンションに入っていく人物には注意を払っていても、外に出る分には変装で切り抜けられる可能性もある。

「堀内ってやつへの連絡も続けろ。で、俺は今から桐生の自宅に乗り込む。……もしこのあと俺と連絡が取れなくなった場合、大至急、応援と救急を寄こしてくれ。今回の事件、おそらく本当のターゲットは桐生で、犯人は綾瀬真里だ」

川田の特大の「はい⁉」を聞き終わらないうちに、武岡は電話を切った。窓の外に視線を移す。桐生のマンションが見えた。

【12】

部屋に入ってきた犯人に気付いて振り向くのと同時にサイレンサー付きの銃で脚を撃たれた桐生は、跪いて忌まわしい相手を見上げた。

「……随分と『普通のＳｕｂ』への擬態がうまかったね。いや……僕の『普通ではない』コンプレックスを刺激してうまく判断力を鈍らせた、という方が正しいか」

一年前の事件現場で、桐生の横で倒れ伏していたときと同じ服を着た綾瀬真里が綺麗な微笑を浮かべる。

彼女の着ているブラウンカラーのタイトなスーツからは、あの日の日暮の匂いがする。

刑事事件において被害者が身に着けていたものは、証拠品として回収されることが多い。日暮は容疑者死亡で書類送検となったが、桐生も例に漏れず当時着ていた衣服を提出している。彼女も同様だったのだろう。

そして証拠品は事件が不起訴で決着したあと、被害者に還付される。それまでのあいだは当然、しっかりと袋や箱に入れられて保管されるので、残留香が消えることもない。

桐生はもうあのとき着ていた服なんて見たくもなかったので、検察側で廃棄してもらうよう申請をしたが、綾瀬は返してもらったのだろう。

遺品など持っていなくても、あの日彼女が身に着けていたスーツには、彼の残留香がたっぷりと染みついている。彼女は田橋と桐生が駆けつけるまで、日暮と一緒にいたのだ。日暮が人工甘味料のようなフェロモンを放ちながら桐生をいたぶっているときも、彼女はドロップしつつもあの場にいた。

そして綾瀬はその服を着て、今回の犯行に及んだ。だから被害者たちに日暮の残留香が移ったのだ。まるで、まだ彼が生きているかのように。

「あの日意識が朦朧とする中で、あなたが日暮の《言え》のコマンドで説明した内容を聞いて、私と同類だと気付いたの」

桐生の脚の怪我は今すぐに死ぬようなものではないが、痛みとショックで頭も身体も思ったようには動かない。ついでに銃身で側頭部を殴られ、脳がぐわんと揺れた。

「高い知能を持つ代わりに共感能力には乏しいし、普通のコマンドでは満たされない厄介な体質で、明確な原因も対処法もなく、自分の本能を上手に制御していくしかない——でも、いわゆるアドレナリンが爆発的に増えるような命令に出会うと、それを遂行するためには何だってしてしまう。私も同じよ」

彼女は桐生の手を祈りのポーズになるように組ませ、手首を結束バンドで縛ってから、くすっと笑う。

「それに、ごく普通のか弱いＳｕｂに擬態するのなんて当然でしょう。適度に親近感を持ってもらって、利用するだけ利用させてもらうのが合理的。あなただってやろうと思えばできるはずなのに、どうしてそんなふうに人を突っぱねて不器用に生きているのか理解に苦しむわ」

扉の近くでは、車椅子に乗せられた堀内が胸から血を流して動かなくなったまま放置されている。

そういえば綾瀬は日暮の事件後、体調が芳しくなく、少しのあいだ車椅子生活を送っていたという話を庵税理士事務所で聞いた。

「そこの彼だって、車椅子に乗った私が一階のエントランスで困っていたら、親切に声をかけてマンションの敷地内に招き入れてくれたわよ。事前にあなたの住まいを調べたとき、特注の静脈認証システムがネックだと思ったけど、そこも文字通り彼が手を貸してくれたわ」

彼女は堀内の油断を誘いスタンガンで気絶させ、車椅子に乗せて運搬。エレベーターで桐生のいるフロアまで来ると、堀内の手のひらを借りて静脈認証を突破し、この部屋に入ったらしい。お役御免となった堀内は、部屋に入ったところで気を失ったまま胸を撃たれた。静脈認証さえ解除できれば、堀内の脈は止まってもいい、というわけだ。

彼女が持っている銃は、彼女自身が作ったのだろう。作り方はインターネットや本で調べられる。桐生と同程度の知能があるなら、専門知識がなくても多少時間をかければ大抵のものは作れるはずだ。

綾瀬は流れ作業のように鞄から小瓶を取り出し、桐生の口を開かせて強制的に粉薬を飲ませた。

「あぁ、これ？　『リムファシン』っていう、アジアの一部の地域で使用されているＳｕｂ用抑制剤よ。特定の成分と調合することで真逆の効果を発揮して――Ｓｕｂに投与すると被支配欲求が強まって、Ｄｏｍ以外からの命令や罵倒でもドロップしやすくなる……って、私たちの知能があれば情報を得ることも調合することも難しくないし、そのくらい知ってるわよね。あの二人には、飲み物に混ぜて飲んでもらったんだけど」

あの二人――今回の被害者である坂上円佳と大塚霞は、綾瀬と顔見知りだったという。

坂上は綾瀬が現在通院中のＳｕｂ専門医院の患者、大塚は綾瀬がかつて参加していたグループセラピーに通っていた。

綾瀬は彼女たちに偶然を装って声をかけ、車に乗せて薬剤入りの飲み物を飲ませたらしい。顔見知りの、しかも同じ悩みを持つＳｕｂ女性が相手であれば、警戒心が薄れるのも無理もない。そして綾瀬は薬で被支配欲求の高まった彼女たちをこの銃で脅しながら、死を教唆する命令を繰り返してドロップ死させたのだろう。

「急がせてごめんなさいね。このあと夜の便で出国する予定だから、時間がないの」

「僕を殺して国外逃亡か。……最後に、動機を聞いても？　君はＤｏｍでもＮｏｒｍａｌでもなく、Ｓｕｂだ。死を教唆するような命令を口にすることは、君自身にも相応のダメージを与えるはずだろう。それなのに無理を押してまで、しかも事件から一年以上経過してから、僕を狙いに来たのはなぜだ？」

「あら、動機なんてものに興味があるの？　まあどうしても聞きたいなら、今際《いまわ》の際《きわ》で聞きなさい」

血の滲む脚を踏みつけられて、桐生は思わず痛みで呻いた。次いで彼女は、桐生の耳に息がかかるほどの距離で悪魔のように囁く。

「《死ね、死ね、死んで》。彼が死ねと言っているのに、どうして生きているの？　言うことを聞けない子は、悪い子なの」

頭の中で、死を教唆する言葉がこだまする。

「日暮の犯行、一件目から痕跡が少なくてスマートだったでしょう。でも実は、最初の被害者は私だったの」

桐生と同じ体質で、優秀だけれど普通のコマンドでは満たされない綾瀬は、抑制剤の服用と並行して定期的にＳｕｂ用のプレイクラブで欲求を誤魔化してはなんとか自律神経を安定させつつ、ままならない人生を送っていた。

そんなある日、プレイクラブを出たところで日暮に出会った。殺意たっぷりの強いグレアで威圧された彼女は、廃ビルに連行された。そこで日暮は彼女に幼少期の母親の不倫や相手の浮気による婚約破棄について語り、「悪い子のＳｕｂを躾けて生死まで支配し、いい子にしてやるのだ」と異常な理論をぶつけたという。

彼女はその場を切り抜けるために、咄嗟に提案した。「今私を殺しても、すぐに捕まってしまう。でもここで逃がしてくれれば、あなたのために上手に獲物を獲ってくる」と。きょとんとした日暮は「猟犬みたいでいいね、命令してみようか」と言い、綾瀬に《狩れ》と命じた。

「その瞬間、頭から爪先まで痺れるような感覚に襲われたわ。本能が悦《よろこ》ぶのを感じた。私はこれを求めていたんだって」

彼女の言う感覚自体は、桐生もわかってしまう。捜査に携わるのに必要な最低限の訓練を受け、初めて《追跡》のコマンドをもらった瞬間、犯人特定という要求の高さとスリル、自分の異質性を役に立てたいという服従欲求——それらが刺激され、得《え》も言われぬ感覚を味わった。そして命令を遂行し、犯人を特定できたとき、生まれて初めてＳｕｂとして満たされるのを感じた。

「《狩れ》と命じられた途端に視界がクリアになった。あなたは嗅覚情報が覚醒するみたいだけど、私は視覚情報が覚醒したの。今まで通ったことがある道の人の流れや建物の状態、防犯カメラの位置まで鮮明に思い出せた」

日暮とともに自分の車に乗り込んだ彼女は、別の街のＳｕｂ用プレイクラブの近くに車を停めた。店から出てきたＳｕｂ女性に「ドロップを起こしそうだから肩を貸してほしい」といった、同じＳｕｂなら同情してしまいそうな適当な嘘を吐いて車に近寄らせ、後部座席から現れた日暮が強いグレアで被害者の動きを封じ、二人がかりで車に乗せて拉致《らち》をした。

「私の運転で人目や防犯カメラを避けて、ひと気がないスポットで彼と獲物を降ろして、私は車に乗ったまま近隣の死角で待機。彼が戻ってきたら、コマンド遂行完了――初めてＳｕｂスペースに入ったときは、嬉しくて泣いてしまったわ」

Ｓｕｂの生死すら支配したい日暮と、彼に獲物を献上することで満たされる綾瀬の、歪な支配・被支配の共依存関係が生まれた瞬間だった。ようやく自分を満たしてくれる人に出会えた綾瀬は、彼を妄信し、隷属した。

「私のやり方を気に入ってくれた日暮は、獲物が欲しくなると前触れもなく私のところへやってきて、《狩れ》と命じて自分は後部座席に移動した。唯一無二の飼い主のために、私は精一杯尽くしたわ。いつでも狩りができるように、情報収集だって欠かさなかった。彼も私が狩りをしやすいように防犯カメラをハッキングしたりして協力してくれた。私たちは運命共同体だったの」

日暮の書類送検に際し、警察が通り一遍の捜査を行っても、彼と綾瀬の接点が一切浮かび上がらなかったのも当然だ。出会いは通りすがりの犯罪未遂で、獲物が欲しくなると前触れもなく現れる。そんな相手との接点など、ちょっとやそっとの捜査では出てこない。

「五件目の犯行直後、車に戻ってくるときにあなたとニアミスした彼は、あなたを躾けたいと言い出したわ。止めた方がいいと思ったけれど、彼の命令には逆らえないし、あなたが消えれば捜査はまた滞るかもしれないという期待もあったから実行した」

桐生が犯行場所を予測し始めていることには薄々気付いていたので、綾瀬はあえて予測されやすい場所——あの解体現場を選んだ。信憑性を持たせるためにわざと軽めにドロップさせてもらった彼女は、自らが囮となって桐生の相方である田橋を誘き寄せ、日暮に撲殺させる。

そして一人になった桐生を日暮と共同で捕えて車に押し込み、警察が来る前に逃走。現場から離れた廃屋まで連れて行き、めでたく日暮が桐生を躾ける——それが本来の予定だったらしい。

しかし田橋が最期に日暮を撃ったことで、状況は一変した。日暮は重傷を負い、目の前で飼い主を撃たれた綾瀬はショックのあまり本当にドロップしてしまった。綾瀬は彼のために上手に桐生を狩れなかった、悪い子になった。

「事件のあとは本当にしばらく立ち直れなくて、専門医院やセラピーのお世話になったわ。でも、法を犯していた自覚もあったし、飼い主もいなくなっちゃったから、もう静かに暮らそうと思っていたの。証拠品として提出したこのスーツだって、検察から返してもらったのはいいけど、触る気になれなくてしばらくそのまま保管していたくらい」

心身ともに弱っていた彼女は一度は仕事に復帰したものの、結局退職して療養生活を送ることにした。桐生と同程度の知能があるなら、たとえ心身が弱っていてもお金はある程度は作れるので、生活費には困らなかったのだろう。

「また彼と出会う前の満たされない生活に戻るだけだと自分に言い聞かせて、ウォーキングがてらカフェに通って適当に資格の本なんか読んだりして──そこで、あなたと武岡さんを見つけた」

久山つつじの事件を解決し、瑠坂市本町の居酒屋から駐車場に向かう道で、武岡が嫌な視線を感じたと言っていた。あの近くのカフェに、彼女はいたのだ。

「私は飼い主を失って独り虚しく生きるしかないのに、あなたは新しい飼い主を捕まえて、楽しそうに言い合いをしながら歩いていた。どうしようもない怒りと妬みがふつふつと湧いてきて、最初は自分でもどうすればいいかわからなかったけど、やがて頭の中から声が聞こえたの」

『人は忘れられたときに死ぬって、よく言うだろう？　君が生きていて、俺のことを忘れない限り、俺も、俺の命令も、君の中で生き続ける』

俺の命令──それは日暮が桐生に向けて言った《死ね》という命令のことだと思っていた。実際、彼の言葉は呪いのように桐生の耳に残り、何度も悪夢を見た。

しかし怒りと妬みの中で彼の言葉を反芻した彼女は、違った捉え方をした。自分に向けて言われた《狩れ》という命令を生かし続け、日暮自身もまだ生きていると信じ込むことにしたのだ。だから武岡も、彼女の語った日暮生存説については嘘だと断定できなかった。

今回ハッキングをしたのも、彼の真似をしたのだろう。プログラマー出身の日暮のように手慣れてはいないが、彼女なら高い知能ゆえ同等の技術はすぐに身に着けられる。

「……最初からもっと模倣犯らしく動いてくれれば、僕も君を早く見つけられたんだけどね」

「模倣犯だとわかったら警察がすぐに私のところに来てしまって、自由に動けなくなるでしょう。それだとあなたの家を特定できないもの」

桐生たちに何度か現場を見に来させて、車に発信機をつける隙を窺っていたらしい。

「それに、あまりにも簡単に『綾瀬真里が狙われている』とわかってしまったら、あなたは裏があるんじゃないかって疑うでしょう？　あなただけがわかる残留香を現場に残したり、あなただけがぎりぎり気付ける場所に、このスーツの匂いをつけた名刺をぐしゃぐしゃに丸めて置いたりするくらいがちょうどよかったのよ。私はきっと真っ向勝負ではあなたに勝てないから、トラウマのある現場や日暮の匂い、武岡さんへの気持ちを利用して、あなたの判断力を鈍らせる必要があったの」

自宅近くで桐生たちに保護されたときも、彼女はそろそろ桐生が「綾瀬真里が狙われている」ことに気付いて訪ねてくるだろうと見越したうえで、残留香付きのスーツの匂いを移した上着を羽織り、自らリムファシンを飲んでドロップするという捨て身の技で、武岡にケアされる姿を桐生に見せつけた。

そして桐生はものの見事に彼女の術中にはまり、捜査も感情も引っ掻き回された。

「死を教唆するような命令を口にすると、たしかに私もダメージを受けるわ。でもだからなんだっていうの。最後の獲物だったあなたを狩れば、私は悪い子にならなくて済むのよ」

彼女が鞄から新しいナイフを取り出した。桐生の背中に、あの日の日暮と同じようにバツ印を刻むつもりだ。

「ただ殺すだけじゃ、彼は喜んでくれない。私の中で生きている彼が、あなたを躾けて、あなたの生死を支配して殺すの。あの日のやり直しをするの。――だから、《死ね》」

耳元でもう一度囁かれ、桐生の呼吸はどんどん浅くなる。綾瀬のスーツから日暮の匂いがするだけでも耐えがたいのに、投与された薬の効果のせいで、ひどいバッドトリップに陥っている。

彼女が桐生の背後に回った。シャツの裾がたくし上げられ、背中を剝き出しにされる。皮膚を抉られる痛みと、血が滲む感覚を思い出し、意識が遠のきそうになる。

――武岡さん。

綾瀬は桐生を仕留めることしか頭にないので、補助担当を外された武岡には危害を加えないはずだが、彼はお人好しだからどこかで余計なことをしていないか心配になる。

――残念だが、僕がこの状況から助かる確率はゼロだな。

この気持ちを整理して、死ぬときには大切な記憶を眺めて「いい人生だったな」と笑おう、なんて思っていたが、まさか整理する前にこんな状況になるとは。

心の中で苦笑した桐生は目を閉じて、優秀な脳みそに保存されている彼との日々をスライドショーのように瞼の裏に映す。愛しい笑顔や呆れ顔、怒った顔や焦った顔はどれも鮮明で、全部覚えている。今までで一番、自分の記憶力に感謝したかもしれない。

背中にひやりと刃物が当たる感触がした瞬間、玄関から微かに物音がした。綾瀬がナイフを離して銃を手に取り、桐生の頭に当てる。ほぼ同じタイミングで、扉の向こうから銃を構えた武岡が現れた。

「武岡さん……！」

武岡は謹慎中のはずだから、彼が今持っている銃は、玄関付近で倒れている堀内が携帯していたものを拝借したのだろう。

「……あなた、まだこの部屋に入れたのね」

一階のエントランスは普通のオートロックなので、無理矢理入ろうと思えば入れるが、このフロアは静脈認証を突破しないと入れない。実際、たまたま桐生が未練たらたらで武岡の静脈登録を削除していなかっただけで、本来であれば今は堀内と桐生しかこの部屋には入れないはずだった。

綾瀬もこの部屋まで来て邪魔が入るとは思わず、堀内を撃ったあとは放置していたらしい。彼女はチッと舌打ちをして武岡を睨みつける。

「あなたがグレアを出して私を威圧したら、私は引き金を引くわ。その銃も下ろして」

桐生に構わず撃ってくれればいいのに、彼は逡巡の末に銃を床に置いた。両手を顔の横に上げた武岡の手首には、桐生の首輪とお揃いの赤いレザーバンドが変わらずついている。まだ自分のことをパートナーだと思ってくれている彼に、涙が出そうになる。

「……わかった、わかったから、桐生を放せ」

優しい彼は、桐生を人質に取られたら動けない。単身で乗り込むにしても応援の要請はしているだろうから、それまで時間を稼ぐ方針に切り替えたのだろう。でも、綾瀬はそんなに甘くない。

「せっかく来てくれたところ悪いけど、あなたは危険だから排除させてもらうわ。Ｄｏｍは自分のパートナーを傷つけられると、ディフェンス状態に入って恐ろしい力を発揮するって言うでしょう。あなたたちの仲を引き裂いたのは、それを避けるためでもあったんだから」

パシュッという消音の銃声が三回、部屋に響いた。

謹慎中の彼が防弾チョッキを着ているはずもなく、肩と胴体を血で真っ赤に染めた武岡が壁にぶつかってずるずると崩れ落ちる姿が、スローモーションで目に映る。胸も腹も撃たれている。致命傷だ。

――どうして戻ってきてしまうんだ。僕と一緒にいても普通の幸せなんて手に入れられないし、万が一目の前で死なれでもしたら僕が耐えられない。そう思ったから遠ざけたのに。幸せにもならず、僕の目の前で死ぬなんて最悪中の最悪じゃないか。

「彼、どうせ応援を呼んでいるんでしょう。急いで続きをしないと。さあ、背中に悪い子の印をつけましょうね」

再びシャツの背中が捲られ、ひやりとした金属が触れる。息を吸おうとしても酸素が入ってこない苦しさと、頭が割れるほどの痛みと、手足が凍ったような感覚。重度のドロップ症状に陥った桐生は、後悔に呑まれながら血まみれの武岡を見つめる。

――いない？

床には血だまりがあるだけで、武岡の姿が見えない。

「きゃっ」

不意に綾瀬の叫び声が聞こえ、背中からナイフの感触が消えた。顔を上げると、いつの間にか間近に来ていた武岡が、血まみれの手で彼女の持つナイフの刃を摑んでいる。

綾瀬が反射的にナイフを引こうとしたが、武岡は手に力を込めて阻止する。彼の手のひらからは血がぼたぼたと滴り、身体からも大量に出血している。むせ返るほどの血の匂いから、彼が重傷を負っていることは間違いない。

このままでは武岡が死んでしまう——と彼の顔を見て、桐生は言葉を失った。彼は痛みも何も感じていないかのような真顔で彼女を見下ろしている。

「桐生、悪い。一瞬気を失ってた。……あんた、俺のもんに手を出してタダで済むと思うなよ」

力尽くでナイフを奪い取り、手近なデスクに置いた武岡が、無表情のまま彼女の手首を捻り上げた。

綾瀬が恐れていた通り、彼は完全にディフェンス状態に入っており、守られる側の桐生でさえ恐怖を感じるほどの冷徹な怒りが全身から湧き出している。

「なんで、その怪我で動けるのよ……」

桐生を痛めつけ、銃で武岡を撃ったときとはまったく異なる怯みきった声で、綾瀬が呟いた。

「俺はこいつのことになると常識が通じなくなるみたいだ。何発撃たれたってゾンビみたいに立ち上がってやるし、捜査を外されようがクビになろうが、桐生に危害を加えるやつがいたら地獄の果てまで追い詰めてやる。こいつが幸せになるなら、極論、悪人が何人この世から消えたって構わない」

声を荒らげることもなく淡々と話す武岡の狂気に中てられ、綾瀬が床に座り込んだ。彼女の目の焦点が合っていない。武岡はまだグレアもたいして出していなかったので、ドロップではなく、単に恐怖がピークに達して放心したのだろう。

「……なんだ？　ドロップか？　まあいいか」

急に綾瀬が視界から消えて我に返ったのか、彼の瞳から狂気が消える。床に落ちていた予備の結束バンドで彼女の手首を縛った武岡が、桐生の方を向いた。

「桐生、よく頑張ったな。救急車と応援は川田が手配してくれてるから、もう大丈夫だぞ。生きててくれてありがとう。《いい子だなぁ》」

傍らで膝を折った武岡が、桐生の手首の拘束を解き、優しく抱きしめてくれる。一番大好きな人に褒めてもらえた安心感で、バッドトリップで割れそうだった頭の痛みや苦しかった呼吸がもとに戻っていく。それと同時に感情が溢れ出して、桐生は声を上げてわんわん泣いた。

「どうして、僕のところへのこのこ戻って来るんだ！　僕といても、幸せになれないと思ったから……、うっ、ひっく、武岡さんと離れて寂しかった！　僕が人質になっているからって、簡単に銃を置いた挙げ句撃たれるなんて、君は……助けてくれてありがとう！」

「お、おぉ？　落ち着け、お前の優秀な脳みそ、派手にバグッてないか」

「救急車は川田さんが手配しているんだったな？　それなら止血をしておこう。君、怒るとあんなに怖いんだな。銃撃を受けても急所に直接銃弾を受けなければ生存率は八割超えという説もある。だから……酷いこと言ってごめんなさい……っ」

自分でも頭が取っ散らかったまま、彼のシャツの前を開けて傷の状態を確認し、知識を総動員して応急処置に当たる。

「……安心しろ。お前には言いたいことが山ほどあるし、そんな状態のお前を置いて死ねるほど潔くもねえから、とりあえず黙って傷口押さえておいてくれ」

ぼろぼろと涙を零しながら歯を食いしばって止血を続けていると、まもなく複数名の捜査員と救急隊がやってきた。桐生が玄関のロックを解除するなり突入してきた捜査員により綾瀬は捕縛され、武岡と桐生はすぐに病院へと搬送された。

【13】

結局、脚を撃たれて側頭部を銃身で殴られ、薬剤投与でドロップさせられた桐生は全治一ヵ月、全身三ヵ所を撃たれた武岡は全治二ヵ月と診断され、同じ病院で入院生活を送ることとなった。補助担当代理の堀内も奇跡的に一命を取り留めた。堀内が見た目よりも筋肉質だったことと、綾瀬の細腕では銃の照準が合わなかったおかげで、急所ぎりぎりで弾が逸れていたらしい。

「あっ、武岡さん、退院おめでとうございます」

「桐生くん、よかったわね。ようやく一緒に帰れるわよ」

看護師たちの明るい声に、武岡は苦笑しながら頭を下げた。桐生はというと、借りてきた猫のようにおとなしく、無言で俯いたまま武岡の袖を指先でつまんでいる。あの日救出されてから、彼はずっとこの調子だ。

入院中、大島から一度だけ見舞いの電話をもらったときに聞いた話によると、桐生はまだ心身ともに万全ではないということで捜査を休んでおり、堀内の代わりの補助担当代理もつけずに、健気にも自宅と武岡の病室をひたすら車で往復しているという。

何やらいろいろと察したらしい大島は、刑事局長権限で武岡の処分を「無期限での二係所属」に決定してくれた。武岡は全力でガッツポーズをしながら感謝の意を表明したのだが、大島曰く「桐生に伝えたら嬉しいのか悲しいのかわからない表情のままフリーズして動かなくなったからあとは何とかして」とのことなので、退院したら根気よく彼の情緒を育てねばと心に誓った。

「はは、いや、本当にお世話になりました。桐生も迎えに来てくれてありがとな」

「……」

最初は武岡の方が重傷だったことと、ＤｏｍとＳｕｂというダイナミクスの違いから二人は別々の病室だったが、隙あらば桐生は武岡のベッドの脇にやってきた。どれだけ話しかけても返事はなく、俯いて目も合わせてくれなかったが、看護師に怒られるまで武岡の傍にいた。なぜか毎日縁側に来る野良猫、みたいだった。

最終的に桐生は自らのポケットマネーで武岡とともにＶＩＰ用の病室に移り、無言でしょんぼりしつつも武岡から離れることはなかった。そして武岡は桐生が先に退院してからもＶＩＰ用の部屋に残され、毎日お見舞いに来ては無言で帰っていく彼を見守る謎の日々を過ごした。

——まあ、無言の理由も薄々わかってるけど。

ポンコツ健気な彼のことだから、武岡が傍に戻ってきてくれた嬉しさや、これが最適解なのだろうかという不安や、喧嘩別れの際にひどいことを言った後悔や、武岡に怪我をさせた申し訳なさのような、自分でも理解できない情緒がごちゃごちゃになった結果、どんな顔をして何を言えばいいかわからなくなっているのだろう。

——いじらしいというか、なんというか。

桐生が武岡以外からコマンドをもらう気がないことは明らかだったので、彼が欲求不満にならないように《おすわり》《いい子》程度の簡単なプレイは入院中もしていたが、それすらしょげしょげと床に座り、武岡のベッドのシーツに顔を突っ伏して撫でられるという、弱った猫みたいな気の毒さと可愛らしさを醸し出していた。

「なあ桐生、これからお前の家、行っていいか？」

看護師たちから退院のお見送りをされて、駐車場の桐生の車の前まで来たところで尋ねると、彼はこくりと頷いて運転席に乗り込んだ。それを見て、武岡は助手席に収まる。病院という場所的にも武岡自身の体調的にも、まだ腰を据えて彼と向き合えていなかったし、彼の部屋で確認したいこともある。


でも、その前に。

「そういえば、田舎で飼ってた猫はじいちゃんに看取ってもらえたかって話、途中だったよな」

あのときは綾瀬から電話が入ってしまって話しそびれたが、彼はどこか気にした様子だった。もしかしたら武岡が彼を猫に譬えていたように、彼自身も猫と自分を重ねて考えたのかもしれない、と不意に思い至り、半野良の猫の最期を彼に語っておこうと思った。

「じいちゃんに看取ってもらえたかって質問の答えは、正直微妙だ。あの猫、半野良だったのは俺がガキの頃だけで、いつの間にかすっかり家でごろごろ寛ぐ飼い猫に転身して、二十年以上ピンピン元気に生きたんだよ。もう晩年はじいちゃんと寿命のデッドヒートしてるんじゃないかって揶揄われてて、最終的には同じ布団に入ってほぼ同時に大往生しているのを、翌朝野菜のお裾分けにやってきたお隣さんが見つけるっていう……」

枕元には祖父の好物の煎餅と猫の好物の鰹節が転がっており、テレビはつけっ放し。寝る前に好物をつまみ、好きな番組を見て、互いの体温でぬくぬくしながら眠るように息を引き取ったようだと聞いたときには、寂しいという気持ち以上に、あまりの「彼らしさ」に笑ってしまった。

「じいちゃんは結構みんなに好かれてたから、今では身内の中で語り草になってるっていうか、じいちゃんの思い出話をすると必ずこのオチまでがワンセットなんだよな。……そういうわけで、お前も俺の隣で元気に長生き大往生だ」

にやりと笑って言ってやると、彼は車を路肩に停めて、ハンドルに突っ伏した。肩が震えている。笑っているのか、泣いているのか、と様子を窺う。

両方だったので、武岡は彼が落ち着くまで華奢な背中を優しく撫でた。

＊＊＊

病院を出たのは午前中で、たいして遠くもない距離だったのに、桐生たちが自宅マンションに着いたのは午後になってからだった。武岡が急に猫の最期の話をしてくるものだから、桐生が安全運転できる状態に戻るのに時間を要したのだ。

かつて猫の孤独な最期を想像して胸を痛めていたばつの悪さやら、泣きたいのか笑いたいのかわからない感覚やら、怪我は概ね回復しているとはいえ今日退院したばかりの武岡に「運転代わろうか？」と気を遣われる情けなさやらで、桐生は彼をシャーッと威嚇するのが精いっぱいだった。

自宅に着くなり、武岡は部屋のあちこちをチェックし、ソファに腰かけて隣をぽんぽんと叩いた。

おずおずと座った桐生に、彼は小さく笑う。

「どんな顔すればいいかわからないんだろ。お前、ほんとに不器用だよな」

仕方ねえなぁ、と苦笑した彼に、桐生は目を瞠る。

「なぜそれを……？」

「愛の力かな。とはいえ、俺だってお前の考えていることが全部わかるわけじゃないし、お前に言いたいことも山ほどある」

「……ごめんなさい。僕はまた何か失敗したみたいだ」

項垂れながら謝ると、頭頂部に優しいチョップをくらった。

「そうじゃねえだろ。ちゃんと腹を割って話すぞ、お互いの未来のために」

「未来？」

「そうだよ。これから先、喧嘩したって一緒にいるんだ。このあいだみたいに、ちょっとの傷で互いに触れなくなっちまわないように、覚悟を決めるんだよ」

真剣な顔でそう言った武岡は、がばっと頭を下げた。

「まず、綾瀬真里のことで不安にさせて悪かった。被害者の話を聞くのは仕事だから間違っていないとしても、たびたびオーバーヒートするお前を見ているのが辛くて、早く手掛かりを見つけなくちゃって焦ってお前の不安を見落としたのは、パートナーとしての俺の落ち度だ」

「そんなこと――」

「それに俺はお前のことを大切にしていると言いつつ、肝心なところでいい人ぶって、本当にお前のためを考えた行動ができていなかった。お前が最初に日暮の話をしてくれたとき、強いストレスで嗅覚異常になっているのかもしれないのに、俺はそれを大島さんへ報告せず、泊まり込みで傍にいるからって捜査を続行させたよな」

「それは僕が、どうしても続けたいって頼み込んだから……」

「お前をそんな不安定な状態にさせるようなこと、パートナーとして止めさせるべきだった。それでお前が《追跡》の命令を果たせずに苦しくなるっていうなら、そうならない方法を一緒に探すべきだったんだ。お前のことを叱れるのは俺しかいないってわかってたはずなのに、頼ってくれるのが嬉しくて、ぶつかって嫌われるのが怖くて、無意識にずるい選択をしていた」

そもそもあの時点で桐生を事件から離すか、せめて関わり方を変えさせていれば、こんなに危険な目に遭うこともなかった。彼はそう言いたいのだろう。

それは君のせいではない、と言おうとしたら、彼はまっすぐに桐生を見据えた。

「だからこれからは喧嘩になっても、俺はお前の安全を優先するために意見を言う。今のお前は《追跡》のコマンドが必要だし、事件が長引けばオーバーヒートを起こす。でも、それだってどの程度のバランスで休ませれば軽く済むか、お前とぶつかりながらでも見極めていく。簡単に諦めないし、諦めさせもしねえ」

「……うん」

「あと、もう絶対に威圧したりはしないって約束するけど、万が一グレアを感じたら迷わずセーフワードを言え。実際にクビにはなってやらないから、安心して言え。……ただし、俺は存外嫉妬深いみたいだから、このあいだみたいに『コマンドなんて誰からもらっても同じだ』とか『新しいご主人様と』とか言って、わざと俺を怒らせるのだけはやめてくれ」

場合によっては新しいご主人様の命が危ない、と深刻な顔で注意してくる武岡に、桐生は若干慄《おのの》きながら反省する。

「武岡さんはもともと異性愛者だし、優しくて温かい普通の人だから、僕では幸せにしてあげられないと思ったんだ。それに僕に何かあったら、君は絶対に僕を庇ってしまうだろうけど、そんなのは耐えられない。でも僕がそれをそのまま伝えても、武岡さんは『大丈夫だ』と言いそうだから、怒らせて出て行ってもらうことにした。一番大事で、一番幸せになってほしかったから、僕から離すのが最適解だと判断した」

「お前はなんというか……本当に健気なんだけど、情緒が生まれたてすぎて思考がアクロバットしちゃうんだよなぁ。入院中も毎日ベッドの脇にくっついてるくらい俺のこと大好きなのに、なんでそんな無茶苦茶な最適解を出しちゃうかな」

がしがしと頭を掻きながら問われ、桐生は神妙に頷く。

「……どうやら間違っていたらしい」

「あぁー、もう、そういうちょっとバカなところも可愛いんだけどな！　いいか、桐生。明確で不変で誤差も例外もナシで必要不可欠な、俺が喜ぶ絶対条件が一つだけある」

人間の感情にそんなにわかりやすいものが、と身を乗り出す桐生を、武岡が指差す。

「お前が俺の傍にいること。もし俺の幸せだとか未来だとか、そういうことを考えるなら、笑ってても怒ってても泣いてても終始無言でも何でもいいから、とにかくお前が俺の傍で生きる前提で考えろ。それ以外は全部却下。本気で俺を嫌いになったとかならともかく、そうじゃないなら離れるんじゃねえ」

「で、でも」

「お前は目の前で田橋って補助担当を喪《うしな》ってるから、そのときの恐怖が根底にあるのはわかる。だけど俺は簡単には死なねえよ。お前に害をなす輩の息の根を止めるまでは何発撃たれても死なない。もちろんこれからはお前にそんな危険が及ばないように捜査の仕方も見直すし、俺自身の安全のための努力や工夫もする。そのうえでまた頓珍漢な理由で離れようとしたら、お前がドン引きするほど追いかけ回すからな。これでも、俺のことを優しくて温かい普通の人だと思ってるのか？」

彼はその優しさの中に、「お前は俺のＳｕｂだ」というピリッとする支配欲を滲ませた。ひたすら面倒見が良くて優しい彼も好きだけれど、新たに発見した、うっすらと狂気が見え隠れする彼にもドキドキする。

「……武岡さんは、たまに僕より余程エキセントリックな言動をするね」

「言っただろ。お前のことになると、常識が通じなくなるんだよ。……それで、俺が言いたいこと、伝わったか？」

桐生がまた暴走しないように、武岡が慎重に瞳を覗き込んでくる。

「……うん。ろくに説明もせず、離れようとしてごめんなさい。これからは僕が武岡さんの隣にいる前提で、武岡さんを幸せにするための最適解を探すことにするよ。それと、非常識と非常識のバディは警察組織的にまずいから、武岡さんが正気を保てるよう、僕も空気を読むことを覚えるようにする」

大真面目に告げたら、武岡がぷっと噴き出した。「お前にそんな気を遣われるとは、俺も相当だな」と笑いながら、彼は《おいで》と腕を広げる。

「ん」

彼の腕の中に収まり、肩口にすりすりと額を擦り付ける。大きな手で髪を撫でられると、心が解れてとろんとしてしまう。

「お前を抱きたい。脚、撃たれたところはもう平気か？」

まっすぐな欲望と優しい気遣いに、桐生はじわりと頬を染める。

「僕は軽傷だったから平気だけど……武岡さんは退院したばかりだろう。怪我は大丈夫なのか？」

「余裕。ただでさえ身体が頑丈なうえに、誰かさんがＶＩＰルームを用意してくれたおかげで回復もいっそう早くてな。むしろこんだけお前の可愛いポンコツ健気っぷりに気を揉んだり身悶えたりしてるのに、これ以上我慢したら――」

「わ、わかった。せめてベッドに！　ベッドに行こう」

ただならぬ気配を感じとった桐生は慌てて立ち上がり、泊まり込みの際に武岡が使っていた部屋の扉を開ける。ベッドに並んで腰かけるなり、ちゅ、と優しく唇を吸われ、次第に息もできないくらい深く口付けられる。

「んっ、武岡さん……」

セーターとシャツを脱がされるあいだも口内を蹂躙され続けたせいで身体中が火照って、胸の飾りも物欲しげにつんと尖って主張してしまっている。

「ここ、どうしてほしい？」

「……っ」

「桐生、《言って》」

突起の周りをやわやわと愛撫しながらグレアを出されて、桐生はもどかしさに唇を震わせる。

「指で、触って……前みたいに、いっぱい舐めて」

顔を真っ赤にして伝えると、彼は顔を綻ばせて桐生の頭を撫でてくれた。褒められたのが嬉しくてうっとりしているうちに、桐生の胸を彼の指先と舌が責め始める。片方の乳首はカリカリと引っ掻かれ、もう片方は彼に甘噛みされる。それに加えて彼が膝でぐりぐりと桐生の股間を刺激してくるものだから、桐生はたまらず喉の奥から喘ぎを漏らした。

「桐生、下は自分で《脱いで》」

「……武岡さん、意地悪になった」

羞恥と期待に瞳を潤ませながらも、桐生は武岡をジトッと睨む。

持ち前の優しさと良心からＤｏｍとしての欲求を庇護欲に全振りしていた彼だが、一度離れたことで何かがふっ切れたのか、前よりも視線に支配欲求が滲んでいる。自分にとっては心地よい支配なので嫌ではないけれど、と思いながら桐生はズボンと下着を脱ぎ、きゅっと膝を折って性器を隠す。

「うーん、たしかに俺、少し意地悪になっちまったのかも。桐生、《おすわり》」

「えっ」

全裸で？　と戸惑いながら、桐生はベッドを降りて床に尻をつけて座る。上目で武岡を窺うと、彼はベッドに腰かけてこちらを見下ろし、《脚開いて、見せて》と命じてきた。

すでに彼のねっとりとした眼差しを受けての脱衣で、桐生の性器は完全に勃ち上がってしまっている。脚を開いて屹立を晒さなくてはいけない羞恥にぷるぷる震えたまま動けずにいると、彼は桐生の腿を爪先で撫でて追い詰めてくる。

恥ずかしいという理性よりも、触れてほしい欲望が勝り、桐生は脚を全開にして濡れそぼった性器を晒した。

「……武岡さん、触って」

愛でられて熟《う》れた乳首も、はしたなくよだれを垂らす性器も露わにしたのに、それ以上の刺激をくれない武岡に懇願すると、彼は右足の爪先で桐生の性器をちょんと突いた。

「その前に、二つ確認。俺をクビにしたあとと、お前が一足先に退院したあと――お前、何食ってた？　それと、どこで寝てた？」

しまった……彼がこの部屋に戻ってきてくれた感動と、彼の新しい一面にドキドキして忘れかけていたけれど、それ以前にこの人はものすごい世話焼き気質だった――と思い至り、桐生はぐっと言葉に詰まる。

「今脱がせたらばっちり痩せてるし……。俺がいないあいだ、また栄養補助のクッキーしか食わない生活を送ってただろ。それにさっき部屋を見て回ったけど、ソファですら寝た形跡がほとんどなかったぞ。だったらどこで寝てたんだ、床か⁉　ちゃんと答えるまで、ご褒美はあげないからな」

彼はお説教をしながらもビリビリと痺れるようなグレアを出してくるものだから、桐生の性器はどんどん張りつめていく。黙秘を貫こうとしたら足先でそこをぎゅっと踏まれ、とろっと溢れた先走りで彼の黒い靴下を汚してしまった。

「……っ」

「桐生」

咎《とが》めるような声に、桐生は彼から目を逸らしてぼそぼそと答える。

「……だって、武岡さんが食べさせてくれないから。武岡さんがソファまで運んでくれないから」

「お前……俺を追い出して、どうやって生きていくつもりだったんだよ……」

ベッドから降りて床にしゃがんだ武岡が、桐生の両脇に手を入れて抱き上げ、シーツの上に戻してくれる。

「武岡さんとの思い出と僕の心を一緒のフォルダに詰めて、誰にも届かない深いところで眠らせるつもりだった。脳との接続を一時遮断して心の動作を止めれば、悲しくなくなると思ったから。……あまりうまくいかなかったけれど」

「あぁ、もう、許す、わかったよ！　俺が一生躾けるし、一生面倒見るよ！」

やけくそ気味に叫びながら抱きしめてくる彼を、桐生はおそるおそる見上げる。

「怒ってない……？」

「怒ってねえよ」

「ご褒美くれる……？」

「あげるけど、今すぐぶち込みたくなるからあんまり煽るな……！　久々なんだ。ゆっくり解さないとお前が痛いだろ……！」

「武岡さんのなら、僕はきっと痛くても嬉しいと思うが……？」

だから我慢しなくてもいいんだぞと伝えようとしたら、妙に爽やかな微笑みを浮かべた彼に《静かに》とコマンドを出された。

「……っ、……？」

「ん？　あぁ、怒ってるとかじゃねえよ。ただちょっと、ここがうっかり事件現場になるとまずいなと思って。うんうん、大丈夫。じゃあ《四つん這いになって》」

喋ってはいけないので目で問いかけると、彼はやや不穏なことを言いつつも優しく頭を撫でてくれたので、桐生はひとまずおとなしく四つん這いになる。秘部を晒す体勢に、落ち着かない気持ちで尻をもぞもぞさせていると、不意に後孔にぬるついた何かが触れた。

「あっ……やだ……っ」

「桐生、《静かにできるよな？》」

顔だけ振り向いた先では、武岡が桐生の臀部《でんぶ》を摑んで蕾を舌でほぐしている。思わず悲鳴に近い声を上げて抵抗しようとすると、強めのグレアを出しながら叱咤された。あんなところを好きな人に舐められて死にそうなくらい恥ずかしいのに、彼の舌が中に入ってくると、屹立からはとろとろと先走りが漏れてしまう。

途中で羞恥に耐え切れなくなって「もういいから」と言おうとするたびに尻たぶをぺしっと叩かれ、

その衝撃で達してしまいそうになるものだから自ら根元を戒めるしかなく、何度かそんなことを繰り返すうちに桐生はぐずぐずに快楽に浸っていた。

「よし、そろそろ挿れてもいいかな……桐生、大丈夫か？」

「……もう君が優しいのか意地悪なのかもわからない……」

シーツに水溜まりができるほど先走りを垂らした桐生が小刻みに痙攣しながら恨み言を言うと、彼はくすっと笑って身体を離し、着ていた服を手早く脱いでベッドの下に落とした。銃創の残る逞しい裸体を晒した武岡は、桐生のうなじに口付けて、後背位の体勢で隘路《あいろ》を割って進入してくる。

「あぁ――っ」

嵩《かさ》の張った先端をぐぷりと呑み込んだ拍子に、桐生はぴゅっと白濁を放った。収縮でうねる桐生の中を、武岡は容赦なく犯していく。

「待ってくれ、今、軽くイったから……！」

「ほぐしてるあいだ、我慢してくれてたもんな。いいよ、ご褒美だから《いっぱいイって》」

「や、やだ――」

くずおれた桐生の上半身を抱きしめて固定した武岡は、ゆっくりと腰をストロークさせる。スローペースなので出たり入ったりするたびに襞《ひだ》が擦られる快感を強く感じてしまい、桐生は彼を締めつけて空イキした。

「出さずにイくとつらいだろ。前も触ってやるからな」

「あっ、や、んあぁ……っ」

「ほら、気持ちいいのだけ感じて《イけ》」

敏感になった屹立を大好きな彼の手で扱かれて、桐生はぼたぼたと白濁を吐き出した。そのあいだも彼の腰は徐々にスピードを上げて奥を抉ってくる。

ぱんぱんと腰を打ちつけながら彼は少し身体を離して、桐生の背中――ちょうど心臓の裏のあたりにがぶりと噛みついた。無駄な肉のない薄い皮膚に鋭い歯が容赦なく突き刺さり、プツッと破れる感触がする。顔は見えないけれど、彼の征服欲がひしひしと伝わってきて、痛みが快楽にすり替わる。

「も、だめ、武岡さん……っ、だめなの出る……っ」

「いいよ。お前の全部を俺のものにしたい。だから……《恥ずかしい姿も全部見せて》」

「あ、あっ、や、やだ、ああぁ――っ」

血の滲んだ皮膚をぺろりと舐めた彼は、桐生の耳元で低く囁いた。瞬間、桐生は大きな喘ぎ声を上げて、性器から透明な液体をぷしゃっと噴き出した。シーツがびしゃびしゃと濡れていく。頭が真っ白になるほどの絶頂の中で、腹の奥に彼の熱い飛沫が叩きつけられるのを感じる。

「いっぱい可愛いところ見せてくれてありがとな。《俺のパートナーは世界一綺麗で、可愛くて、いい子だ》」

快楽の余韻でいまだに痙攣が止まらない身体を抱きしめられて、手放しに褒められる。犯人を特定したときの別世界にトリップするような浮遊感とは少し違うけれど、半分くらいＳｕｂスペースに浸っているみたいな、不思議な感覚がした。

「僕、いい子……？　これからも一緒にいて、お世話してくれる……？」

「……！　当たり前だろ」

武岡も桐生がほぼ心を彼に委ねていることに気付いたようで、一瞬目を瞠ったあと、心底嬉しそうに頬を撫でてくれた。

おそらく桐生の欲求を満たすためには、まだ一定以上のスリルを伴う《追跡》のコマンドが必要だとは思う。けれど武岡と一緒なら、手探りでも、新しい関係を築いていけるかもしれない。

ぶつかっても間違っても諦めずに、二人の幸せを見つけていきたいと思えた。だって、武岡と歩む未来なら、どこへ行ってもきっと明るいはずだから。


「桐生、出てこいって。背中にガーゼ貼るから」

「……」

スペースもどき状態のまま、彼の部屋のどろどろのベッドからリビングのソファに運ばれた桐生は、濡れタオルで身体を清められたところでようやく我に返り、床に落ちていたブランケットに包《くる》まった。

退院直後にも拘わらず桐生よりも体力があり、「すっかり軽くなっちまって」と桐生を抱き上げた武岡の強靭さに突っ込みたくなったものの、とてもじゃないが彼の顔なんて見られない。なんだかさっき、とんでもない姿を晒してしまったような気がする。

情けない声で「きりゅう～」と呼びかけられ、桐生は渋々ブランケットから背中だけ出す。彼が申し訳なさそうに軟膏を塗り、ガーゼをくっつけてくれる。

「思いっきり噛んじゃってごめんな」

「……それは、別にいい。随分と愉快な傷痕になったようだし。出血するほど噛むってどんな顎の力だよ、とは思うけれど」

謝りながらも図々しくブランケットに押し入って腕枕をしてくる彼に、桐生は口を尖らせてそっぽを向く。心臓の後ろ——日暮につけられた背中のバツ印の上に、彼は噛みついていた。ナイフでつけられた切り傷の痕なんかより余程インパクトのある歯形がくっきりと刻まれているらしく、想像すると少し笑えた。笑えるくらいには、桐生の中で余裕が生まれつつある。

「そうだ、この首輪、今度買い替えに行こうな」

「えっ、嫌だ」

うなじのあたりをこしょこしょされてうっとりしていた桐生は、咄嗟に彼の方を向いて首元を手で隠す。

「これは武岡さんが本当のパートナーになった記念にくれた、思い入れのある首輪なんだ。僕はこれがいい。他の首輪はつけたくない」

「……ふっ。いや、新しい首輪だって、その武岡さんが買うんだけどな」

「それはそうだけど……」

「今の首輪はもともと、まだお前のことを恋愛的に好きかどうかわからないけど寄り添いたいって気持ちで買ったものだって言っただろ？　事件が起きたりして悠長に買い物する時間もなくなっちまったから、結局それをお付き合い記念として流用したけど、事件が解決したら一緒に店に行ってオーダーメイドのやつを作りたいと思ってたんだよ。世界に一つだけの首輪、つけたくないか？」

くっくっと笑いながら魅力的な提案をされ、桐生はムムッと眉間に皺を寄せて長考に入る。

「…………今の首輪と新しい首輪、二重につけたら変だろうか」

利便性の欠片もないし非合理的だと自覚しつつ、桐生がぼそっと呟くと、彼はしみじみと「お前、ほんと可愛いなぁ」と口にした。口角をひくひくさせながら何かを噛みしめるような顔をしている。一体どんな感情の表れなのだろうか。

「とりあえず次の休みにでも店に行ってみよう。今の首輪は外したくないなら外さなくてもいいし、外して保管してもいい。でもお互いのイニシャルを入れたペアの首輪とブレスレットで繋がったら、きっと今以上に幸せな気持ちになると思うぞ」

桐生以上に桐生の気持ちをわかってくれる武岡がそう言うなら。

「……うん。きっと——いや、確実に幸せだ」

今以上に幸せな気持ちがあるのだろうか、と想像を巡らせながら彼に微笑みかけたら、唇を食むような甘くて優しいキスをされて、さっそく今以上の幸せが更新された。

世話焼きDom《ドム》は懐いたSub《サブ》を甘く愛でる

「いらっしゃいませ」

上品な笑顔の店員に出迎えられて、武岡《たけおか》と桐生《きりゅう》はその店に入った。店内のディスプレイにはたくさんの首輪とブレスレットのセットが並んでいる。

ディスプレイ脇の鏡に二人の姿がちらりと映る。今日は休日なので、武岡はスーツではなくカジュアルシャツに綺麗めのジャケットをチョイスした。桐生はクリーム色のセーターと黒いジーンズであまり普段と変わり映えしないが、場所が場所だし自分が黒スーツではないだけでデート感が滲み出ている、と武岡は内心で浮かれる。

「って、おーい、桐生。そっちじゃねえぞ」

キラキラした左右の棚を挙動不審な動きで見回す桐生の腕を引いて、武岡は店の奥のブースに向かう。

「本日はご来店ありがとうございます。デザイナーの太田《おおた》と申します」

ショートボブの似合う女性に案内されてふかふかのソファに桐生と並んで腰かけると、目の前のテーブルに大きなタブレットが置かれた。ぴくりと反応した桐生は興味深げにそれを見るが、手は出さない。借りてきた猫みたいで可愛い。

「今回はお二人の首輪とブレスレットのフルオーダーということでご予約いただきありがとうございます。どういったものがよいか、一緒にデザインしていきましょう。まだあまりイメージが決まっていないようでしたら、そちらのタブレットでサンプル画像などもご覧になれますよ」

「桐生、ちょっとサンプルを見てみるか。よさそうなデザインがあれば、それを参考に決めていこう」

実は武岡も首輪をフルオーダーするのは初めてなので、サンプル画像があるのはありがたかった。思えば過去にお付き合いをした女性や元妻は好きなブランドやデザインがある程度決まっていたこともあり、それにイニシャルを入れてプレゼントしたりしていた。

でも桐生とは二人で悩みながら作っていきたいと思ったし、世界で一つだけの首輪をつけた彼を見たかったので、武岡は彼を連れてフルオーダー可能な店にやってきたというわけだ。

「よさそうなデザイン……？」

おそるおそるタブレットを手に取った桐生は、首輪とブレスレットがセットで表示された画面をくるくるスクロールして、いくつかのページで指を止めた。

ゴールドの縁に埋め込まれた黒い石がいくつも連なるごつめのデザインや、ワニ革のベースにいぶし銀のバックルがなかなか渋いデザイン——意外な趣味だ。

「お前、そういうのが好きなのか？　こっちのやつとかも似合うと思うけど」

もちろんお前の意見を尊重する、という前提は伝えつつタブレットを操作して桐生がスルーしたサンプル画像を指してみる。ホワイトのパールをあしらった華やかなデザインや、柔らかい金色の繊細な透かし模様が入ったものは、桐生の首によく映えるだろう。

「こういう華奢なデザインは、普段の服装や体格から考えて、あまり似合わないような気がする」

「そうか？」

桐生の体格は華奢すぎるくらい華奢だし、服装もベージュやクリーム色のセーターが多いので、結構似合っていると思うのだが。武岡は内心で首を傾げながら、真剣に悩む彼の横顔を眺める。

「僕もこういうセンスはあまりないんだが、黒いスーツに合わせるなら、きっと黒系や暗色がベースになっている方がいいだろう」

「ん？」

「それに筋肉質でガタイもいいから、デザインは多少がっしりしているものが映えると思う」

「……ん？」

大真面目に検討する彼と話が噛み合わない。お前は黒いスーツなんて着たことはないし、筋肉質の対極にいる生き物だろう、と突っ込みかけて、武岡は息を呑んだ。タブレットに向けられた桐生の視線は、首輪ではなく、その脇のブレスレットにまっすぐ注がれている。

「お、お前、なんで俺に似合うブレスレットを選んでるんだよ……！」

「……一昨日の事件で、犯人特定の決め手になったのは、捨てられたブレスレットだっただろう」

急に事件の話になって、武岡は若干混乱しながら一昨日のことを思い出す。

犯人のＤｏｍは、交際していた被害者のＳｕｂの首輪とペアのブレスレットを捨てた場所から足がついて、桐生に特定された。事件前に被害者と言い争いになった際に、カッとして捨ててしまったと供述していたはずだ。……それが今この首輪選びと何の関係があるというのか。

「万が一、武岡さんが今後僕と喧嘩をして嫌気がさしたら、ペアのブレスレットを捨てたくなるかもしれないだろう。でも心底気に入ったデザインだったら、すぐには捨てないでいてくれる可能性が高い。つまり武岡さんに似合うものを選ぶのが合理的だ」

「はい、出た、ポンコツ健気……！　お前とペアのものをそんな軽率に捨てるわけないだろ。あと、こういう買い物のメインはＳｕｂなんだから、まずはお前が好きなデザインを選ぶんだよ。そこからデザイナーさんと話し合って、二人に似合うものを作っていくんだから」

　正面に座ったデザイナーの太田は上品に微笑んでいるが、多分、結構必死に笑いを堪えている。珍妙なやりとりを見せつけてしまい申し訳ない。

「……僕はどんなデザインでもいい」

「お前なぁ、もっとちゃんと考えろって」

「武岡さんとペアなら、僕は何でも嬉しい」

　くるりとこちらを向いた桐生が、武岡をじっと見つめる。彼の大きな瞳の中には、「ペア、うれしい、すき」と書いてあるような気がする。

「お前……っ、お前、俺のこと大好きだよな……！　あぁもう、わかったよ、俺が候補を選ぶから、そこからいろいろ決めていこう」

　愛おしさに身悶えた武岡は、差し出されたタブレットから桐生に似合いそうなものを選ぶ。武岡が取っ掛かりを与えたら、桐生もちゃんと意見を言ってくれたので、デザイナー視点のアドバイスも踏まえて無事にオーダーが確定した。

「それではこちらの内容で、お二人のイニシャルを裏面に印字する形で製作に入らせていただきますね。完成品は一ヵ月後にお渡しできますので、楽しみにしていてください。世界に一つだけの、特別なお品ですよ」

　目を細めて微笑む太田に、桐生が真顔で向き直る。

「あぁ、それなんだが、武岡さんが買ってくれる今回のものとは別会計で、同じものを五つほど作ってほしい。汚れたり劣化したりしたとき用だから、納品は時間がかかっても構わない」

「待て待て待て、いきなり世界に一つを覆すな。太田さんが笑顔のまま動かなくなっちまったじゃねえか。汚れたり劣化したりしたら、また作ればいいだろ。何度だって一緒に来られるんだから」

「……そうか。何度でも一緒に来てくれるのか……」

じわじわと嬉しそうに口角を上げた彼に、武岡は再び「お前、ほんとに俺のこと大好きだよな……」と天を仰いだ。


……というのが一ヵ月前の出来事である。

本日二人は完成したばかりの商品を店で受け取り、ついさっき、手を繋いで桐生のマンションに帰宅した。

リビングのソファに並んで腰かけて、武岡は過去に自分があげた市販の首輪を、桐生の首からそっと外す。そして新しい首輪を――と思ったところで、桐生が外された首輪を大事そうに両手で持って、早速金庫にしまいに行こうと立ち上がった。武岡の愛情に触れて人間二年生くらいには進級した彼だが、空気を読みそこなうのは相変わらずだ。

「安物の首輪をそんなに大事に保管しようとしてくれるのは嬉しいけど、今はちょっと待ってな」

桐生を押しとどめた武岡が綺麗に包装された箱を開封すると、真紅の本革に純金製のバックルのついた首輪が現れた。受け取り時に店頭で一度デザインやサイズをチェックしているが、改めて見るとやはり美しい。

「桐生、これ、つけてもいいか？」

優しく首筋を撫でて尋ねたら、桐生は一時停止したのちにこくこく頷いてくれた。武岡は新しい首輪を手に取り、丁寧に彼の細い首に装着していく。

「うん、やっぱりすげぇ似合ってる」

シンプルで高級感のある首輪は彼の白い肌に映え、桐生の魅力をいっそう引き立てている。

「……ん」

世界に一つだけの首輪をつけた恋人をうっとりしながら眺めていると、頬を染めた桐生が武岡の右手を取って、ブレスレットをつけてくれた。真紅の本革は、武岡の手首にもよく馴染んでいる。首輪選びは一般的にＳｕｂがメインではあるが、桐生にだけ似合う華奢なデザインでは彼が納得しなかった。だから話し合いを重ねて、二人ともに似合うデザインを、二人で決めたのだ。

これから先も「相手のため」だけではなく、彼と自分が一緒に幸せになれる道を探っていきたい——そんなふうに思わせてくれるひとときだった。

「ふふ、僕は武岡さんだけのものだ」

武岡の手首を見つめながら、桐生は自分の首元に触れた。潤んだ瞳を幸せそうに細めてそんなことを言うものだから、武岡の胸に支配欲がむくむくとこみ上げてくる。

最近、武岡は自分の中に庇護欲モードと支配欲モードのスイッチがあることを知った。今までの人生、庇護欲モードがデフォルトだったから気付かなかったのだが——どうやら桐生だけが武岡の支配欲モードのスイッチを押すことができるらしい。今も「武岡さんだけのもの」なんて可愛いことを言われた瞬間、頭の中でカチッとスイッチが入る音がした。

「そうだよ、お前は一生俺だけに守られて、俺だけに支配されるんだ」

「んんっ……」

甘い唇に吸いついて、彼の舌に自分の舌を絡める。後頭部に手を添えて口内を蹂躙してやると酸欠になったのか、彼の身体からくたっと力が抜けた。そこでようやく唇を解放し、彼を横抱きにして、武岡の寝室へと向かう。このところ武岡に世話を焼かれまくって、少しばかり体重の増えた彼の重みが愛おしい。

「なあ桐生、今日はこういうものを使ってみないか？」

「ん……？　なっ、なんだこれはっ」

ベッドに彼を下ろし、サイドテーブルに隠しておいた物体をシーツの上に並べたら、桐生の顔がみるみるうちに赤くなった。ぼわっと毛を逆立てた猫みたいな顔でわなわなしていて可愛い。

「左から順番に、クリップ型の乳首ローター、オナホール、電マ」

「うちになんてものを持ち込むんだ！　というか、これ、武岡さんが買ったのか!?　三種類も取り揃えて、何を考えているんだ……！」

「いや、俺も『プレイ中にお前をもっといろんな方法で可愛がりたいし、一個くらいおもちゃを買ってみようかなー』程度の軽い気持ちで通販サイトを開いたんだよ。ところがいざ選び始めたら、どうしたってお前に使うところを想像するだろ？　当然、脳内でお前が可愛い反応ばかりするから、全部

欲しくなるだろ？　で、これでも一応絞った結果が、こちらの三点でございます」

おもちゃを挟んで彼と向かい合う形でベッドに腰かけ、右手で順番に指したら、猫パンチみたいな動きで手を叩き落とされた。涙目で睨みつけられても武岡の欲情を煽るだけだと、彼はわかっているのだろうか。

「た、武岡さんのへんたいおやじ……」

「悪態まで可愛いって何事だよ。……なあ桐生、お前のことを乱したくてたまらない、変態な俺は嫌か？」

「嫌では、ない。……あの、僕も、武岡さんに乱されたい」

ものすごく恥ずかしそうに目を伏せて破壊力抜群な台詞を放つ恋人に、武岡はおもちゃを無視してうっかり押し倒しそうになったものの、なんとか平静を取り戻して彼に軽いグレアを与える。

「じゃあ桐生、好きなのを自分で《取って》、遊んでるところを俺に《見せて》」

「……っ」

可愛く乱れる彼の痴態を拝みたいのはもちろんだが、武岡は決して自分の欲求だけでプレイを強要しているわけではない。

退院後に彼を抱いたとき、桐生は短時間ではあるが「スペースもどき」のような状態になっていた。ＡＳＧの特性ゆえに犯人を特定しないと本能が満たされず、一度はそのことを気にして自分から離れようとした桐生が、完全ではないにせよ心を解放してスペースに入りかけたことは武岡にとっても嬉しい変化だった。だからあれから武岡はいろいろと試して、彼が「普通のＳｕｂ」でいられる時間を増やしていこうと画策中なのだ。

今のところ、桐生の理性が消し飛ぶほど心も身体も愛して支配してあげると、ドボンと心地よいところに落ちる感覚がするらしいことが、なんとなくわかってきた。そのため休日など彼の体力と時間に余裕がある日はじっくり求め合うことにしている。

当然これは武岡自身が彼から全幅の信頼を得ていることが大前提だ。彼に安心して身を委ねてもらうためにも、そして彼の情緒を育成するためにも、武岡は毎日欠かさず愛情を伝えている。

「桐生、できるだろ？　一番好きなやつを《取って》、遊んでいるところを《見せるんだ》」

「一番好きなやつ……」

少し強めに再び命令してみたら、困り顔で赤面したまま視線を揺らしていた桐生が、意を決したように手を伸ばした。どれを選んでも最高に可愛い姿を堪能できることが約束されているので、武岡は期待に胸を膨らませて彼の手の行方を目で追う。空中をうろうろと彷徨《さまよ》った彼の手が、なぜか武岡の手をきゅっと握る。

「へ？」

目を丸くする武岡に構わず、桐生は手首に新品のレザーブレスレットがついた右手に頬擦りし、次いで指を一本一本舐めしゃぶり始めた。

「……俺の手が、一番好きってことか。お前、俺のこと大好きすぎるだろ……！」

本来ならおもちゃの中から選ばなかったＳｕｂを叱るべきところだが、愛おしげにちゅうちゅうと指先を吸われたら「もう可愛いから何でもいいか」という気持ちになってしまう。

「んっ、ん……っ」

一通り武岡の手を舐めた桐生は、その手を自らの下腹部に導いた。膝立ちになった彼がジーンズ越しに性器を擦りつけてくる。そこは少し硬く、すでに半勃ちになっていた。

「服、邪魔だよな？　桐生、自分で《脱いで》」

軽く息を乱した桐生はセーターを脱ぎ、恥じらいながらズボンと下着をベッドの下に落とした。綺麗な裸体に真紅の首輪だけをつけた彼は、ひどく煽情的だ。

「もっといやらしいところ、《見せて》」

そう命じると、桐生は再び武岡の手を取り、熱視線を浴びての脱衣ですっかり勃ち上がってしまったそこに添えて、自らの手を上から被せて握り込んだ。そのまま彼は自身を上下に扱《しご》き始める。武岡の手を使って自慰をする彼の痴態に、思わずごくりと生唾を飲む。

「ふっ、んぁ、あ……っ」

だんだん彼の嬌声が大きくなり、先端から溢れる蜜の量が増えていく。色白の肌を上気させて夢中で絶頂に向けて駆け上がる桐生を見ていたら、このまま気持ちよくイかせてやりたいという優しさ以上に、もっとひどく乱してやりたいという支配欲が湧き上がった。

「桐生、《待て》」

空いている左手で彼の手首を摑んで止めると、桐生は「なんで？」ともどかしそうにこちらを見た。快楽に潤んだ瞳に、武岡の中の加虐心のようなものが刺激される。

「俺の手が一番好きなんだよな？」

「ん」と頷く彼を抱き上げて、自分の膝の上に座らせる。

「じゃあ俺の手以外でイったりしないよな？」

「……ん？　え、待ってくれ、あっ」

触れてもいないのに尖りきった彼の乳首にクリップ型のローターをつけて電源を入れる。ぶるぶると震え出した機械に、彼は背中を丸めて「あ、あっ」と小刻みに喘いでいる。

「俺の手が好きなら、それ以外ではイっちゃ駄目だぞ、《我慢だ》」

もう長くはもたないだろうな、とわかっていながらこんなことを言う自分は、結構意地が悪いと思う。でも我慢できなかった彼をお仕置きで辱めて、そのあと正気を失うくらいドロドロに甘やかすことを想像すると、胸が高鳴ってしまう。

「……っ、武岡さん、やだ、待って」

「そのローターより、このオナホールより、俺の手の方が好きなんだもんな？」

真っ赤な乳首を挟むローターを指でぴんと弾くと、彼の屹立から先走りがとろりと溢れた。身を捩って逃れようとする桐生を背後から押さえ込み、中央に穴の開いた筒形のオナホールを手に取る。

「それ、だめ、あぁ――っ」

すでに先走りでしとどに濡れている彼の性器をオナホールで包んで容赦なく扱いてやると、彼はあっという間に身体を痙攣させた。

「……桐生、イっちゃった？」

耳元で低く問いかけると、彼は予想に反してふるふると首を横に振った。

「イってない……っ、武岡さんの手が、一番好き、だから」

うわ、可愛い、と叫びそうになるのを、武岡はすんでのところで堪える。

桐生の頭の中では、武岡の手が一番好き→それ以外でイったら武岡の手が一番好きではないと思われる→武岡の手が一番好きだと信じてもらうためにそれ以外ではイってないと言い張る、という結論に至ったらしい。

そんなことをしなくても、武岡のことが大好きなのは十分すぎるほど伝わっているのに。ポンコツ健気な彼を今すぐ抱きしめてやりたい気持ちと、彼の嘘に乗ってさらなる痴態を拝みたい気持ちがせめぎ合い、今日の武岡は後者を選択した。

彼が二度と自分から離れられないくらい、心も身体も支配したい。そんな激しい欲求が自分の中にあることも、武岡は最近——一度桐生と別れて、命懸けで復縁して覚悟が決まってから、知った。

そして武岡がそういう欲を滲ませるたびに、桐生もおそらく無意識に悦びの色を瞳に浮かべるのだから、自分たちは思った以上に相性がいいのかもしれない。

「そっか。イってないのか。桐生は《いい子だな》。じゃあこれも我慢できるよな？」

「ひっ、ああぁ——」

オナホールの上から電マを当てて電源を入れたら、彼は悲鳴に近い嬌声を上げて身体を仰《の》け反らせた。武岡に背を預けて痙攣を続ける桐生に「イったならやめようか？」と尋ねると、彼は首を必死に横に振る。しかしオナホールからはいろんな液体が混じったものが溢れてくる。

桐生の喘ぎ声が掠れ始めた頃、武岡は彼につけていたおもちゃの類をすべて取り払った。涙で濡れた彼の頰に触れて優しく口づけを贈り、そっと仰向けに押し倒す。恋人の乱れる姿に欲情して、うっすら汗ばんだ武岡が自らの服を脱ぎ捨てるのを、彼は真っ赤な目元で従順に見上げてくる。

「……お前、本当に可愛いな。俺にぐちゃぐちゃにされて、そんな嬉しそうな顔して。《いい子だな》、お前は俺だけの、最高のパートナーだよ」

くちゅ、と屹立を手で握ってやったら、彼は小さく声を上げて少量の白濁を吐き出した。それが最後の一滴だったのか、彼の性器はもう何も出せないとでも言うかのようにくったりしている。

「僕の全部、武岡さんのものだから、ずっと大事にして」

そう言って細い腕を伸ばして縋りついてくる彼を、武岡は堪らない気持ちで抱きしめる。後孔に自分の剛直を当てて一気に貫いたら、桐生は腹の奥を痙攣させた。性器に変化はないので、後ろだけで快楽を感じて達したのだろう。

「武岡さん、気持ちいい……もっと……」

武岡の愛と欲望を一身に受けて、彼の理性は崩壊したらしい。恍惚とした表情で、彼は武岡の腰に脚を絡ませてくる。桐生が心地よい世界にドボンと落ちる瞬間は、武岡にもなんとなくわかる。事件も何も関係なく、ただのＳｕｂとして武岡に身も心も委ねてくれているのが伝わってきて、いっそう彼が愛おしくなるのだ。

腰を打ちつけるたびに、彼は武岡を中できゅうっと締め付けて快楽に鳴いた。もう勃起もできないのに後孔で武岡を求め、奥を突かれて悦ぶ桐生を、武岡は汗で張りつく髪をかき上げながら見下ろす。

「俺の桐生、もっともっと、一生かけて可愛がってやるからな」

真紅の首輪をひと撫でして彼の耳元で囁くと、美しい恋人は上気した顔で心底幸せそうに笑った。

情事後に羞恥に襲われてブランケットを頭からかぶり、ソファの上で置き物と化した桐生を宥めるのも、そろそろ慣れてきた。

「桐生、今日も可愛かったから大丈夫だって。俺のパートナーは世界一可愛いな」

「……」

ブランケットが嬉しげにもぞもぞっと動く。

「世界で一個だけの首輪を嵌《は》めてるお前の姿が見たいなぁ」

頬を赤らめた世界一可愛くていい子な恋人が、ブランケットからひょこっと顔を出した。律義に首元までブランケットをずらしている。

「たくさん可愛い姿を見せてくれたから、このあとはひたすらお前の世話を焼いて甘やかすぞ。何かしてほしいことはあるか?」

「……お腹空いた」

僕は食事が苦手だ、と言っていた彼だが、めいっぱい愛情を与えている成果なのか、最近は自ら空腹を訴えてくるようになった。

「そうかそうか。鮭とキノコの炊き込みご飯ができてるから、一緒に食べよう」

「……ん」

キッチンの方を向いてくんくんと鼻をひくつかせた彼が、くぁっとあくびをする。

「あと、眠い。ご飯を食べたら、一緒に寝てほしい」

僕は寝るのは苦手だ、とも言っていた彼は、武岡と一緒ならそれなりに睡眠も取れるようになった。まだベッドで眠るとたまに悪夢を見て飛び起きたりするので、武岡に抱かれてソファで寝ることが多いが、いずれはベッドで熟睡できるようにもなるだろう。

「そうだな、飯食って歯を磨いたら、一緒に寝ような」

もちろん食事は手ずから食べさせるつもりだし、歯磨きもしてやるつもりだ。支配欲が満たされたあとの武岡は、庇護欲が爆発して世話焼きに磨きがかかる。そしてそれを学習している桐生は、悟りを開いたような顔で甘やかされてくれる。

「なあ桐生、幸せか？」

食欲と睡眠欲が同時にやってきたのか、うとうとしながら鼻をくんくんさせている桐生に問いかけると、彼は薄茶のウェーブヘアを耳にかけ、困ったように笑んで首を傾げる。

「毎日幸せの上限が更新されるものだから、僕の脳の容量が足りなくならないか心配だよ」

「たしかにお前、たまに嬉しいとフリーズするし、幸せを入れるところだけ容量少ないからなぁ。

……平成初期の通信端末に最新型のｉＰｈｏｎｅのデータを突っ込むようなものだったか？」

桐生の形のいい鼻をきゅっと抓みながら、いつだったか彼に言われた言葉を返してやる。

「誰がポケベルだ！」

楽しげにくふくふ笑って体当たりするみたいに抱きついてきた彼を、武岡もぎゅうぎゅうと抱きしめ返したら、二人同時にお腹が鳴った。

はじめまして、またはこんにちは。リブレ様からは二冊目になります。幸崎ぱれすです。

今回はＤｏｍ／Ｓｕｂユニバースを書いてみました。サスペンス＋桐生の特殊体質も加わり、若干とっつきにくかったかな……と今さら心配しておりますが、少しでも楽しんでいただけたら幸いです。

本作の二人は正反対のタイプでしたが、最終的にはいい関係になれたのではないでしょうか。

武岡は一歩間違えたら加害者になりかねない強いＤｏｍ性を持つゆえ、悪人になりたくない↓善人であろうとする↓欲求は庇護欲に全振り、という人格形成を無意識にしてきた人なのですが、桐生と信頼関係を結んだことで彼が本来持っていた濃いめの支配欲も出てきたようです。

桐生は偏った高い知能を持つゆえ、決まった解がない愛とか信頼というものに身を委ねられず本能を満たせない子でしたが、武岡には己のすべてを捧げることでＳｕｂとしての幸せを少しずつ感じ始めたみたいです。結構お似合いですよね。


イラストは幸村佳苗先生に描いていただきました。カバーイラストを拝見したとき、大人っぽさと甘さの絶妙なバランスに震えました……！　部屋の壁一面に貼りたいくらい素敵なイラストを本当にありがとうございました。そして担当様、お忙しい中、毎回的確なご意見をくださりありがとうございました。おかげさまで最後まで書ききることができました！

最後に、本作を手に取ってくださった皆様、いつも応援してくださる読者様、あとがきまで読んでくださりありがとうございます。よろしければご感想などいただけたら嬉しいです。

それでは、また次の本でお目にかかれますように。

弊社ノベルズをお買い上げいただきありがとうございます。
この本を読んでのご意見、ご感想など下記住所「編集部」宛までお寄せください。

リブレ公式サイトで、本書のアンケートを受け付けております。
サイトにアクセスし、TOPページの「アンケート」から
該当アンケートを選択してください。
ご協力お待ちしております。

「リブレ公式サイト」
https://libre-inc.co.jp

世話焼きDom《ドム》は
孤高のSub《サブ》を懐かせたい

著者名　幸崎ぱれす

発行日　2025年3月19日　第1刷発行

発行者　是枝 由美子

発行所　株式会社リブレ
〒162-0825 東京都新宿区神楽坂6-46
ローベル神楽坂ビル
電話03-3235-7405(営業)　03-3235-0317(編集)
FAX 03-3235-0342(営業)

印刷所　株式会社光邦

装丁・本文デザイン　円と球

Printed in Japan
ISBN 978-4-7997-7111-2